ROBERT E. HOWARD

22 janvier 1906-11 juin 1936 : trente ans de vie, quinze ans de création littéraire à jet continu. Fureur d'écrire, fureur de vivre ! L'œuvre d'Howard est exemplaire par son bouillonnement intérieur, son ardeur, son impatience, son jaillissement continuel ; une création pleine de tumulte, de bruit et de fureur. Howard s'illustra tout particulièrement dans le fantastique, L'homme noir, Le pacte noir, *et dans l'héroïc fantasy. Son personnage le plus connu étant Conan le Barbare, le Roi Kull venant en second.*

Il écrivit les aventures de Conan pratiquement dans un état second, comme si quelqu'un lui dictait les histoires. Ecriture automatique ou mystère de la création fantastique ? Howard aborda franchement la vie, de plain-pied, comme ses personnages affrontent le péril. « Two-gun Bob », comme l'avait surnommé affectucusement Lovecraft, pressentit certainement que sa vie serait brève, d'où le caractère d'urgence, de nervosité, d'impatience et de frénésie, de sa vie et de son œuvre. L'on parle beaucoup de mort et de destin dans l'œuvre d'Howard.

Son personnage préféré est l'aventurier solitaire et

errant, rejeté par les siens et marqué par le destin. Pour lui le Barbare est l'image même de l'homme, de son attitude face à la vie et au monde. Des brutes en apparence mais qui recèlent en eux une grande noblesse et une rare générosité. Ces sauvages sont en accord avec le monde physique et ses lois implacables. Eux seuls sont capables de s'adapter, de réagir et de survivre. Ils sont sauvés par leur énergie vitale, exprimée par leurs muscles... par leur instinct souvent proche de l'animal. D'où l'attitude étonnante des personnages d'Howard face au surnaturel, au fantastique qui pour eux sont des périls comme les autres qu'ils affrontent à grands coups d'épée. Howard a composé une véritable symphonie du rouge et du noir (le sang et les ténèbres abritant le surnaturel) tout imprégnée de violence et de mort. Les cauchemars surgissent de l'ombre et du passé (l'Histoire même mythique ou imaginaire est omniprésente chez lui) car Howard est le prince de la nuit et de la terreur.

Dans les années soixante, L. Sprague de Camp fut chargé de rassembler en volumes les aventures de Conan qui n'avaient été publiées que dans des magazines comme Weird Tales, Argosy, Top-Notch, Oriental Stories. Il compléta certains récits inachevés puis en collaboration avec Lin Carter et Björn Nyberg écrivit plusieurs « pastiches » à partir d'indications et de notes laissées dans la correspondance d'Howard. Enfin, il leur donna un ordre chronologique (qui n'existait pas du vivant d'Howard) racontant ainsi la saga de Conan en douze volumes. Les quatre derniers ne contiennent aucun texte d'Howard. Voici CONAN LE CIMMERIEN, *deuxième volume de la saga la plus remarquable de l'Héroïc Fantasy et unique roman de cette série.*

CONAN
LE CIMMÉRIEN

Du même auteur
dans la collection *TITRES/S.F.*

Avec la collaboration de L. Sprague de Camp et de Lin Carter

CONAN
CONAN L'AVENTURIER
CONAN LE GUERRIER
CONAN LE CONQUÉRANT
CONAN LE CIMMÉRIEN
CONAN LE VAGABOND (à paraître)

ROBERT E. HOWARD
L. SPRAGUE DE CAMP
LIN CARTER

CONAN LE CIMMERIEN

Traduit de l'américain par
François Truchaud

TITRES SF

Éditions J.-C. LATTÈS
91, rue du Cherche-Midi
B. P. 85
75262 PARIS CEDEX 06

TITRES/SF
Collection dirigée par
Marianne Leconte

Titre original : Conan of Cimmeria

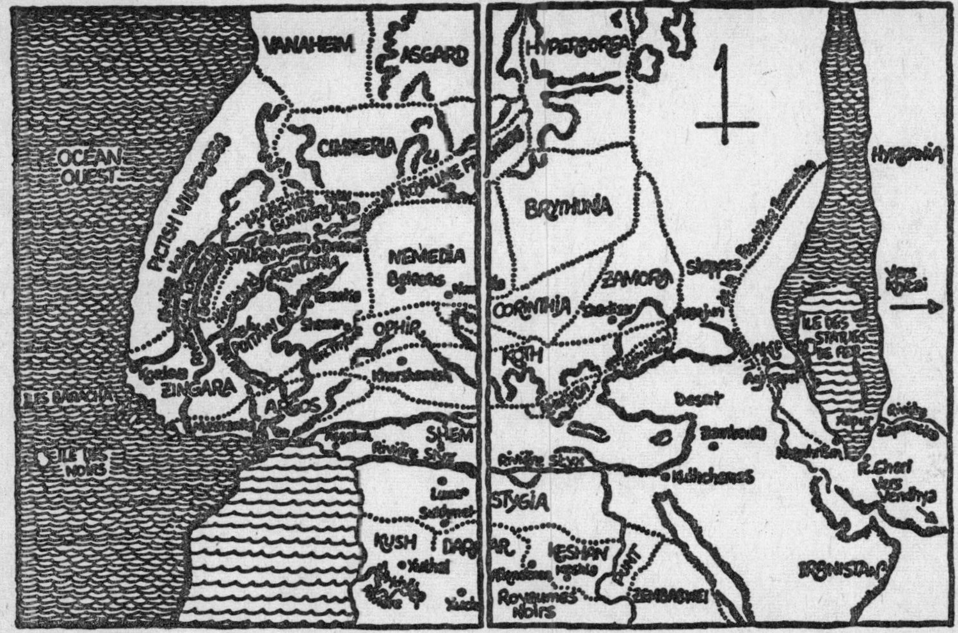

Carte tracée d'après des notes et des esquisses de R. Howard et d'après une première carte de P. Schuyler Miller, John D. Claik, David Kyle et Sprague de Camp. On y a superposé une carte de l'Europe.

INTRODUCTION

Robert Ervin Howard (1906-36) naquit à Peaster, Texas, et passa la plus grande partie de sa vie à Cross Plains, petite ville située entre Abilene et Brownwood. Durant les dix dernières années de sa vie, cet écrivain prolifique aux talents multiples écrivit une œuvre considérable, dans des genres aussi variés que le sport, le policier, le western, les aventures orientales, historiques, étranges et fantastiques... sans oublier ses nombreuses histoires d'heroic fantasy. Edgard Rice Burroughs, Robert W. Chambers, Harold Lamb, Talbot Mundy, Jack London et H. P. Lovecraft (dont il fut l'ami et le correspondant) l'influencèrent tous. A l'âge de trente ans, il mettait fin à une carrière littéraire prometteuse en se suicidant.

Howard est surtout connu pour son œuvre d'heroic fantasy, un genre à part (parfois également appelé histoires d'épée et de magie : « swordplay-and-sorcery »). De telles aventures se déroulent dans un monde imaginaire, non pas comme il est, mais comme il fut ou aurait pu être. Le décor peut être notre monde, tel qu'on peut imaginer qu'il a été il y a des millénaires, ou tel qu'il sera dans un lointain futur, ou bien encore une autre dimension, une autre planète. Dans ce monde, la magie et les esprits sont réels, mais la science moderne et la technologie sont fondamentalement inconnues. Elles n'ont pas encore été découvertes ou bien elles ont été oubliées. Les hommes sont très forts, les femmes très belles, les problèmes simples et la vie fertile en aventures.

Lorsque ces histoires sont bien écrites, elles donnent une grande joie au lecteur, la plus grande que l'on puisse trouver dans la fiction moderne. Elles sont destinée à divertir et non à éduquer, à élever l'esprit du lecteur, ni à le convertir à une quelconque foi ou idéologie. Elles trouvent leur origine dans les mythes, les légendes et les récits épiques des temps anciens et des peuples primitifs. Le genre était tombé dans l'oubli depuis plusieurs siècles lorsque William Morris le fit revivre, en Angleterre, dans les années 1880. Au début de ce siècle, Lord Dunsany et Eric R. Eddison enrichissaient considérablement ce genre bien à part. Plus récemment, J. R. R. Tolkien lui donnait ses lettres de noblesse avec sa célèbre trilogie « Le Seigneur des Anneaux ».

L'apparition aux Etats-Unis des revues « Weird Tales » en 1923 et « Unknown Worlds » en 1939 offrait à l'heroic fantasy de nouveaux marchés ; de nombreuses et remarquables histoires furent publiées dans ce domaine. Parmi ces aventures figurent en bonne place celles écrites par Howard. Ce dernier écrivit plusieurs séries d'aventures fantastiques, dont la plupart parurent dans « Weird Tales ». La plus longue et la plus populaire fut la saga de Conan le Barbare. Dix-huit histoires de Conan furent publiées du vivant d'Howard. Huit autres, des manuscrits complets ou de simples fragments ou canevas, furent retrouvés parmi ses papiers en 1950.

A la fin de 1951, je découvris par hasard des

manuscrits d'Howard dans l'appartement de l'agent littéraire, chargé alors de la succession (littéraire) d'Howard. Parmi ces manuscrits quelques histoires inédites de Conan, que j'ai fait publier depuis. D'autres manuscrits ont été découverts plus récemment par Glenn Lord, le nouvel exécuteur testamentaire d'Howard, parmi les papiers de ce dernier.

La saga de Conan restait inachevée : certains — moi et d'autres — furent tentés de la compléter, comme Howard l'aurait certainement fait s'il avait vécu plus longtemps. Au début des années 50, je récrivis quatre récits d'aventure, inédits, situés au Moyen Age ou à notre époque, pour en faire des histoires de Conan. Plus récemment, mes collègues Björn Nyberg et Lin Carter, en collaboration avec moi-même, ont terminé des histoires qu'Howard avait laissé inachevées ; ils ont également écrit des « pastiches », à partir de notes et de lettres d'Howard, afin de remplir les trous qui subsistaient dans la saga. Le lecteur jugera si notre collaboration posthume avec Howard est un succès ou non.

Depuis lors, la saga complète de Oonan a été publiée : les histoires originales d'Howard, les histoires commencées par lui et terminées par d'autres et les pastiches... le tout dans un ordre chronologique afin de donner une biographie cohérente à notre héros. Malheureusement, pour des raisons d'ordre légal, il ne fut pas possible de publier les volumes dans l'ordre chronologique (1). Ce présent livre est donc le second volume de la remarquable saga écrite par Howard, suivant « Çonan » et précédant « Conan le Flibustier ». La saga complète de Conan se compo-

(1) Il s'agit, pour Sprague de Camp, de l'édition américaine, bien évidemment.

sera de douze volumes, dont quatre ne contiendront aucun texte d'Howard. D'autres suivront peut-être, l'avenir nous le dira (1) !

Avant d'entreprendre la rédaction des aventures de Conan, Howard imagina une pseudo-histoire du monde de Conan, avec sa géographie, son ethnographie et ses clivages politiques bien définis. C'est la réalité apparente du monde inventé par Howard qui donne à ces histoires leur force et leur fascination... cette vision pénétrante, cohérente et superbe, d'un « univers de pourpre, d'or et d'écarlate où tout peut arriver... sauf l'ennui ». Il a incorporé cette présentation historique dans un long essai, intitulé « l'Age Hyborien (2) ».

Selon Howard, Conan vécut, aima et connut les aventures les plus folles... il y a environ douze mille ans, soit huit mille ans après l'engloutissement d'Atlantis par les eaux et sept mille ans avant le début de l'Histoire « officielle ».

A cette époque (toujours selon Howard) les régions occidentales du principal continent de l'Hémisphère Oriental étaient occupées par les royaumes hyboriens. Ceux-ci se composaient d'une galaxie d'états fondés par les envahisseurs nordiques, les Hyboriens, trois mille ans plus tôt, sur les ruines de l'empire maléfique d'Acheron. Au sud des royaumes hyboriens se trouvent les cités-états de Shem qui se font la guerre entre elles. Au-delà de Shem sommeille l'antique et sinistre royaume de Stygie, rival et partenaire d'Acheron, au temps de la gloire san-

(1) Idem.
(2) Reproduit partiellement dans « Kull le roi barbare », éd. NeO, 1979.

glante de ce dernier. Plus au sud, au-delà des déserts et des velds, se trouvent les royaumes noirs, plongés dans la barbarie. Au nord des royaumes hyboriens, s'étendent les régions barbares de Cimmérie, Hyperborée, Vanaheim et Asgard. A l'ouest, au bord de l'océan, vivent les féroces et sauvages Picts. A l'est brillent les royaumes hyrkaniens, dont le plus puissant est Turan.

Environ cinq cents ans après l'époque de Conan le Grand, la plupart de ces royaumes furent balayés et détruits par les invasions et migrations barbares. Après quelques siècles durant lesquels la Terre connut une population très diminuée de barbares, errant et guerroyant entre eux, la civilisation, ou ce qui en restait, fut encore plus éprouvée par l'ultime avance des glaciers depuis les pôles et par des séismes, comparables à ceux qui avaient, dans le passé, détruit Atlantis. De cette époque date la formation de la Mer du Nord et de la Mer Méditerranée. De même, la grande Mer Intérieure de Vilayet se rétrécit, jusqu'aux dimensions de l'actuelle Mer Caspienne ; de vastes régions de l'Afrique Occidentale surgissent des flots de l'Atlantique. L'humanité sombre alors dans la sauvagerie la plus primitive. A la fin de cette ère glaciaire, la civilisation reprend, une nouvelle fois, sa lente ascension : l'Histoire commence telle que nous la connaissons.

Conan est un gigantesque barbare, un aventurier venu des lointaines régions nordiques. Grand amateur de vin et de femmes, ne dédaignant pas les rixes et les dangers les plus insurmontables, il parcourt la moitié de son monde préhistorique avant de monter sur le trône d'un puissant royaume. Fils d'un forgeron, originaire des lointaines régions nordiques de Cimmérie, Conan est né sur un champ de bataille, dans ce pays de collines déchiquetées, sous des cieux bien sombres! Encore adolescent, il participe à la mise à sac de Venarium, ville-frontière en bordure du royaume d'Aquilonie.

Plus tard, se joignant à une bande de guerriers Aesir, au cours d'un raid en Hyperborée, il est capturé par les Hyperboréens. S'évadant de leur bagne, il se dirige vers le sud et se rend au royaume de Zamora. Durant plusieurs années, il y mène une vie précaire; sa profession de voleur le conduit également dans les pays voisins de Corinthie et de Némédie (voir la carte). Peu habitué à la civilisation et hors-la-loi par nature, il compense son manque de subtilité et de sophistication par une astuce innée et par le physique impressionnant qu'il a hérité de son père.

Las de cette vie de crève-la-faim, Conan s'engage et devient mercenaire dans l'armée de Turan. Au cours des deux années qui suivent, il voyage énormément; c'est ainsi qu'il se rend dans les contrées légendaires de Meru et de Khitai, loin à l'est. Il apprend à tirer à l'arc et à monter parfaitement à cheval, activités qui l'avaient laissé indifférent jusqu'à ce qu'il serve dans l'armée turanienne. Le présent volume se situe à cette période.

Les lecteurs désirant en savoir davantage sur Conan, Robert E. Howard, ou sur l'heroic fantasy en général, pourront se référer aux autres volumes de cette série (1) à deux périodiques et à un livre. Le premier périodique a pour nom « Amra ». Publié par George H.Scithers (Box 9120, Chicago, Ill.,

(1) Quatre volumes de Conan ont déjà été publiés dans cette collection, même éditeur.

60690) c'est l'organe de la Légion Hyborienne, un groupe de fanatiques de l'heroic fantasy et de la saga de Conan en particulier. Le second périodique s'appelle « The Howard Collector ». Publié par Glenn Lord (Box 775, Pasadena, Texas, 77501) il contient principalement des articles, histoires et poèmes de et sur Howard.

Quant au livre, il s'agit de « The Conan Reader », écrit par moi-même et publié par Jack L. Chalker (5111 Liberty Heights Ave., Baltimore, Md., 21207) Il comprend des articles sur Howard, Conan et l'heroic fantasy, précédemment parus dans « Amra ». J'ai également établi la bibliographie partielle de nombreux ouvrages d'Howard dans mon introduction au volume « Conan », le premier de cette série. Pour ceux qui aimeraient lire d'autres livres d'heroic fantasy, outre la trilogie de Tolkien et les œuvres diverses de Lin Carter et de moi-même, ils ont à leur disposition les écrits de Jane Gaskell (trois romans sur Atlantis) John Jakes (« Brak the Barbarian ») Fritz Leiber (« Le Livre des Epées ») Michael Moorcock (« La saga des Runes ») Andre Norton (six romans consacrés au « Witch World ») Fletcher Pratt (« The Well of the Unicorn ») et de Jack Vance. J'espère que la lecture de ces ouvrages vous procurera autant de plaisir qu'à moi — ne serait-ce que la moitié !

L. Sprague de Camp

LA MALÉDICTION DU MONOLITHE

Après les événements relatés dans « La Cité des Crânes » (voir le premier volume de cette série : « Conan ») Conan monte en grade dans l'armée turanienne et est nommé capitaine. Pourtant, sa réputation grandissante de guerrier de premier ordre et d'homme capable de se tirer efficacement des situations les plus difficiles, au lieu de lui assurer une vie paisible et une solde aisément gagnée, amène les généraux du roi Yildiz à lui confier des missions particulièrement hasardeuses. L'une de ces missions l'emmène à des milliers de milles à l'est, vers le royaume légendaire de Khitai.

1.

Les falaises abruptes de pierre sombre cernaient Conan le Cimmérien, telles un piège. Il n'aimait pas la façon dont leurs pics déchiquetés se profilaient sur les rares étoiles qui scintillaient faiblement. On aurait dit les yeux d'araignées épiant le campement installé au fond de la vallée. Il n'aimait pas non plus le vent frais qui sifflait continuellement depuis les cimes rocheuses et rôdait autour du camp. Sous son souffle, les flammes du feu s'inclinaient et vacillaient, projetant de grandes ombres monstrueuses. Celles-ci se tordaient d'une manière sinistre sur les parois de pierre nue du versant de la vallée la plus proche.

De l'autre côté du campement, de gigantesques séquoias, déjà vieux lorsque les eaux engloutirent Atlantis huit mille ans plus tôt, se dressaient parmi des massifs de bambous et de rhododendrons. Un ruisseau coulait paresseusement hors du bois, passait à proximité du camp en murmurant et s'éloignait pour disparaître à nouveau au sein de la forêt. Dans le ciel, un banc de brume ou de brouillard flottait au-dessus des cimes montagneuses, occultant les étoiles les moins lumineuses et noyant les plus brillantes, comme si elles versaient des larmes.

Cet endroit pue la peur et la mort, songea Conan. Il sentait presque l'odeur âcre de la terreur apportée par la brise légère. Les chevaux la sentaient également. Ils poussaient de petits hennissements plaintifs, piaffaient et regardaient avec effroi vers l'obscurité, au-delà du cercle du feu. Les animaux sont proches de la nature. Ainsi était Conan, le jeune guerrier barbare, originaire des mornes collines de Cimmérie. Comme eux, ses sens plus subtils percevaient cette aura maléfique que ne pouvaient capter les sens d'hommes habitués à la vie citadine, les cavaliers turaniens qu'il avait conduits dans cette vallée désertée.

Les soldats étaient assis autour du feu et buvaient dans les outres en peau de chèvre la ration de vin prévue pour la nuit. Certains riaient et se vantaient des exploits amoureux qu'ils accompliraient à leur retour dans les maisons de débauche d'Aghrapur. D'autres, harassés par cette longue et rude journée passée à cheval, demeuraient silencieux, fixant le feu et bâillant. Bientôt, ils s'allongeraient pour la nuit, enroulés dans leurs lourds manteaux. La tête posée sur leurs sacoches de selle, ils dormiraient, formant un large cercle autour du feu, tandis que deux de leurs camarades monteraient la garde, leurs puissants arcs hyrkaniens bandés et prêts à tirer. Ils n'étaient aucunement conscients de la force sinistre qui planait sur la vallée.

Adossé au plus proche des séquoias géants, Conan resserra son manteau plus étroitement autour de lui, pour se protéger de la brise moite soufflant des hauteurs. Ses hommes étaient bien bâtis et d'une grande taille ; pourtant il dépassait d'une demi-tête le plus grand d'entre eux et sa largeur d'épaules, impressionnante, les faisait paraître chétifs en comparaison. Ses cheveux noirs s'échappaient de dessous son casque pointu, pourvu d'un couvre-nuque ; les yeux d'un bleu intense au milieu de son visage sombre et balafré retenaient les reflets rougeâtres du feu.

En proie à l'un de ses accès de mélancolie, Conan maudissait en silence le roi Yildiz, le monarque turanien bien intentionné mais sans aucune autorité, qui l'avait chargé de cette mission de mauvais augure. Plus d'un an s'était passé depuis qu'il avait juré fidélité au roi de Turan. Six mois plus tôt, la chance lui avait souri. Il s'était attiré la faveur du roi en sauvant, avec l'aide d'un autre mercenaire, Juma le Kushite, la fille de Yildiz, Zosara, des griffes du roi-dieu de Meru, atteint de démence. Il avait escorté la princesse et l'avait remise entre les mains de son fiancé et futur époux, Kujala Khan de la horde nomade des Kuigar.

Lorsque Conan était revenu dans la brillante capitale d'Aghrapur, le monarque lui avait manifesté toute sa gratitude. Lui et Juma avaient été élevés au grade de capitaine. Néanmoins, alors que Juma avait obtenu un poste convoité dans la Garde Royale, Conan avait été chargé, pour toute récompense, d'une nouvelle mission, encore plus difficile et périlleuse. A présent, se remémorant ces événements, il contemplait avec amertume les fruits de son succès.

Yildiz avait remis au gigantesque Cimmérien une lettre destinée au roi Shu de Kusan, un royaume mineur, situé à l'ouest de Khitai. A la tête de quarante vétérans, Conan avait entrepris l'interminable voyage. Il avait parcouru des centaines de lieues de la morne steppe hyrkanienne et longé les contreforts des impressionnantes Montagnes Talakma. Il s'était frayé un chemin à travers les déserts balayés par les vents et les jungles moites bordant le mystérieux royaume de Khitai, le pays le plus à l'est dont les hommes de l'Ouest aient jamais entendu parler.

Enfin arrivé à Kusan, Conan avait trouvé un merveilleux hôte en la personne du vénérable et philosophe roi Shu. Tandis que Conan et ses soldats étaient généreusement pourvus de mets et boissons exotiques, et se voyaient offrir des concubines peu farouches, le roi et ses conseillers décidaient d'accepter la proposition du roi Yildiz : l'offre d'un traité d'amitié et de libre commerce. Aussi le sage et vieux roi avait remis à Conan un magnifique rouleau de soie dorée. Sur le parchemin étaient tracés les idéogrammes compliqués de Khitai et les caractères gracieux et inclinés d'Hyrkanie : la réponse officielle et les compliments du roi de Khitai.

En plus d'une bourse en soie, remplie d'or khitanien, le roi Shu avait également fait don à Conan d'un noble de haut rang, faisant partie de sa cour. Il les guiderait jusqu'aux frontières occidentales de

Khitai. Pourtant, dès le premier instant, ce guide, le duc Feng, avait déplu à Conan.

Le Khitanien était un homme de petite taille, au corps gracile et aux gestes affectés ; sa voix était efféminée et il zézayait. Il portait d'incroyables vêtements en soie, ne convenant guère à de rudes chevauchées et à une vie de bivouac, et inondait sa précieuse personne de parfums capiteux. Il ne souillait jamais ses douces mains, aux ongles d'une longueur démesurée, par aucun des travaux du campement ; par contre, ses deux serviteurs étaient occupés jour et nuit, veillant à son confort et à sa dignité.

Conan, à la vue des manières du Khitanien, affichait le mépris viril du barbare endurci. Les yeux noirs en amande du duc et sa voix ronronnante lui rappelaient un chat ; il se disait souvent qu'il lui fallait surveiller ce nobliau, s'attendant à une trahison de sa part. D'un autre côté, il enviait secrètement au Khitanien ses manières exquises et cultivées, son charme indéniable. Ce fait augmentait d'autant le ressentiment de Conan à l'encontre du duc ; bien que les années passées au sein de l'armée de Turan aient donné à Conan un mince vernis de civilisation, il était toujours de cœur un jeune barbare, rustre et grossier. Il devait se méfier de ce petit duc Feng à l'esprit sournois.

2.

« Oserai-je troubler les profondes méditations du noble commandant ? » ronronna une voix doucereuse.

Conan sursauta et saisit la poignée de son *tulwar* avant de reconnaître la personne du duc Feng, enveloppé jusqu'au menton dans un épais manteau de velours vert pois. Conan commença à grommeler un juron de mépris. Se rappelant ses devoirs d'ambassadeur, il transforma son grognement en un salut de pure forme qui ne parut guère convaincant même à ses propres oreilles.

« Le noble capitaine n'arrive peut-être pas à trouver le sommeil ? » murmura Feng, ne semblant pas remarquer le ton peu aimable de Conan. Feng parlait couramment l'hyrkanien. C'était pour cette raison — une parmi d'autres — qu'il avait été dépêché pour guider la petite troupe de Conan, car le Cimmérien n'avait qu'une connaissance des plus superficielles de la langue monotone de Khitai. Feng poursuivit :

« Cette personne est assez fortunée pour posséder un remède souverain contre l'insomnie. Un apothicaire de talent l'a préparé pour moi, d'après une très ancienne prescription : une décoction de boutons de roses pilés et mélangés à de la cannelle, relevée de graines de pavot... »

« Non, rien de tout cela », grogna Conan. « Je vous remercie, duc. Il s'agit de quelque chose concernant cet endroit maudit. Une prémonition étrange me maintient éveillé alors que, en raison de notre longue chevauchée de la journée, je devrais être aussi épuisé qu'un jouvenceau après sa première nuit d'amour. »

Les traits du duc frémirent légèrement, comme s'il était choqué par les paroles crues de Conan... ou bien était-ce seulement le reflet des flammes sur son visage ? En tout cas, il répondit d'une voix suave : « Je crois comprendre les appréhensions de l'excellent commandant. Des sensations aussi troublantes ne sont pas rares dans cette... euh... vallée riche en légendes. Beaucoup d'hommes ont péri ici. »

« Un champ de bataille, c'est cela ? » grommela Conan.

Les épaules étroites du duc s'agitèrent sous le manteau vert. « Non, rien de tel, mon héroïque ami de l'Ouest. Cet endroit se trouve à proximité de la tombe d'un ancien roi de mon peuple : le roi Hsia de Kusan. Il a ordonné que tous ses gardes royaux soient décapités et leurs têtes enterrées auprès de lui, afin que leurs esprits continuent de le servir dans l'autre monde. Néanmoins, la superstition vulgaire prétend que les fantômes de ces gardes hantent cette vallée, défilant dans un sens puis dans l'autre, comme à la parade. » La voix mielleuse se fit encore plus ténue. « La légende dit également qu'un fabuleux trésor — de l'or et des bijoux précieux — a été enterré avec lui ; je crois que cette histoire est vraie. »

Conan dressa l'oreille. « De l'or et des gemmes ? Vraiment ? Et ce trésor... on ne l'a jamais retrouvé ? »

Le Khitanien considéra Conan un long moment, posant sur lui un regard oblique et contemplatif. Comme s'il était parvenu à quelque décision secrète, il répondit : « Non, seigneur Conan ; car l'endroit précis où fut enterré le trésor est ignoré de tous... excepté d'un seul homme. »

L'intérêt de Conan était parfaitement visible à présent. « Qui est cet homme ? » demanda-t-il sans aucune délicatesse.

Le Khitanien sourit. « Cette humble personne, bien sûr. »

« Crom et Erlik ! Si vous savez où a été caché le

butin, comment se fait-il que vous ne l'ayez pas encore déterré ? »

« Mon peuple est habité par la peur superstitieuse d'une malédiction jetée sur l'emplacement de la tombe de l'ancien roi ; celle-ci est signalée par un monolithe de pierre noire. Jusqu'à présent, j'ai été incapable de persuader quiconque de m'aider à m'emparer du trésor dont je suis le seul à connaître la cachette. »

« Pourquoi ne pas l'avoir fait vous-même ? »

Feng écarta ses petites mains aux longs ongles. « J'ai besoin d'un assistant en qui je puisse avoir confiance... pour me protéger de tout ennemi insidieux, humain ou animal, risquant de s'approcher dans mon dos et de profiter de mon extase à la vue du butin. De plus, il faudra inévitablement creuser, soulever la pierre tombale, la déplacer. Un homme de haute extraction comme moi ne possède pas les muscles nécessaires pour des efforts aussi physiques et grossiers.

« A présent écoutez-moi, vaillant messire ! Cette personne n'a pas conduit par hasard l'honorable commandant dans cette vallée, mais dans un but bien précis. Lorsque j'ai appris que le Fils du Ciel désirait que j'accompagne le courageux capitaine vers l'ouest, j'ai accepté cette proposition avec empressement. Cette mission se présentait comme un véritable cadeau que me faisaient les autorités divines du Ciel, car Votre Seigneurie possède la musculature de trois hommes ordinaires. Et, étant un étranger venu de l'Ouest, naturellement vous ne partagez pas les terreurs superstitieuses des habitants de Kusan. Ma supposition est-elle fondée ? »

Conan répondit par un grognement : « Je ne crains ni dieu, ni homme, ni démon, encore moins le fantôme d'un roi mort depuis longtemps. Poursuivez, seigneur Feng. »

Le duc se rapprocha de lui, de côté ; sa voix était tombée, se réduisant à un murmure presque inaudible. « Alors, voici mon plan. Comme je l'ai déjà dit, cette personne vous a conduit ici parce que je pensais que vous étiez peut-être celui que je cherchais depuis si longtemps. La tâche sera aisée pour quelqu'un possédant votre force et dans mes bagages se trouvent des outils prévus à cet effet. Mettons-nous en route à l'instant même ; dans moins d'une heure nous serons riches, comme aucun de nous deux ne l'a jamais rêvé ! »

Le murmure ensorceleur et ronronnant de Feng réveilla dans le cœur barbare de Conan le désir de butin ; pourtant un reste de prudence empêcha le Cimmérien de donner son accord immédiat.

« Pourquoi ne pas réveiller une partie de mes hommes afin qu'ils nous aident ? » fit-il d'une voix rauque. « Ou bien vos serviteurs ? Nous aurons certainement besoin de quelqu'un pour rapporter le butin jusqu'au campement ! »

Feng secoua sa tête luisante. « Pas vraiment, mon honorable allié ! Le trésor se compose de deux petites cassettes en or remplies d'or pur ; chacune est incrustée de gemmes précieuses, excessivement rares. Nous porterons aisément cette fortune... de quoi nous offrir une principauté... pourquoi partager ce trésor avec d'autres ? Etant le seul à connaître sa cachette, j'ai droit naturellement à la moitié du butin. En vérité, si vous êtes assez prodigue pour partager l'autre moitié — celle qui vous revient — avec vos quarante soldats... eh bien, à vous d'en décider ! »

Ce dernier argument persuada définitivement Conan de se rallier au plan du duc Feng. La paie des soldats du Roi Yildiz était maigre et souvent versée en retard. En récompense de ses services rendus au royaume de Turan, Conan avait surtout reçu de nombreux compliments — des phrases creuses où il était question d'honneur — et très peu de pièces d'or sonnantes et trébuchantes.

« Je vais chercher les outils », murmura Feng. « Nous sortirons du camp séparément, afin de ne pas éveiller les soupçons. Pendant que je prépare les ustensiles, mettez votre cotte de mailles et prenez vos armes. »

Conan fronça les sourcils. « Pourquoi dois-je revêtir mon armure, juste pour déterrer un coffre ? »

« Oh, excellent seigneur ! De nombreux dangers nous guettent dans ces collines. Ici rôdent le terrible tigre, le féroce léopard, l'ours brutal et l'irascible taureau sauvage, sans parler des bandes errantes de chasseurs primitifs. Puisqu'un gentilhomme de Kusan n'est pas habitué au maniement des armes, votre robuste personne doit être prête à se battre pour deux. Croyez-moi, noble capitaine, je sais de quoi je parle ! »

« Oh, très bien », grommela Conan.

« Excellent ! J'étais sûr qu'un esprit supérieur comme le vôtre se rangerait à la force de mes arguments. A présent séparons-nous... pour nous retrouver en amont de la vallée, à l'apparition de la lune. Celle-ci doit se lever dans deux fois une heure environ, ce qui nous donne amplement le temps de nous préparer pour ce rendez-vous. »

3.

La nuit devint plus sombre et le vent plus froid. Toutes les prémonitions étranges de danger éprouvées par Conan dès l'instant où il était arrivé dans cette vallée désolée, au coucher du soleil, resurgirent en lui, plus fortes que jamais. Comme il marchait en silence aux côtés du Khitanien au corps chétif, il lançait des regards prudents vers les ténèbres. Les parois rocheuses et escarpées se resserraient de chaque côté ; bientôt il leur fut presque impossible de s'avancer entre le flanc de la colline et le bord du ruisseau qui murmurait et coulait vers la vallée à leurs pieds.

Derrière eux, une lueur surgit dans le ciel brumeux, à l'endroit où les cimes montagneuses se découpaient sombrement sur le firmament. Cette lueur grandit et se changea en une opalescence nacrée. Les parois de la vallée s'éloignèrent de chaque côté et les deux hommes s'avancèrent sur le terrain herbu qui s'étendait devant eux. Le cours d'eau décrivait un angle vers la droite, s'incurvait et disparaissait en murmurant parmi les fougères nombreuses à cet endroit.

Comme ils sortaient de la vallée, la lune apparut au-dessus des falaises derrière eux. Dans l'air brumeux, elle donnait l'impression d'être immergée au fond de l'eau. Sa lueur blême et trompeuse brillait sur une petite colline de forme arrondie qui se dressait sur le sol herbeux, exactement devant eux. Au-delà, d'autres collines aux flancs escarpés, couronnées de forêts, se profilaient dans la clarté lunaire aqueuse.

Comme la lune répandait une poudre d'argent sur la colline devant eux, Conan oublia ses pressentiments. Car à cet endroit se dressait le monolithe dont avait parlé Feng. C'était une flèche de pierre noire, lisse et luisant sombrement. Elle se dressait depuis le faîte de la colline et s'élevait jusqu'à transpercer le banc de brume flottant au-dessus du paysage. Le sommet du monolithe apparaissait sous la forme d'une simple tache.

Ainsi c'était là que se trouvait la tombe du roi Hsia mort depuis des siècles, comme le lui avait prédit Feng. Le trésor devait être enterré sous la pierre ou bien sur l'un de ses côtés. Ils découvriraient vite lequel.

Portant sur son épaule le levier et la pelle de Feng, Conan se fraya avec force un chemin à travers des massifs de rhododendrons épais et souples, puis gravit la pente de la colline. Il s'arrêta pour aider son compagnon de petite taille à grimper à son tour. Après une brève escalade, ils parvenaient au sommet du tertre.

Devant eux, le monolithe se dressait au milieu de la surface légèrement bombée du faîte de la colline. Il s'agissait probablement d'un tertre artificiel, songea Conan, comme ces *cairns* bâtis au-dessus de la dépouille de grands chefs, dans son propre pays. Si le trésor se trouvait à la base d'un tel amoncellement de terre et de pierres, il faudrait plus d'une nuit de travail pour creuser et le mettre à jour...

Poussant un juron de surprise, Conan durcit sa prise sur la pelle et le levier. Une force invisible s'était emparé d'eux et les attirait vers le monolithe. Il chercha à s'écarter de la pierre, ses puissants muscles saillant sous sa cotte de mailles. Néanmoins, pouce après pouce, la force l'entraînait vers le monolithe. Lorsqu'il vit qu'il allait être plaqué contre la pierre malgré tous ses efforts, il lâcha les outils qui volèrent et heurtèrent la flèche minérale avec un double cliquetis métallique et sonore, se soudant étroitement à elle.

Le fait de lâcher les outils ne libéra pas Conan de l'attraction du monument ; celle-ci s'exerçait à présent sur sa cotte de mailles avec la même force que sur la pelle et le levier. Titubant et jurant, Conan fut plaqué contre le monolithe avec une violence surprenante. Son dos était cloué à la pierre comme l'était la partie supérieure de ses bras, recouverte par les manches courtes de sa cotte de mailles. Ainsi que sa tête enserrée dans le casque à pointe turanien et l'épée dans le fourreau fixé à sa taille.

Conan se débattit pour s'arracher à la pierre et se libérer ; il constata bientôt que cela lui était impossible. Des chaînes invisibles semblaient le retenir solidement à la colonne de pierre sombre.

« Quelle est cette ruse démoniaque, chien perfide ? » proféra-t-il en grinçant des dents.

Souriant et imperturbable, Feng s'approcha lentement de Conan, immobilisé et cloué au pilier. Apparemment à l'abri de la force mystérieuse, le Khitanien tira un foulard en soie de l'une des amples manches de son manteau. Il attendit que Conan ouvre la bouche et appelle à l'aide pour enfoncer avec adresse un bout du tissu dans la bouche du Cimmérien. Tandis que Conan bâillonné mâchonnait avec fureur la soie, le petit homme noua soigneusement le foulard autour de sa tête. A la fin, celui-ci interrompit ses efforts, haletant mais silencieux, lançant des regards vénimeux au petit duc qui souriait avec courtoisie.

« Pardonne cette ruse, noble sauvage ! » zézaya Feng. « Il était nécessaire que cette personne invente une histoire pour exciter ta convoitise de primitif, afin de t'attirer jusqu'ici *seul !* »

Les yeux de Conan flamboyèrent d'une rage volcanique tandis qu'il lançait toutes les ressources de son corps musclé contre les liens invisibles qui l'emprisonnaient et le maintenaient contre le monolithe. Cela n'eut aucun résultat ; il était à la merci du duc. La sueur ruisselait au bas de son front et pénétrait la casaque de coton sous sa cotte de mailles. Il voulut crier ; sa bouche n'émit que des grognements et des gargouillements.

« Etant donné, mon cher capitaine, que votre vie approche de la fin que lui a assigné le destin », continua Feng, « il serait impoli de ma part de ne pas vous donner l'explication de mes actes. Ainsi votre esprit inférieur pourra partir vers l'enfer — quel qu'il soit — préparé à son intention par les dieux des barbares... en parfaite connaissance des causes de sa chute. Apprenez donc que la cour de son Altesse fort aimable mais stupide, le roi de Kusan, est partagée en deux clans. L'un de ces groupes, le parti du Paon Blanc, souhaite nouer des contacts avec les barbares de l'Ouest. L'autre, le parti du Faisan d'Or, regarde avec abomination toute relation avec ces animaux ; bien sûr, je suis l'un des patriotes dévoués appartenant au Faisan d'Or. C'est avec joie que je donnerais ma vie pour ruiner votre soi-disant mission diplomatique, afin d'éviter que le contact avec vos maîtres barbares ne contamine notre culture si pure et ne bouleverse notre système social divinement ordonné.

« Par bonheur, une mesure aussi extrême ne semble pas nécessaire. Car je vous ai à ma merci, vous le chef de cette bande de démons étrangers, et là, à votre cou, est suspendu le traité que le Fils du Ciel a signé avec votre roi païen et grossier. »

Le petit duc sortit de dessous le pourpoint de Conan le tube d'ivoire contenant les documents. Il détacha la chaîne qui le retenait au cou du Cimmérien et l'enfouit dans l'une de ses manches volumineuses, ajoutant avec un sourire malicieux : « Quant à la force qui vous immobilise ainsi, je n'essaierai pas d'expliquer sa nature subtile à votre esprit aussi peu développé que celui d'un enfant. Je me contenterai de vous indiquer que la substance dans laquelle a été taillé le monolithe présente la curieuse particularité d'attirer le fer et l'acier avec une force irrésistible. Aussi vous n'avez rien à craindre ; ce n'est pas une magie impure qui vous retient captif. »

Cette révélation n'apporta aucun réconfort à Conan. Il avait vu un jour, à Aghrapur, un magicien attirer de la même façon des clous à l'aide d'un morceau de pierre rouge sombre. Il supposa que la force, dont il était le prisonnier, était de la même espèce. Comme il n'avait jamais entendu parler de magnétisme, à ses yeux, cela équivalait néanmoins à de la magie.

« Pour vous éviter de nourrir un espoir trompeur... celui d'être délivré par vos hommes », poursuivit Feng, « je vous dirai ceci : dans ces collines vivent les Jagas, une tribu primitive de chasseurs de têtes. Attirés par le feu de votre campement, ils vont se rassembler aux deux extrémités de la vallée et attaqueront votre détachement à l'aube. Rassurez-vous... ils procèdent toujours ainsi !

« A ce moment, j'espère être déjà très loin. Si, par malheur, ils me capturaient... ma foi, tout homme doit mourir un jour ou l'autre, n'est-ce pas... je passerai de vie à trépas avec la dignité et la sérénité convenant à une personne de mon rang et de ma culture. Ma tête ornerait d'une façon délicieuse une hutte Jaga... je n'ai aucun doute à ce sujet.

« Sur ce, mon aimable Barbare, je vous dis adieu.

Vous pardonnerez à cette personne de vous tourner le dos durant vos derniers instants. Votre mort est très regrettable, d'une certaine façon, et je ne prendrais aucun plaisir à y assister. Si seulement vous aviez reçu une éducation khitanienne... vous auriez fait un admirable serviteur... un excellent garde du corps... pour moi ! Mais les choses sont ce qu'elles sont ! »

L'ayant salué par une courbette ironique, le Khitanien s'éloigna vers le flanc de la colline. Conan se demanda si le duc avait prévu de le laisser ainsi pris au piège, collé au monolithe, jusqu'à ce qu'il meurt de faim et de soif. Si ses hommes s'apercevaient de son absence avant l'aube, ils se mettraient peut-être à sa recherche. A dire vrai, comme il s'était glissé hors du camp sans laisser un mot indiquant où il se rendait, ils ne sauraient pas s'ils devaient s'inquiéter de son absence prolongée. Si seulement il pouvait leur faire parvenir un message... ils battraient toute la région pour le retrouver et auraient vite fait de régler son compte au perfide petit duc. Comment les prévenir ?

A nouveau il lança toute la force de ses muscles contre la force qui le maintenait écrasé contre la colonne... sans succès. Il pouvait remuer la partie inférieure de ses jambes et de ses bras, et même tourner légèrement la tête d'un côté et de l'autre. Mais son corps était solidement retenu par la cotte de mailles qui l'habillait.

A présent la lune brillait. Conan se rendit compte qu'auprès de ses pieds et tout autour de la base du monument étaient éparpillés les sinistres restes d'autres victimes. Des dents et des ossements humains s'entassaient, tels des monceaux d'ordures ; il avait dû les piétiner lorsque la force mystérieuse l'avait attiré contre le pilier.

A la faveur de la lumière plus intense, Conan s'aperçut avec un certain malaise que ces vestiges étaient singulièrement décolorés. Un examen plus attentif lui apprit que les ossements avaient apparemment été rongés ici et là, comme si une substance corrosive avait dissous leur surface lisse pour exposer au regard la matière spongieuse sous-jacente.

Il tourna la tête d'un côté et de l'autre, cherchant un moyen de s'échapper. Le Khitanien à la voix mielleuse, apparemment, avait dit la vérité ; pourtant il discernait à présent des morceaux de fer maintenus par la force invisible contre la pierre curieusement maculée et décolorée de la colonne. Sur sa gauche il apercevait la pelle, le levier et l'arrondi d'un casque rouillé ; sur sa droite une dague, érodée par le temps et les intempéries, était collée à la pierre. Néanmoins, une nouvelle fois, il fit appel à toute son énergie pour tenter de s'arracher à cette force intangible...

D'en bas retentit un son étrange... un air empreint de raillerie, une mélodie engendrant la démence. Scrutant les ténèbres à travers la clarté lunaire capricieuse, Conan vit que Feng n'avait pas quitté les lieux. Le duc était assis dans l'herbe, au flanc de la colline. Il avait sorti une curieuse flûte de ses habits amples et tirait des notes de cet instrument.

En même temps que la mélodie stridente un faible bruit de succion parvint aux oreilles de Conan. Cela semblait provenir d'au-dessus de lui. Les muscles du cou puissant du Cimmérien se gonflèrent comme il tordait la tête pour regarder vers le haut ; le casque à pointe turanien grinça contre la pierre dans son mouvement éperdu. Le sang se glaça dans ses veines...

La brume qui avait dissimulé le faîte du pilier s'était dissipée. La lune montante brillait sur — et à travers — une chose amorphe, blottie d'une manière obscène au sommet de la colonne. Cela ressemblait à une masse énorme de gelée frémissante, à demi transparente... et cela vivait ! La vie... une vie monstrueuse et boursouflée... animait la créature ! La clarté lunaire lança des reflets humides sur le corps flasque, tandis qu'il palpitait, semblable à un énorme cœur vivant.

4.

Tandis que Conan, pétrifié d'horreur, l'observait, l'habitant du monolithe lança dans sa direction un appendice gélatineux qui tâtonna vers le bas de la colonne. Le pseudopode visqueux se déplaça comme un serpent sur la surface lisse de la pierre. Conan commença à comprendre l'origine des taches qui décoloraient le monument.

Le vent avait tourné et une bourrasque soudaine apporta jusqu'aux narines de Conan une puanteur nauséabonde. A présent il savait pourquoi les ossements à la base du pilier présentaient cet aspect étrange de corrosion. En proie à une horreur qui lui ôtait presque tout courage, il comprit que la chose à l'apparence gélatineuse exsudait un liquide digestif lui permettant d'avaler sa proie. Il se demanda combien d'hommes, dans les ères passées, s'étaient trouvés à sa place, attachés à ce pilier et impuissants, attendant la caresse acide de l'abomination qui descendait à présent vers lui.

Etait-ce l'étrange mélopée jouée par Feng ou bien l'odeur de la chair vivante qui la conviait au festin ? En tout cas, la créature avait commencé sa lente progression vers le bas, glissant pouce après pouce le long du pilier... vers son visage. La gelée humide produisait des bruits de succion et de chuintement en descendant lentement vers lui.

Le désespoir donna de nouvelles forces à ses muscles contractés et douloureux. Il se jeta d'un côté et de l'autre, essayant de toute son énergie de briser l'étreinte de la force mystérieuse. A sa grande surprise, il s'aperçut que, au cours de l'un de ses mouvements frénétiques, il avait glissé sur un côté et tourné partiellement autour de la colonne.

La force qui le retenait prisonnier ne lui interdisait pas tout mouvement ! Ce fait lui donna matière à réflexion ; pourtant il savait qu'il ne pourrait pas échapper très longtemps au monstre de gelée vivante en se déplaçant de la sorte.

Il sentit quelque chose contre son flanc protégé par la cotte de mailles. Baissant les yeux, il aperçut la dague rongée par la rouille, entrevue quelques instants plus tôt. Son mouvement sur le côté avait mis la poignée de l'arme au contact de ses côtes.

La partie supérieure de son bras était toujours plaquée contre la pierre par la manche de sa cuirasse, mais son avant-bras et sa main étaient libres. Pouvait-il fléchir son bras... suffisamment pour saisir la poignée de la dague ?

Il banda tous ses muscles, avançant sa main sur la pierre, pouce après pouce. La cuirasse raclait la surface lisse ; la sueur coulait dans ses yeux. Peu à peu, son bras se tendait vers la poignée de la dague. Les notes moqueuses jouées par Feng résonnaient dans ses oreilles d'une manière démentielle, tandis que la puanteur impie de la créature visqueuse emplissait ses narines.

Sa main toucha la dague ; en un instant il tenait solidement la poignée. Comme il cherchait à la détacher du monolithe, la lame rongée par la rouille se brisa avec un tintement métallique. Regardant vers le bas, il vit que la lame s'était brisée aux deux tiers environ, à partir de la pointe effilée... le fragment était collé à la pierre. Le tiers restant saillait toujours de la poignée. Comme il y avait à présent moins de fer dans la dague, la force d'attraction du monolithe était moindre. Aussi Conan fut-il à même — au prix d'un effort qui fit se gonfler tous ses muscles — de détacher l'arme tronquée de la colonne de pierre.

Un regard lui apprit que, bien que la plus grande partie de la lame soit perdue pour lui, le fragment subsistant présentait toujours deux côtés apparemment affilés. Tandis que ses muscles frissonnaient dans son effort pour garder l'arme à distance de la pierre, il approcha l'un des tranchants de la lanière de cuir qui maintenait les deux moitiés de sa cotte de mailles solidement attachées. Précautionneusement, il entreprit de scier le cuir avec la lame rouillée.

Chaque mouvement était un supplice. L'attente angoissée était une torture insoutenable. Sa main, tordue sur le côté et tendue, le faisait souffrir atrocement et s'engourdissait. La vieille lame était ébréchée, fine et fragile. Un mouvement trop brusque risquait de la briser. Alors il serait sans défense. Il sciait toujours, de haut en bas, avec d'infinies précautions. Les remugles devinrent encore plus suffoquants et les bruits de succion indiquant la progression de la créature augmentèrent.

Conan sentit la lanière céder. L'instant suivant, il

lançait toutes ses réserves d'énergie contre la force magnétique dont il était le prisonnier. La lanière se détendit et sortit des fentes de la cotte de mailles ; bientôt tout un côté de sa cuirasse était détaché. Son épaule et un demi-bras sortirent par l'ouverture.

Il sentit un léger coup sur sa tête. La puanteur devint accablante ; son assaillant invisible avait continué de descendre et était arrivé presque jusqu'à lui. Conan comprit qu'un tentacule gélatineux avait atteint son casque et tâtonnait sur sa surface, cherchant la chair. Dans un instant, la substance corrosive allait inonder son visage...

Il sortit frénétiquement son bras de la manche du côté délacé de sa cotte de mailles. De sa main libre, il défit son ceinturon d'épée et détacha la mentonnière de son casque. Puis il banda tous ses muscles et se délivra complètement du carcan fatal de sa cuirasse, laissant son *tulwar* et sa cotte de mailles collés contre la pierre.

Il s'éloigna en titubant de la colonne et s'immobilisa un instant, les jambes tremblantes. Le monde sous la clarté lunaire bascula devant ses yeux.

Regardant derrière lui, il vit que le monstre gélatineux avait avalé son casque. Frustré dans sa quête de viande, il tendait d'autres pseudopodes vers le bas, palpant la pierre, ondoyant lentement et cherchant sous la lumière aqueuse.

Au bas de la pente, la flûte démoniaque jouait toujours. Feng, plongé dans une extase inhumaine, était assis sur l'herbe, les jambes croisées, tirant des notes impies de son instrument.

Conan arracha le bâillon de sa bouche et le jeta de côté. Il bondit vers Feng tel un léopard sur sa proie. Il sauta sur le petit duc, les mains en avant ; les deux hommes roulèrent au bas de la pente, dans un enchevêtrement de robes de soie et de membres s'agitant en tous sens. Un coup à la tempe mit fin aux mouvements et à la résistance de Feng. Conan chercha dans les manches amples du Khitanien et en tira le cylindre d'ivoire contenant les documents.

Le Cimmérien remonta la colline d'une allure incertaine, traînant Feng à sa suite. Comme il atteignait le promontoire plat entourant la base du monolithe, il souleva Feng et le tint à bout de bras au-dessus de sa tête. Voyant ce qui lui arrivait, le duc poussa un cri ténu et suraigu. Conan le lança vers le monolithe. Le Khitanien heurta la colonne avec un choc sourd et retomba à terre, inconscient.

Le choc avait été miséricordieux : le duc ne sentit jamais le contact visqueux de l'habitant du monolithe. Les tentacules vitreux atteignirent son visage... un instant, Conan regarda, d'un air farouche. Les traits de Feng devinrent indistincts et se ternirent comme la gelée tremblotante les recouvrait. Puis la chair disparut, laissant apparaître le crâne et les dents, en un horrible rictus. Le corps gélatineux de l'abomination rosit puis devint écarlate comme elle... se nourrissait.

5.

Conan revint à grands pas vers le camp, les jambes raides. Derrière lui, tel la torche d'un géant, le monolithe se dressait contre le ciel, enveloppé de flammes pourpres et de fumée.

Il lui avait suffi de quelques instants pour mettre le feu aux brindilles sèches avec son briquet à silex. Il avait regardé avec une satisfaction farouche la façon dont la surface huileuse du monstre gélatineux avait pris feu et flambé, tandis que la créature se tordait violemment en une agonie silencieuse. Qu'ils brûlent tous les deux, avait-il pensé : le cadavre à demi digéré de ce chien perfide et son effroyable petit protégé !

En s'approchant du camp, Conan vit que certains de ses soldats étaient toujours éveillés. Plusieurs regardaient avec curiosité la lueur lointaine de l'incendie. Comme il s'avançait, ils l'entourèrent et le pressèrent de questions : « Où étiez-vous passé, capitaine ? Quelle est cette lueur ? Où est le duc ? »

« Ho ! Silence, bande de lourdauds ! » rugit le Cimmérien comme il s'approchait du feu. « Réveillez les autres et sellez les chevaux. Nous partons immédiatement. Les chasseurs de têtes Jagas nous ont attaqués par surprise ; ils seront ici d'un instant à l'autre. Ils ont eu le duc, mais j'ai réussi à leur échapper. Khusro ! Mulai ! Remuez-vous un peu si vous ne voulez pas que vos têtes ornent leurs huttes démoniaques ! Par Crom, j'espère que vous m'avez laissé un peu de vin ! »

LE DIEU TACHÉ DE SANG

Conan continue de servir dans l'armée turanienne ; durant cette période — deux ans environ — il voyage énormément et devient un soldat aguerri. Comme d'habitude, les ennuis ne le quittent pas. Après une aventure particulièrement mouvementée — où serait compromise, dit-on, la maîtresse du commandant de son détachement de cavalerie — Conan trouve opportun de quitter l'armée de Turan. Il déserte. Ayant entendu parler d'un fabuleux trésor, il se met en quête du butin, dans les Montagnes Kezankiennes, le long de la frontière orientale de Zamora.

Il faisait aussi sombre qu'en Enfer dans cette ruelle étroite, chargée de remugles, où Conan de Cimmérie avançait à tâtons, en une quête aussi aveugle que les ténèbres autour de lui. Si quelqu'un l'avait aperçu à cet instant, il aurait vu un homme de grande taille, puissamment musclé, portant un ample *khilat* Zuagir. Sa poitrine était protégée par une cuirasse aux fines mailles d'acier ; de ses épaules tombait un manteau Zuagir en poil de chameau. Sa crinière de cheveux noirs et son large visage, sombre et éclatant de jeunesse, hâlé par le soleil du désert, étaient dissimulés par la *kaffia* Zuagir.

Un cri de douleur suraigu frappa ses oreilles.

De tels cris n'étaient pas rares dans les ruelles tortueuses d'Arenjun, la Cité des Voleurs, et aucun homme prudent ou craintif n'aurait songé à se mêler d'une affaire ne le concernant pas. Mais Conan n'était ni prudent ni craintif. Sa curiosité toujours en éveil ne le laisserait pas passer à côté d'un appel au secours sans y répondre ; de plus, il était à la recherche de certains individus. Se renseigner sur l'origine de ce cri l'aiderait peut-être à les retrouver plus rapidement.

Obéissant à ses instincts de barbare, il se dirigea vers un rayon de lumière qui transperçait les ténèbres non loin de là. Un instant plus tard, il regardait par un interstice des volets soigneusement fermés d'une fenêtre encastrée dans un épais mur de pierre.

Il contemplait une pièce spacieuse, ornée de tapisseries rouges et meublée de divans et de tapis de prix. Autour de l'un de ces divans se tenait un groupe d'hommes... six ruffians Zamoriens musclés et deux autres échappant à toute identification. Sur la couche était étendu un autre homme, nu jusqu'à la taille. C'était un Kezankien. Quatre brigands aussi musclés que lui le tenaient par les poignets et les chevilles. Ainsi écartelé, il lui était impossible de bouger ; pourtant ses muscles saillaient, formant des nœuds frémissants sur ses membres et ses épaules. Ses yeux flamboyaient d'une lueur rougeâtre ; sa robuste poitrine luisait de sueur. Sous les yeux de Conan, un homme au corps souple, coiffé d'un turban de soie rouge, retira à l'aide de tenailles un charbon ardent d'un brasero fumant et le tint en équilibre au-dessus de la poitrine frissonnante, déjà marquée par une torture identique.

Un autre homme, plus grand que celui au turban

rouge, grogna une question inaudible pour Conan. Le Kezankien secoua violemment la tête et cracha sauvagement vers celui qui venait de l'interroger. Le charbon chauffé au rouge tomba sur la poitrine velue, arrachant un beuglement inhumain au supplicié. A cet instant, Conan lança tout son poids contre les volets.

L'action du Cimmérien était moins impulsive qu'il n'y paraissait. Pour le but qu'il avait en tête, il lui fallait un allié parmi les hommes vivant dans les Montagnes Kezankiennes. Cette tribu était hostile aux étrangers, le fait était notoire. L'occasion de forger cette alliance s'offrait providentiellement à lui. Les volets se brisèrent dans un fracas retentissant et Conan bondit, les pieds en avant. Il atterrit à l'intérieur de la pièce, son cimeterre dans une main et un couteau-épée Zuagir dans l'autre. Les bourreaux se retournèrent vivement et poussèrent des glapissements de surprise.

Ils virent une silhouette, grande et massive, portant les vêtements d'un Zuagir ; un pan de sa *kaffia* était ramené sur son visage et le voilait. Au-dessus de ce masque, deux yeux flamboyaient d'un bleu volcanique. Un instant, le temps parut s'arrêter, la scène se figer... puis, à cette immobilité irréelle, succéda une action féroce, démentielle.

L'homme au turban rouge aboya un ordre bref. Un géant velu s'élança à la rencontre de l'intrus. Le Zamorien tenait dans sa main une épée longue de trois pieds ; comme il chargeait, il porta une botte meurtrière vers le haut. Le cimeterre s'abattit et rencontra le poignet qui se levait. La main, étreignant toujours l'épée, vola du poignet, dans une pluie de sang ; la lame longue et étroite, tenue par la main gauche de Conan, s'enfonça dans la gorge de l'homme, la transperçant et étouffant son grognement d'agonie.

Le Cimmérien bondit par-dessus le moribond qui s'effondrait, vers Turban Rouge et son compagnon de grande taille. Turban Rouge dégaina un couteau, son acolyte un sabre.

« Mets-le en pièces, Jillad ! » gronda Turban Rouge, battant en retraite devant l'assaut impétueux du Cimmérien. « Zal, aide-le, vite ! »

L'homme qui s'appelait Jillad para le coup de Conan et contre-attaqua. Conan l'évita d'un mouvement qui aurait ridiculisé le bond d'une panthère affamée, et se retrouva à portée du coutelas de Turban Rouge. La lame jaillit vers lui ; la pointe heurta le flanc de Conan, mais ne parvint pas à transpercer le corset métallique de mailles noires. Turban Rouge fit un bond en arrière, évitant de si peu le couteau de Conan que la mince lame fendit sa veste de soie et la peau en dessous. Il heurta un tabouret et tomba à la renverse. Avant que Conan puisse profiter de son avantage, Jillad le pressait à nouveau, faisant pleuvoir des coups avec son sabre.

Tout en parant, le Cimmérien vit que l'homme répondant au nom de Zal s'avançait vers lui, tenant une lourde hache d'armes, tandis que Turban Rouge se redressait péniblement.

Conan n'attendit pas d'être cerné par ses adversaires. Un coup rapide de son cimeterre obligea Jillad à se reculer vivement. Zal leva sa hache... Conan s'élança, évitant l'arme meurtrière. Un instant plus tard, Zal était à terre, se tordant et baignant dans son propre sang et ses entrailles. Conan bondit vers les hommes qui maintenaient toujours le prisonnier. Ils lâchèrent l'homme en hurlant et dégainèrent leurs *tulwars*. L'un d'eux abattit son arme vers le Kezankien : celui-ci évita le coup en roulant sur lui-même et en sautant du divan. Puis Conan s'interposa entre lui et eux. Battant en retraite devant leurs coups, il grogna à l'adresse du Kezankien :

« Filons d'ici ! Passe devant moi ! Vite ! »

« Chiens ! » hurla Turban Rouge. « Ne les laissez pas s'échapper ! »

« Approche, couard ! Viens donc goûter à la mort par toi-même ! » Conan éclata d'un rire sauvage, parlant le Zamorien avec un accent barbare.

Le Kezankien, affaibli par la torture, tira un verrou et ouvrit violemment une porte donnant sur une petite cour. Il s'élança à travers la cour d'un pas chancelant, tandis que, dans son dos, Conan faisait face à ses bourreaux, sur le seuil. Leur nombre même gênait leurs assauts dans cet espace confiné. Le Cimmérien riait et les maudissait tout en parant leurs coups et en portant des bottes. Turban Rouge dansait derrière la meute, poussant des jurons stridents. Le cimeterre de Conan s'élança, dardant comme la langue d'un cobra ; un Zamorien poussa un cri et s'effondra, étreignant son ventre. Jillad qui portait une botte trébucha contre lui et tomba. Avant que les silhouettes folles de rage qui s'écrasaient et se pressaient sur le seuil puissent se redresser et attaquer d'une manière cohérente, Conan pivota sur ses talons et traversa rapidement la cour, se dirigeant vers le mur par-dessus lequel le Kezankien avait déjà disparu.

Rengainant ses armes, Conan bondit vers le faîte du mur, se cramponna aux pierres et opéra un rétablissement. Il eut une vision fugitive de la rue sombre et sinueuse qui s'étendait au-delà. Quelque chose s'écrasa contre sa tête... il bascula du mur pour tomber vers la ruelle ombreuse.

La faible lueur d'une bougie sur son visage réveilla Conan. Il se redressa, cligna des yeux et jura, cherchant son épée à tâtons. On souffla sur la bougie et une voix dit dans l'obscurité :

« Du calme, Conan de Cimmérie ! Je suis ton ami. »

« Au nom de Crom, qui es-tu ? » demanda Conan. Il avait trouvé son cimeterre sur le sol ; il replia furtivement ses jambes sous lui, s'apprêtant à bondir. Il était dans la rue, au pied du mur d'où il était tombé ; l'autre homme formait au-dessus de lui une masse sombre et indistincte dans la faible clarté stellaire.

« Ton ami », répéta l'autre, avec un léger accent Iranistanien. « Appelle-moi Sassan. »

Conan se leva, son cimeterre à la main. L'Iranistani tendit quelque chose vers lui. Conan aperçut la lueur de l'acier à la faveur des étoiles ; avant qu'il ait le temps de frapper, il se rendit compte que c'était son propre couteau, poignée tendue dans sa direction.

« Tu es aussi méfiant qu'un loup affamé, Conan », dit en riant Sassan. « Garde donc ton épée pour tes ennemis ! »

« Où sont-ils ? » Conan prit le poignard.

« Partis. Dans les montagnes, sur la piste du dieu maculé de sang. »

Conan tressaillit et saisit le *khilat* de Sassan en une prise d'acier. Il plongea son regard au fond des yeux noirs de l'homme, moqueurs et mystérieux dans la pénombre.

« Maudit ! Que sais-tu du dieu maculé de sang ? » Le couteau du Cimmérien toucha le flanc de l'Iranistani, sous les côtes.

« Je sais ceci », répondit Sassan. « Tu es arrivé à Arenjun, sur la trace des voleurs qui t'ont pris la carte d'un trésor encore plus précieux que celui amassé par Yildiz. Moi aussi je suis venu ici, à la recherche de quelque chose. J'étais caché à proximité, regardant par un trou dans le mur. Je t'ai vu faire irruption dans la pièce où ils torturaient le Kezankien. Comment as-tu su qu'il s'agissait de tes voleurs ? »

« Je l'ignorais », murmura Conan. « J'ai entendu un homme crier et il m'a semblé qu'intervenir était une bonne idée. Si j'avais su qu'il s'agissait des hommes que je recherchais... que sais-tu exactement de cette affaire ? »

« Beaucoup de choses. Caché dans les montagnes voisines, il y a un très vieux temple qu'évitent avec crainte les habitants des collines. On dit qu'il remonte aux temps d'avant le Cataclysme, bien que les avis soient partagés : certains sages affirment qu'il s'agit d'un monument grondarien, d'autres qu'il fut bâti par le peuple inconnu, pré-humain, qui tint sous sa domination les Hyrkaniens peu après le Cataclysme.

« Les Kezankiens interdisent l'accès de la région aux étrangers, mais un Némédien du nom d'Ostorio, découvrit le temple. Il pénétra dans celui-ci et trouva une idole en or, incrustée de gemmes rouges. Il l'a appelée le dieu maculé de sang. Il n'a pas pu l'emporter avec lui, car la statue est plus grande qu'un homme ; aussi dessina-t-il une carte, avec l'intention de revenir en ces lieux. Il parvint à quitter les collines, indemne. Toutefois, à Shadizar, il fut poignardé par un ruffian. Il est mort là-bas. Avant de mourir, il a remis la carte à un homme... à toi, Conan. »

« Et ensuite ? » demanda farouchement Conan. La maison derrière lui était plongée dans l'obscurité et silencieuse.

« La carte a été volée », répondit Sassan. « Et tu sais par qui. »

« Je l'ignorais alors », grommela Conan. « Plus tard, j'ai appris l'identité des voleurs : Zyrias, un Corinthien, et Arshak, un prince turanien déshérité. Un serviteur se tenait caché, espionnant Ostorio tandis que celui-ci agonisait ; il leur a tout raconté. Bien que je ne les ai jamais vus ni l'un ni l'autre, j'ai suivi leur trace jusque dans cette ville. Ce soir, j'ai appris qu'ils se cachaient dans une maison bordant cette ruelle. Je cherchais en vain un indice, tâtonnant dans le noir, lorsque je suis tombé sur eux... par hasard. »

« Tu t'es battu contre eux en toute ignorance ! » s'écria Sassan. « Le Kezankien était Rustum, un espion de Keraspa, le chef des Kezankiens. Ils l'ont attiré dans cette maison et usé de moyens persuasifs pour qu'il leur indique les pistes secrètes conduisant à travers la montagne. Tu connais la suite. »

« Tout sauf ce qui s'est passé alors que j'escaladais le mur. »

« Quelqu'un a jeté un tabouret dans ta direction. Celui-ci t'a heurté à la tête. Lorsque tu es tombé de l'autre côté du mur, ils n'ont plus fait attention à toi, pensant que tu étais mort. Ou bien ils ne t'ont pas reconnu avec ton masque. Ils se sont lancés à la poursuite du Kezankien ; j'ignore s'ils l'ont rattrapé. Peu après, ils revenaient. Ils ont sellé leurs chevaux et sont partis comme des déments vers l'ouest, abandonnant leurs morts là où ils étaient tombés. Je suis venu voir qui tu étais et je t'ai reconnu. »

« Ainsi l'homme au turban rouge était Arshak », marmonna Conan. « Où était Zyras ? »

« Déguisé en Turanien... l'homme qu'ils appellent Jillad. »

« Oh ! Et maintenant ? » grogna Conan.

« Comme toi, je veux le dieu rouge, même si, de tous les hommes qui l'ont cherché depuis des siècles, Ostorio a été le seul à s'en sortir vivant. On prétend qu'une mystérieuse malédiction frappe les pillards... »

« Que sais-tu de cette malédiction ? » demanda vivement Conan.

Sassan haussa les épaules. « Pas grand-chose. Les Kezankiens parlent d'un sort horrible que les dieux infligent à tous ceux qui posent des mains cupides sur l'idole, mais je ne suis pas un idiot superstitieux. Tu n'es pas effrayé, n'est-ce pas ? »

« Bien sûr que non ! » En fait, Conan l'était. Il ne craignait ni homme ni bête ; néanmoins le surnaturel emplissait son esprit barbare de terreurs ancestrales. Il avait soin de ne pas s'avouer ce fait. « Qu'as-tu en tête ? »

« Ma foi, seulement qu'aucun de nous deux n'est capable d'affronter seul la bande de Zyras. Par contre, ensemble, nous pourrions suivre leur piste et leur prendre l'idole. Qu'en dis-tu ? »

« Ça me va. Prends garde... je te tuerai comme un chien à la moindre traîtrise de ta part ! »

Sassan éclata de rire. « Je sais que tu le ferais ; aussi tu peux te fier à moi. Viens ; des chevaux nous attendent. »

L'Iranistani le précéda à travers des rues tortueuses surplombées de balcons suspendus, garnis de treillis. Ils suivirent des ruelles nauséabondes ; bientôt Sassan s'arrêtait devant une porte éclairée par une lampe, donnant sur une cour intérieure. Il frappa ; un visage barbu apparut au guichet. Quelques mots furent échangés et la porte s'ouvrit. Sassan entra, suivi de Conan toujours sur ses gardes. Les chevaux étaient bien là ; sur un ordre du gardien du caravansérail, des serviteurs endormis firent leur apparition. Ils sellèrent les chevaux et garnirent de provisions les sacoches de selle.

Peu après, Conan et Sassan franchissaient ensemble la Porte du Couchant après avoir été arrêtés et questionnés pour la forme, par les gardes somnolents. Sassan était corpulent mais musclé, avec un visage large et rusé, des yeux noirs et vifs. Il portait une lance de cavalier sur son épaule et maniait ses armes avec l'aisance que procure une longue pratique. Conan ne doutait pas que, si besoin était, il se battrait avec intelligence et courage. Conan était tout aussi sûr de pouvoir lui faire confiance sur deux points : Sassan se comporterait loyalement, aussi longtemps que cette alliance lui serait profitable... mais il tuerait son partenaire à la première occasion venue, lorsque sa mort lui serait encore plus profitable... afin de garder le trésor pour lui tout seul !

L'aube les trouva s'avançant dans les défilés déchiquetés des Montagnes Kezankiennes aux roches nues et brunes. Ces montagnes séparaient les marches extrême-orientales de Koth et de Zamora des steppes turaniennes. Koth autant que Zamora revendiquait cette région ; pourtant, aucun des deux royaumes n'avait jamais été capable de soumettre ses habitants. La ville d'Arenjun, perchée sur une colline aux flancs escarpés, avait soutenu avec succès deux sièges, résistant aux hordes turaniennes venues de l'est. La route bifurqua et devint moins distincte ; un peu plus tard, Sassan reconnaissait qu'il était bien en peine de savoir où ils se trouvaient.

« Je suis toujours leurs traces », grogna Conan. « Si tu ne les vois pas, moi je le peux. »

Les heures passèrent ; les signes d'un récent passage de chevaux devinrent visibles. Conan dit : « Nous les rattrapons. Comme ils nous sont toujours supérieurs par le nombre, nous ne nous montrerons pas jusqu'à ce qu'ils aient trouvé l'idole ; alors nous leur tendrons une embuscade pour nous en emparer. »

Les yeux de Sassan étincelèrent. « Parfait ! Mais restons sur nos gardes ; Keraspa règne en maître incontesté sur cette région et dépouille tous ceux qui tombent entre ses griffes ! »

Au milieu de l'après-midi, ils suivaient toujours la trace d'une ancienne piste oubliée. Comme ils dirigeaient leurs chevaux vers un défilé étroit, Sassan dit :

« Si ce Kezankien a rejoint Keraspa, ses hommes seront prévenus que des étrangers... »

Ils tirèrent sur leurs rênes : un Kezankien au visage de prédateur et au corps décharné surgit de la gorge, levant une main. « Halte ! » s'écria-t-il. « Qui vous a autorisés à pénétrer sur les terres de Keraspa ? »

« Attention », murmura Conan. « Nous sommes peut-être déjà cernés. »

« Keraspa fait payer aux voyageurs un droit de passage », répondit Sassan dans un souffle. « Cet homme ne désire peut-être rien de plus. » Fouillant dans sa ceinture, il dit au guerrier : « Nous sommes d'humbles voyageurs, heureux de payer notre dû à votre valeureux chef. Nous voyageons seuls. »

« Alors qui vient là-bas, derrière vous ? »

demanda le Kezankien, avec un mouvement de la tête vers la piste d'où ils venaient.

Sassan se retourna à demi. Le Kezankien sortit une dague de son ceinturon et frappa l'Iranistani.

Son mouvement avait été rapide... Conan le fut encore plus. Comme la dague s'élançait vers la gorge de Sassan, le cimeterre de Conan jaillit et l'acier retentit. La dague vola dans les airs en tournoyant ; avec un grognement le Kezankien saisit son épée. Avant qu'il puisse dégager sa lame, Conan frappa à nouveau, fendant en deux turban et crâne. Le cheval du Kezankien hennit et se cabra, désarçonnant son cavalier et le projetant à terre. Conan lança sa propre monture, contournant le cadavre.

« Galopons vers le défilé, vite ! » hurla-t-il. « C'est une embuscade ! »

Le cadavre du Kezankien roula sur le sol. Le claquement sec d'arcs et le sifflement de flèches retentirent. Le cheval de Sassan bondit comme un trait l'atteignait à l'encolure. Il partit au galop vers l'entrée du défilé. Conan sentit une flèche transpercer sa manche tandis qu'il éperonnait sa monture et la lançait à la poursuite de Sassan, incapable de contrôler son propre cheval.

Alors qu'ils filaient vers l'entrée de la gorge, trois cavaliers en surgirent, brandissant des *tulwars* à large lame. Sassan, abandonnant tout effort pour maîtriser sa monture rendue folle par la douleur, pointa sa lance vers le plus proche. Le javelot transperça l'homme et le fit basculer de sa selle.

Un instant plus tard, Conan était à la hauteur du second guerrier qui agitait un lourd *tulwar.* Le Cimmérien leva son cimeterre. Les lames se heurtèrent bruyamment comme les chevaux s'affrontaient, poitrail contre poitrail. Conan, se dressant sur ses étriers, abattit sa lame de toute sa force prodigieuse. Le coup fit tomber le *tulwar* et ouvrit en deux le crâne de son propriétaire. Il lança son cheval au galop vers le défilé tandis que les flèches sifflaient autour de lui. Le cheval blessé de Sassan broncha et s'abattit. Comme il tombait, l'Iranistani sauta à terre.

Conan le rejoignit et cria d'une voix rauque : « Monte derrière moi ! » Sassan, lance à la main, bondit et se mit en selle. Eperonné par son cavalier, le cheval lourdement chargé s'engagea à vive allure dans le défilé. Des hurlements derrière eux leur apprirent que les guerriers couraient vers leurs chevaux dissimulés derrière des rochers. Un coude du défilé assourdit leurs cris.

« Cet espion Kezankien a certainement rejoint Keraspa », haleta Keraspa. « Ils veulent du sang, pas de l'or. A ton avis, ils ont réglé son compte à Zyras ? »

« Il a peut-être réussi à passer avant qu'ils se mettent en embuscade... ou bien ils suivaient sa piste lorsqu'ils ont changé d'idée pour nous tendre ce piège. Je pense qu'il est toujours devant nous. »

Un mille plus loin, ils entendirent des bruits étouffés de poursuite. Ils débouchèrent sur une sorte de bol naturel, cerné de murailles abruptes. Au milieu de cette cuvette, le terrain suivait une pente escarpée, montant vers une passe encaissée, à l'autre extrémité. Tandis qu'ils approchaient de cette passe, Conan vit qu'un muret de pierres en obstruait l'entrée. Sassan poussa un cri et bondit vers le sol : une volée de flèches siffla autour d'eux. L'une d'elles frappa le cheval en plein poitrail.

L'animal trébucha et tomba brutalement ; Conan sauta de sa selle, roulant sur lui-même et se mettant à l'abri derrière un groupe de rochers où Sassan se trouvait déjà. D'autres flèches se brisèrent sur les roches ou se fichèrent dans le sol en frissonnant. Les deux aventuriers se regardèrent avec un humour sarcastique.

« Nous avons retrouvé Zyras ! » fit Sassan.

« Dans un instant », annonça Conan en riant, « ils vont nous attaquer et Keraspa ne tardera pas à arriver derrière nous, pour refermer le piège ! »

Une voix narquoise lança : « Montrez-vous, maudits... finissons-en ! Qui est le Zuagir qui t'accompagne, Sassan ? Je croyais lui avoir réduit la cervelle en bouillie, la nuit dernière ! »

« Mon nom est Conan ! » rugit le Cimmérien. Après un moment de silence, Zyras cria : « J'aurais dû m'en douter ! Eh bien, nous te tenons maintenant ! »

« Vous êtes dans le même bain ! » gronda Conan. « Vous avez entendu les bruits de l'escarmouche, à l'entrée du défilé ? »

« Oui, nous avons entendu ; nous nous étions arrêtés pour faire boire les chevaux. Qui vous poursuit ? »

« Keraspa et une centaine de Kezankiens ! Lorsque nous serons morts, vous croyez vraiment qu'il vous laissera filer... vous qui avez torturé l'un de ses hommes ? »

« Laisse-nous te rejoindre... dans l'intérêt général ! » ajouta Sassan.

« Dites-vous la vérité ? » glapit Zyras ; sa tête coiffée d'un turban apparut au-dessus du muret.

« Serais-tu sourd, l'ami ? » rétorqua Conan.

Le défilé répercutait les hurlements de leurs poursuivants et le martèlement de sabots.

« Arrivez en vitesse ! » cria Zyras. « Nous aurons

toujours le temps de nous partager l'idole... si nous nous en sortons vivants ! »

Conan et Sassan s'élançèrent et montèrent la pente en courant, jusqu'au muret qu'ils escaladèrent, aidés par des bras velus. Conan examina ses nouveaux alliés : Zyras, au visage sévère et au regard dur, sous son déguisement Turanien ; Arshak, toujours alerte après des lieues d'une rude chevauchée ; et trois Zamoriens au teint basané qui grimacèrent un rictus en guise de salut. Zyras et Arshak portaient tous deux une cotte de mailles identique à celles de Conan et de Sassan.

Les Kezankiens, une vingtaine d'hommes, arrêtèrent vivement leurs chevaux comme les flèches décochées par les Zamoriens et Arshak sifflaient parmi eux. Certains d'entre eux ripostèrent ; d'autres firent demi-tour ; une fois hors de portée, ils mirent pied à terre, car le mur était trop haut : une charge n'aurait servi à rien. Un guerrier gisait à terre et un cheval blessé repartait au galop vers le défilé, avec son cavalier.

« Ils nous suivaient certainement », grogna Zyras. « Conan, tu nous as menti ! Ils ne sont pas cent ! »

« Ils sont suffisamment nombreux pour nous trancher la gorge », rétorqua Conan, en préparant son épée. « Et Keraspa peut envoyer des renforts aussi souvent qu'il lui plaira. »

Zyras grommela : « Nous avons encore une chance de nous en tirer... grâce à ce mur ! Je pense qu'il a été construit par la même race qui a bâti le temple du dieu rouge. Gardez vos flèches pour l'assaut. »

Protégés par le tir continuel de flèches — quatre des leurs s'étaient postés sur les flancs et décochaient leurs traits mortels — les autres Kezankiens montaient la pente en courant. Ils formaient un groupe compact ; ceux de devant tenaient des boucliers légers. Derrière eux, Conan aperçut la barbe rousse de Keraspa : en chef avisé il encourageait ses hommes à attaquer.

« Tirez ! » cria Zyras. Les flèches volèrent vers la grappe humaine ; trois silhouettes se tordirent et tombèrent au bas de la pente. Les autres avançaient toujours. Leurs yeux étincelaient et les lames brillaient dans leurs poings velus.

Les défenseurs décochèrent leurs dernières flèches dans la masse, puis se levèrent derrière le mur, dégainant leurs épées. Les hommes de la montagne arrivèrent au pied du muret. Certains soulevaient et poussaient leurs compagnons vers le faîte du mur ; d'autres roulaient des blocs de rocher au bas de l'obstacle naturel pour l'escalader plus facilement. Tout du long de la barrière retentirent des coups formidables brisant les os, le cliquetis et le chuintement de l'acier, les jurons rauques des hommes mortellement touchés. Conan fit voler la tête du corps d'un Kezankien et, à ses côtés, vit Sassan enfoncer sa lance dans la bouche ouverte d'un autre assaillant. La pointe ressortit par la nuque de l'homme. Un guerrier au regard sauvage plongea un long couteau dans le ventre de l'un des Zamoriens. Profitant de la brèche laissée par le corps qui s'effondrait, le Kezankien s'élança en hurlant, escalada le mur et sauta avant que Conan puisse l'en empêcher. Le géant cimmérien fut blessé au bras gauche ; contre-attaquant aussitôt, il broya l'épaule de l'homme.

Bondissant par-dessus le corps, il s'abattit sur les hommes qui avaient pris d'assaut le mur et survenaient, sans même avoir le temps de voir comment se déroulait la bataille de chaque côté. Zyras lançait des imprécations en Corinthien et Arshak en Hyrkanien. Quelqu'un poussa un hurlement d'agonie. Un montagnard serra autour du cou puissant de Conan deux mains aussi épaisses que celles d'un gorille ; le Cimmérien banda les muscles de son cou et porta un coup bas, frappant avec son couteau à plusieurs reprises. Avec un gémissement, le Kezankien le lâcha et partit à la renverse, tombant du mur.

Haletant et cherchant à reprendre son souffle, Conan regarda autour de lui et réalisa que la pression s'était relâchée. Les quelques Kezankiens encore en vie battaient en retraite au bas de la pente, tous couverts de sang. Des cadavres gisaient empilés au pied du mur. Les trois Zamoriens étaient morts ou agonisaient. Conan aperçut Arshak : Il était assis, adossé au mur, ses mains pressées sur son corps tandis que le sang ruisselait entre ses doigts. Les lèvres du prince étaient bleues ; pourtant, il parvint à esquisser un lugubre sourire.

« Naître dans un palais », murmura-t-il, « et mourir derrière des rochers ! Qu'importe... c'est le destin. Ce trésor est maudit... tous les hommes qui ont suivi la piste du dieu maculé de sang sont morts... » Et il mourut.

Zyras, Conan et Sassan se regardèrent en silence ; trois silhouettes farouches, en guenilles, couvertes de sang. Tous avaient reçu des blessures, superficielles, aux bras et aux jambes, mais leurs cottes de mailles les avaient sauvés de la mort... qui avait été le lot de leurs compagnons.

« J'ai vu Keraspa filer ! » grogna Zyras. « Il va regagner son village et lancer toute sa tribu sur notre piste. Nous devons faire très vite : mettre la main sur l'idole et quitter ces montagnes avant qu'il nous retrouve. Il sera facile de partager le trésor en trois ! »

« C'est vrai », fit Conan d'une voix rauque. « Rends-moi donc ma carte avant que nous nous mettions en route. »

Zyras ouvrit la bouche pour dire quelque chose, puis s'aperçut que Sassan avait ramassé l'arc de l'un des Zamoriens et qu'une flèche était pointée sur lui. « Fais ce que te demande Conan », siffla l'Iranistani.

Zyras haussa les épaules et tendit un parchemin froissé. « Maudits ! J'ai toujours droit à un tiers du trésor ! »

Conan jeta un coup d'œil à la carte et la glissa dans son ceinturon. « Entendu ; je ne t'en garderai pas rancune. Tu es néanmoins un porc ; si tu te comportes loyalement avec nous, nous agirons de même, hein, Sassan ? »

Sassan acquiesça de la tête et ramassa un plein carquois de flèches.

Les chevaux des hommes de Zyras étaient attachés dans la passe, derrière le mur. Les trois hommes choisirent les meilleures bêtes et guidèrent les trois autres vers le haut du canyon, une fois la passe franchie. La nuit tomba ; Keraspa à leurs trousses, ils poursuivirent leur route.

Conan observait ses compagnons, pareil à un aigle. Les choses se gâteraient lorsqu'ils auraient mis la main sur la statue en or et que chacun pourrait s'en sortir, sans l'aide des deux autres. Zyras et Sassan risquaient fort de s'entendre pour assassiner Conan, ou l'un d'eux lui proposerait un plan pour se débarrasser du troisième. Le Cimmérien était un homme endurci et impitoyable ; pourtant son code barbare de l'honneur lui interdisait d'être le premier à tenter un geste perfide. Il se demandait également ce que l'auteur de la carte avait essayé de lui dire juste avant de mourir. La mort l'avait fait taire à jamais, au milieu d'une description du temple, tandis qu'un flot de sang jaillissait de sa bouche. Le Némédien était sur le point de l'avertir — il en était persuadé — mais de quoi ?

L'aube apparut alors qu'ils quittaient une gorge étroite pour s'avancer vers une vallée aux versants escarpés. Le défilé qu'ils avaient suivi était la seule voie d'accès. Il donnait sur un promontoire rocheux large de trente pas : sur un côté la falaise s'élevait à une portée d'arc et tombait à pic vers les profondeurs insondables en contrebas. Apparemment, il n'y avait aucun moyen de descendre vers le fond de la vallée voilée de brumes, loin à leurs pieds. Les trois hommes ne regardèrent que quelques instants dans cette direction... ce qu'ils apercevaient devant eux avait chassé la faim et la fatigue de leurs esprits.

Là, sur le promontoire rocheux, se dressait le temple. Etincelant dans le soleil levant, il était taillé dans la falaise nue ; son grand portique leur faisait face. La saillie rocailleuse conduisait vers ses grandes portes de bronze, verdies par le temps.

Conan n'essaya pas de deviner à quelle race ou à quelle culture il appartenait. Il déplia la carte et jeta un coup d'œil aux notes tracées dans la marge, essayant de découvrir le système d'ouverture de la porte.

Sassan glissa au bas de sa selle et courut vers le temple, gloussant de plaisir et d'avidité.

« Le fou ! » grogna Zyras en mettant pied à terre. « Ostorio a laissé un avertissement sur le bord de cette carte ; quelque chose concernant le dieu qui prélève son droit. »

Sassan était en train de tirer sur les diverses ornementations et sculptures du portail. Ils l'entendirent pousser un cri de triomphe comme la porte bougeait sous ses mains. Son cri se changea en un hurlement : la porte — une tonne de bronze — bascula vers l'extérieur et tomba, aplatissant, écrasant l'Iranistani comme un insecte. La grande dalle de métal le dissimulait complètement ; des ruisselets écarlates suintèrent sur le sol.

Zyras haussa les épaules. « Je l'avais bien dit... c'était un fou ! Ostorio avait certainement trouvé le moyen d'ouvrir la porte sans qu'elle sorte de ses gonds. »

Au moins, je n'aurai plus à craindre qu'il me plante un couteau dans le dos, songea Conan. Un de moins ! « Ces gonds sont faux », annonça-t-il en examinant de plus près le mécanisme. « Regarde ! La porte se relève et se remet en place ! »

Conan avait vu juste. En réalité, la porte était montée sur deux pivots, situés aux coins inférieurs, de telle sorte qu'elle pouvait s'abaisser vers l'extérieur comme un pont-levis. Depuis les deux coins supérieurs du portail, une chaîne se dressait en diagonale et disparaissait dans un trou proche du montant. A présent, avec un grincement assourdi, les chaînes se tendaient et la porte se relevait lentement pour reprendre sa position antérieure.

Conan saisit la lance que Sassan avait laissé tomber. Plantant l'extrémité de la hampe dans une anfractuosité parmi les sculptures de la surface interne de la porte, il cala la pointe contre le montant. Le grincement cessa et la porte s'immobilisa au ras du sol.

« Très ingénieux de ta part, Conan », dit Zyras.

« A présent que le dieu a perçu son droit, la voie devrait être libre ! »

Il s'avança, escalada et franchit la porte abaissée, pénétrant à l'intérieur du temple. Conan le suivit. Ils s'immobilisèrent sur le seuil et scrutèrent l'intérieur plongé dans les ténèbres comme ils auraient scruté le repaire d'un serpent. Le silence régnait dans le temple antique, seulement interrompu par le léger frottement de leurs bottes.

Ils entrèrent précautionneusement, clignant des yeux dans la semi-obscurité. Dans la pénombre, une lueur écarlate évoquant les feux du soleil couchant blessa leurs yeux. C'était le dieu, une idole en or, incrusté de gemmes flamboyantes.

La statue avait la forme d'un homme de taille naine, dressé sur de grands pieds tournés en dehors ; posée sur un bloc de basalte, elle faisait face à l'entrée. De chaque côté il y avait un grand fauteuil sculpté, en bois noir et massif, incrusté de gemmes et de nacre ; son style ne ressemblait à celui d'aucune nation vivante.

Sur la gauche de la statue, à quelques pieds de la base du piédestal, le sol du temple était fendu d'un mur à l'autre par une crevasse large d'une quinzaine de pieds. A une certaine époque, probablement avant la construction du temple, un tremblement de terre avait fissuré la roche. Sans aucun doute, des éons plus tôt, des victimes hurlant d'horreur avaient été précipités dans le gouffre sombre par des prêtres hideux, en sacrifice au dieu. Les parois étaient élevées et couvertes de fantastiques sculptures, la voûte indistincte et peuplée d'ombres.

L'attention des deux hommes était fixée sur l'idole. En dépit de son apparence bestiale et repoussante, elle représentait une fortune qui fit chavirer l'esprit de Conan.

« Crom et Ymir ! » s'exclama-t-il. « Avec ces rubis on pourrait acheter un royaume ! »

« Partager avec un lourdaud de barbare... ce serait trop stupide ! » haleta Zyras.

Ces mots, prononcés presque inconsciemment par le Corinthien entre ses dents serrées, avertirent Conan. Il se baissa comme l'épée de Zyras sifflait vers sa nuque ; la lame trancha un pan de sa coiffure. Maudissant son manque de prudence, Conan fit un bond en arrière et sortit son cimeterre.

Zyras se rua sur lui ; Conan soutint l'assaut. Ils se battirent sous le regard oblique de l'idole, avançant et reculant tour à tour. Leurs pieds frottaient sur la roche, les lames s'entrechoquaient et tintaient. Conan était plus grand que le Corinthien, mais Zyras était robuste, agile et expérimenté. Il connaissait toutes les finesses de l'escrime. A plusieurs reprises Conan frôla la mort d'un cheveu !

Le pied de Conan glissa sur le sol lisse ; sa lame hésita. Zyras mit toute son énergie et sa vitesse de mouvement dans une botte qui aurait dû transpercer Conan. Pourtant, le Cimmérien était moins déséquilibré qu'il ne le paraissait. Avec l'agilité d'une panthère, il tordit son corps puissant de côté : la longue lame passa sous son aisselle droite, traversant son *khilat* aux replis amples. Un instant, la lame fut retenue par l'étoffe. Zyras frappa avec la dague qu'il tenait dans sa main gauche. Elle s'enfonça dans le bras droit de Conan ; au même moment, le couteau dans la main gauche de Conan transperçait la cotte de mailles de Zyras, faisait sauter les chaînons métalliques, et plongeait entre ses côtes. Zyras poussa un cri, émit un gargouillis, tituba en arrière, puis s'affaissa mollement.

Conan lâcha ses armes et tomba à genoux, arrachant une bande de tissu de sa robe pour s'en faire un bandage, un de plus parmi ceux qu'il portait déjà ! Il pansa sa blessure, faisant les nœuds avec ses doigts et ses dents, puis leva les yeux vers le dieu maculé de sang. Celui-ci lui jetait un regard oblique. Son visage de gargouille semblait le fixer avec une joie inhumaine. Conan frissonna, tandis que ses peurs superstitieuses de barbare couraient au bas de son épine dorsale.

Il recouvrit ses esprits. Le dieu rouge était à lui, mais le problème était le suivant : comment l'emporter ? S'il était en or massif, il serait beaucoup trop lourd, par conséquent intransportable. Un petit coup frappé avec le pommeau de son poignard lui apprit que l'idole était creuse. Il arpentait le temple, la tête pleine de stratagèmes — il comptait en effet construire un traîneau avec certaines parties de l'un des trônes sculptés, soulever le dieu de son socle à l'aide d'un levier et l'abaisser à l'horizontale, puis utiliser les chevaux supplémentaires et les chaînes de la porte d'entrée pour l'amener à l'extérieur du temple — lorsqu'une voix le fit soudain pivoter sur ses talons.

« Reste où tu es ! » C'était un cri de triomphe, dans le dialecte Kezankien de Zamora.

Conan aperçut deux hommes sur le seuil ; chacun d'eux pointait sur lui un puissant arc à double courbure d'origine hyrkanienne. L'un était grand et mince ; il portait une barbe rousse.

« Keraspa ! » s'exclama Conan, cherchant à reprendre l'épée et le poignard qu'il avait imprudemment lâchés.

L'autre homme était un gaillard robuste qui lui parut familier.

« Arrière ! » lui cria le chef des Kezankiens. « Tu pensais que j'étais reparti vers mon village, n'est-ce pas ? En fait, je vous ai suivis toute la nuit, avec le seul de mes hommes qui ne soit pas blessé. » Son regard se posa sur l'idole. « Si j'avais su que le temple contenait un tel trésor, je l'aurais pillé depuis longtemps, malgré les superstitions de mon peuple. Rustum, prends son épée et sa dague ! »

L'homme regarda fixement la tête d'aigle en airain que formait le pommeau du cimeterre de Conan.

« Attends ! » fit-il vivement. « C'est lui qui m'a sauvé de la torture à Arenjun ! Je reconnais sa lame ! »

« Tais-toi ! » gronda le chef. « Ce voleur doit mourir ! »

« Non ! Il m'a sauvé la vie ! Qu'ai-je jamais reçu de toi, sinon des tâches difficiles et une paie insuffisante ? Chien, je renie mon serment d'obéissance ! »

Rustum fit un pas en avant, levant l'épée de Conan ; à cet instant, Keraspa se retourna et décocha sa flèche. Le trait s'enfonça avec un choc sourd dans le corps de Rustum. Le montagnard poussa un cri strident, partit à la renverse sous l'impact, tituba à travers le temple et bascula par-dessus le rebord de la fissure, tombant dans le vide. Ses cris leur parvinrent, de plus en plus faibles et lointains ; puis ils n'entendirent plus rien.

Aussi rapide qu'un serpent qui frappe, avant que Conan désarmé puisse bondir sur lui, Keraspa tira une autre flèche de son carquois et l'encocha. Conan s'était déjà avancé, s'apprêtant à fondre comme un tigre sur le chef des Kezankiens : soudain, sans le moindre avertissement, le dieu incrusté de rubis descendit de son piédestal dans un bruit métallique et fit une longue enjambée vers Keraspa.

Poussant un cri de terreur, celui-ci décocha sa flèche sur la statue animée. Le trait heurta l'épaule du dieu et rebondit, volant et tournoyant dans les airs. Les longs bras de l'idole se tendirent et saisirent le Kezankien par un bras et une jambe.

Des cris éperdus sortirent des lèvres écumantes de Keraspa. Le dieu fit demi-tour et se dirigea d'un pas lourd vers l'abîme. Ce spectacle avait pétrifié d'horreur Conan ; de plus, l'idole lui barrait la route vers la sortie... que ce soit à droite ou à gauche, il serait obligé de passer à portée des longs bras simiesques. Et le dieu, malgré son poids, se déplaçait aussi vite qu'un homme.

Le dieu rouge s'approcha du gouffre et leva Keraspa au-dessus de sa tête, le brandissant dans les airs afin de le lancer dans le gouffre. Conan vit la bouche de Keraspa s'ouvrir au milieu de sa barbe souillée de bave et pousser des cris démentiels. Lorsqu'elle en aurait fini avec Keraspa, la statue s'occuperait de lui... cela ne faisait aucun doute ! Les prêtres de jadis n'avaient pas à jeter les sacrifices humains dans l'abîme ; l'idole réglait elle-même ce détail !

Le dieu se pencha en arrière sur ses talons d'or pour lancer le chef dans le vide. Conan, tâtonnant dans son dos, sentit le bois de l'un des trônes. Ceux-ci avaient certainement été occupés en des temps anciens par les grands-prêtres ou d'autres ministres du culte. Conan se retourna, saisit le lourd fauteuil par son dossier et le souleva. Tandis que ses muscles se tendaient et frissonnaient sous l'effort, il fit tournoyer le trône au-dessus de sa tête et en frappa le dos doré du dieu, juste entre les épaules... au moment même où le corps de Keraspa, toujours hurlant, était projeté dans l'abîme.

Sous le choc, le bois du trône se fendit avec un craquement déchirant. Le coup atteignit l'idole alors qu'elle était encore penchée en avant — après avoir pris son élan pour lancer Keraspa dans le vide — et la déséquilibra. Durant une fraction de seconde, la monstruosité chancela au bord de l'abîme, fouettant l'air de ses longs bras en or... puis elle bascula à son tour dans le gouffre.

Conan lâcha les vestiges du trône pour regarder prudemment par-dessus le rebord de la crevasse. Les hurlements de Keraspa avaient cessé. Conan eut l'impression d'entendre un bruit lointain, comme si l'idole heurtait le flanc du ravin et rebondissait, à une grande profondeur... il ne pouvait en être sûr. Il n'y eût pas de craquement ni de choc sourd final; seulement le silence.

Conan passa son avant-bras musclé sur son front et eut un rictus farouche. La malédiction du dieu maculé de sang venait de prendre fin, et le dieu avait disparu avec elle. Certes, en même temps que l'idole, la fortune qu'elle représentait lui échappait à jamais, mais le Cimmérien n'était pas fâché d'avoir acheté sa vie à ce prix. Et il y avait bien d'autres trésors de par le monde !

Il ramassa son épée et l'arc de Rustum, puis sortit vers la lumière du soleil matinal et se dirigea vers son cheval.

LA FILLE DU GÉANT DU GEL

Rassasié pour un temps de la civilisation et de sa magie, Conan regagne sa Cimmérie natale. Après un ou deux mois passés à boire et à courir les filles, l'inaction commence à lui peser. Il se joint alors à ses amis d'autrefois, les Aesir, et participe à un raid mené sur Vanaheim.

Le cliquetis des épées et des haches était retombé ; la clameur de la bataille s'était tue ; le silence recouvrait la neige maculée de sang. Le soleil morne et pâle étincelait d'une façon aveuglante sur les bancs de glace et les plaines recouvertes par la neige, lançant des reflets d'argent sur les corselets arrachés et les lames brisées des morts gisant là où ils étaient tombés. La main inerte serrait toujours la poignée de l'épée brisée ; des têtes casquées, rejetées en arrière et figées dans la mort, dressaient des barbes rousses et des barbes blondes vers le ciel, comme pour crier une dernière invocation à Ymir, le géant du gel, dieu d'une race guerrière.

Au milieu de la neige rougie par le sang et des formes bardées de fer, deux silhouettes regardaient l'une vers l'autre. Elles seules bougeaient au sein de ce paysage d'une désolation extrême. Au-dessus de leurs têtes, le ciel glacé ; autour d'elles la plaine blanche, sans limites, et les morts gisant à leurs pieds. Lentement elles s'avançaient parmi les cadavres, semblables à des fantômes se hâtant vers un sinistre rendez-vous au milieu des vestiges d'un monde mort. Dans le profond silence, elles s'affrontèrent.

Les deux hommes étaient de grande taille, puissamment bâtis, comme des tigres. Ils avaient perdu leurs boucliers ; leurs corselets étaient bosselés et déchirés. Du sang séché maculait leurs cuirasses ; leurs épées étaient tachées d'écarlate. Leurs casques à cornes portaient la trace de coups féroces. L'un d'eux était imberbe et ses cheveux étaient noirs ; la chevelure et la barbe de l'autre étaient aussi rouges que le sang sur la neige chauffée par le soleil.

« Guerrier », cria ce dernier, « dis-moi ton nom afin que mes frères de Vanaheim sachent quel fut le dernier homme de la bande de Wulfhere à tomber sous l'épée de Heimdul ! »

« Ce n'est pas à Vanaheim », gronda le guerrier aux cheveux noirs, « mais au Valhalla que tu diras à tes frères que tu t'es battu contre Conan le Cimmérien ! »

Heimdul poussa un rugissement et bondit ; son épée étincela comme elle décrivait un arc de cercle mortel. La lame s'écrasa en chantant sur le casque de Conan qui vola en éclats, au milieu d'étincelles bleutées. Le Cimmérien vacilla ; devant ses yeux flottèrent des brumes rouges. Pourtant, comme il titubait, il porta une botte, de toute la force de ses puissantes épaules. La pointe acérée arracha les mailles d'airain et s'enfonça, brisant les os et transperçant le cœur. Le guerrier aux cheveux roux mourut aux pieds de Conan.

Le Cimmérien se tenait dressé, son épée abaissée

vers le sol. Une soudaine lassitude et un profond dégoût s'emparèrent de lui. L'éclat du soleil sur la neige blessait ses yeux, tel un couteau acéré... le ciel parut se retirer, devenant étrangement lointain et différent. Il se détourna de l'étendue piétinée où des guerriers aux barbes blondes gisaient auprès de tueurs aux cheveux roux, unis dans la mort. Il fit quelques pas... soudain la lueur ardente des pentes neigeuses fut occultée. Une vague de ténèbres l'emporta avec impétuosité. Il tomba dans la neige et se redressa sur un bras bardé de fer, secouant sa tête pour chasser la cécité de ses yeux comme un lion agiterait sa crinière.

Un rire argentin parvint jusqu'à Conan, transperçant son vertige ; sa vue redevint lentement normale. Il leva les yeux. Le paysage alentour lui semblait curieusement transformé... une étrangeté qu'il ne parvenait pas à situer ou à définir... une teinte inconnue du ciel et de la terre. Déjà il n'y pensait plus. Devant lui, ondoyant comme un arbrisseau sous le vent, se tenait une femme. Pour ses yeux éblouis, le corps de l'inconnue semblait d'ivoire ; à l'exception d'un léger voile tissé des fils les plus fins, elle était aussi nue qu'au premier jour. Ses pieds délicats étaient plus blancs que la neige qu'ils foulaient avec dédain. Elle riait en regardant le guerrier déconcerté ; son rire était plus mélodieux que le doux clapotis de fontaines argentées, empreint cependant d'une cruelle moquerie.

« Qui est-tu ? » demanda le Cimmérien. « D'où viens-tu ? »

« Quelle importance ? » Sa voix était plus musicale qu'une harpe aux cordes d'argent, mais exprimait une certaine méchanceté.

« Appelle tes hommes », dit-il en serrant son épée dans sa main. « Bien que mes forces me fassent défaut, ils ne me prendront pas vivant. Je vois que tu es une Vanir. »

« L'ai-je dit ? »

Le regard de Conan se posa à nouveau sur ses cheveux décoiffés qu'il avait cru, tout d'abord, être roux. Il voyait à présent qu'ils n'étaient ni roux ni blonds, mais d'un éclatant mélange des deux couleurs. Il la contemplait, fasciné. Sa chevelure semblait d'un or de fée ; le soleil se reflétait sur ses tresses avec une violence telle que Conan avait presque du mal à les regarder. Ses yeux, de même, n'étaient ni tout à fait bleus, ni entièrement gris ; leur couleur était changeante, contenait des lumières dansantes et des nuances qu'il aurait été incapable de nommer. Ses lèvres rouges et pleines souriaient ; de ses pieds menus jusqu'à la couronne aveuglante de sa chevelure tombant en cascades, son corps d'ivoire était aussi parfait que le rêve d'un dieu. Le sang de Conan martelait ses tempes.

« Il m'est impossible de décider », répondit-il, « si tu es de Vanaheim, mon ennemie par conséquent, ou bien d'Asgard et mon amie. J'ai beaucoup voyagé, mais tu ne ressembles pas aux autres femmes que j'ai connues. Tes cheveux m'aveuglent par leur éclat. Jamais je n'ai contemplé une pareille chevelure, pas même parmi les plus belles filles des Aesir. Par Ymir... »

« Qui es-tu pour jurer par Ymir ? » se moqua-t-elle. « Que sais-tu des dieux de la glace et de la neige, toi qui es venu du Sud pour courir l'aventure avec des étrangers ? »

« Par les sombres dieux de ma race ! » s'écria-t-il avec colère. « Bien que je n'appartienne pas aux

Aesir aux cheveux blonds, je me suis battu à leurs côtés aujourd'hui. Quatre-vingts hommes sont tombés et je suis le seul survivant sur ce champ de bataille où les pillards de Wulfhere ont affronté les loups de Bragi. Dis-moi, femme, as-tu vu la lueur de cuirasses sur les plaines enneigées... as-tu aperçu des hommes en armes venant dans cette direction ? »

« J'ai vu la gelée blanche étinceler au soleil », répondit-elle. « J'ai entendu le vent murmurer parmi les neiges éternelles. »

Il secoua la tête en soupirant. « Niord aurait dû nous rejoindre avant que la bataille commence. Je crains que lui et ses guerriers ne soient tombés dans une embuscade. Wulfhere et ses hommes sont morts... je pensais qu'il n'y avait pas de village à moins de nombreuses lieues d'ici, car la guerre nous a entraînés fort loin. Pourtant, tu n'as pu franchir ces montagnes enneigées, nue comme tu l'es. Conduis-moi vers ta tribu, si tu fais partie des Asgard ; mes blessures m'ont affaibli et je suis épuisé. »

« Mon village se trouve très loin... trop loin pour toi, Conan de Cimmérie », dit-elle en riant. Ecartant les bras, elle dansa devant lui, sa tête blonde s'inclinant avec sensualité. Ses yeux scintillants étaient à demi ombragés par de longs cils d'argent. « Ne suis-je pas belle, guerrier ? »

« Aussi belle que l'aube courant nue sur la neige », murmura-t-il. Ses yeux brûlaient comme ceux d'un loup.

« Alors qu'attends-tu pour te relever et me rattraper ? Quel est ce vaillant guerrier qui reste prostré à terre et rampe devant moi ? » chanta-t-elle avec une raillerie à rendre fou tout être humain. « Hah ! Reste allongé et meurs dans la neige comme ces autres fous, Conan à la noire chevelure. Tu ne saurais me suivre là où je vais. »

Avec un juron, le Cimmérien se redressa et se mit debout. Ses yeux bleus flamboyaient, son visage sombre et couvert de balafres était déformé par la colère. La rage s'empara de son âme... la rage et le désir de cette silhouette blanche dont le rire moqueur transformait en feu liquide le sang dans ses veines... martelant frénétiquement ses tempes. Une passion aussi violente qu'une douleur physique inonda tout son être ; la terre et le ciel s'empourprèrent et tanguèrent sous ses yeux. La folie qui l'envahit chassa de son corps la fatigue et le dégoût.

Sans prononcer un seul mot, il rengaîna son épée ensanglantée et s'avança vers elle, tendant les doigts pour saisir son corps si doux. Avec un éclat de rire, elle fit un saut en arrière et se mit à courir, riant vers lui par-dessus son épaule blanche. Poussant un grognement sourd, Conan la suivit. Oubliée la bataille, oubliés les guerriers bardés de fer baignant dans leur sang, oubliés Niord et ses pillards qui n'étaient pas arrivés à temps ! Il avait tout oublié, ne pensant plus qu'à la silhouette blanche et svelte qui semblait plus flotter que courir devant lui.

La poursuite commença à travers les plaines enneigées et aveuglantes. Le champ de bataille rouge et piétiné disparut derrière lui ; Conan courait toujours avec la ténacité silencieuse de sa race. Ses bottes bardées de fer écrasaient la croûte du sol gelé ; il s'enfonçait profondément dans les coulées de neige et s'avançait, porté par sa seule énergie brutale. La jeune fille dansait sur la neige, aussi légère qu'une plume flottant sur un étang ; ses pieds nus laissaient à peine une empreinte sur la gelée blanche recouvrant le sol. En dépit du feu qui embrasait ses veines, le froid transperçait la cuirasse et la tunique doublée de fourrure du Cimmérien, le mordant cruellement. La jeune fille dans son voile de fils tissés courait aussi légèrement et aussi joyeusement que si elle dansait parmi les palmiers et les roseraies de Poitain.

Elle courait toujours et Conan la suivait. De noires imprécations sortaient de ses lèvres desséchées. Les grosses veines de ses tempes étaient gonflées et battaient ; il grinçait des dents avec fureur.

« Tu ne m'échapperas pas ! » rugit-il. « Conduis-moi vers un traquenard et je déposerai à tes pieds les têtes tranchées des hommes de ta tribu ! Cache-toi et je fendrai en deux les montagnes pour te retrouver ! Je te suivrai jusqu'en Enfer ! »

Les lèvres du barbare se couvrirent de bave comme le rire ensorceleur de la jeune fille flottait jusqu'à lui. Elle l'emmenait de plus en plus loin, vers des régions désolées. Les heures passèrent ; le soleil descendait lentement à l'horizon ; le paysage se transforma. Les vastes plaines furent remplacées par des collines de faible hauteur qui se succédaient et s'élevaient en un alignement irrégulier. Loin vers le nord il entrevit des montagnes imposantes ; leurs neiges éternelles, bleues avec la distance, semblaient rosir sous les rayons du soleil couchant rouge sang. Dans le ciel obscur jaillirent les jets lumineux de l'aurore boréale... des rubans gelés de lumière froide et ardente, changeant de couleur, grandissant et s'animant.

Au-dessus de lui les cieux flamboyaient et crépitaient, emplis d'étranges lueurs et de rayons étincelants. La neige brillait étrangement : tantôt d'un bleu gelé, tantôt d'un écarlate glacé, tantôt d'un argent froid comme la mort. Conan courait toujours à travers ce royaume enchanté aux chatoiements glacés ; il s'enfonçait avec obstination dans un labyrinthe de cristal où la seule réalité était le corps blanc qui dansait sur la neige étincelante, hors d'atteinte... toujours hors d'atteinte !

L'étrangeté de tous ces phénomènes ne l'étonnait guère... il ne fut pas surpris de voir deux silhouettes gigantesques se dresser devant lui pour lui barrer la route. La gelée blanche faisait briller leurs cottes de mailles ; leurs casques et leurs haches étaient recouverts de givre. Leurs cheveux étaient saupoudrés de neige et dans leurs barbes étaient prises des aiguilles de glace. Leurs yeux étaient aussi froids que les lumières qui tourbillonnaient au-dessus de leurs têtes.

« Frères ! » s'écria la jeune fille, dansant entre eux. « Regardez qui vient après moi ! Je vous ai amené un homme, tuez-le ! Prenez son cœur... nous le déposerons encore fumant sur la table de notre père ! »

Les géants répondirent par des grondements sourds, tels des icebergs heurtant la banquise glacée. Ils levèrent leurs haches, luisant sous la clarté stellaire, tandis que le Cimmérien, devenu fou furieux, se jetait sur eux. Une lame couverte de givre brilla devant ses yeux, l'aveuglant par son éclat ; il riposta par un coup qui trancha la jambe de son adversaire à la hauteur du genou.

La victime tomba avec un grognement. Au même instant, Conan était précipité dans la neige, son épaule gauche paralysée par le coup de hache que venait de lui porter son second adversaire. La cuirasse du Cimmérien avait dévié le coup, lui sauvant la vie. Conan vit le géant se dresser au-dessus de lui, tel un colosse sculpté dans la glace, se profilant sur le ciel glacé et brillant. La hache s'abattit... pour traverser la neige et s'enfoncer profondément dans la terre gelée, comme Conan se jetait de côté et se relevait d'un bond. Le géant poussa un rugissement et dégagea sa hache d'un mouvement brutal. Au même instant, l'épée de Conan décrivait un arc de cercle en chantant. Les genoux du géant fléchirent ; il s'affaissa lentement dans la neige qui devint écarlate. Le sang jaillissait abondamment de son cou à demi tranché.

Conan se retourna vivement et aperçut la jeune fille qui se tenait non loin de là. Elle le regardait fixement avec des yeux dilatés par l'horreur ; toute expression moqueuse avait disparu de son visage. Il poussa un cri féroce et des gouttes de sang volèrent de son épée comme sa main tremblait sous la violence de sa passion.

« Appelle tes autres frères ! » s'écria-t-il. « Je donnerai leurs cœurs aux loups ! Tu ne peux m'échapper... »

Avec un cri d'épouvante, elle fit demi-tour et s'enfuit rapidement. A présent elle ne riait plus et ne se moquait plus de lui par-dessus sa blanche épaule. Elle courait comme si sa vie était en jeu. Le Cimmérien mit à contribution le moindre de ses nerfs et de ses muscles ; bientôt ses tempes semblaient sur le point d'éclater. La neige tangua, rouge devant lui... pourtant elle se maintenait hors de sa portée. Elle s'éloignait même de lui, disparaissant parmi les feux magiques qui flamboyaient dans le ciel. Elle ne forma plus qu'une silhouette à peine plus grande qu'un enfant, puis une flamme blanche dansant sur la neige, enfin une vague tache dans le lointain. Conan serra les dents, au point que le sang coula de ses gencives, et continua de courir. Il vit la tache grandir et se transformer en une flamme blanche dansant sur la neige... la flamme devint une silhouette aussi grande qu'un enfant. Elle courait à moins d'une centaine de pas devant lui. Lentement, pied après pied, l'écart entre eux s'amenuisait.

Elle courait avec effort à présent, ses cheveux blonds flottaient sur ses épaules ; il entendait son souffle rapide et haletant. Il aperçut la lueur terrifiée au fond de ses yeux comme elle regardait rapidement derrière elle. La farouche endurance du barbare était enfin récompensée. Les jambes de la jeune fille d'une blancheur éclatante perdirent de leur agilité ; sa course devint incertaine. Dans l'âme indomptée de Conan s'embrasèrent les feux de l'Enfer qu'elle avait si bien su allumer. Avec un rugissement inhumain, il la rejoignit au moment où elle se retournait, avec un cri d'horreur, et tendait ses bras pour le repousser.

Son épée tomba dans la neige comme il l'attirait et la serrait contre lui. Son corps svelte s'arqua en arrière ; elle se débattait avec une fureur désespérée, prisonnière des bras d'acier du Cimmérien. Ses cheveux d'or volaient autour du visage de Conan, l'aveuglant par leur éclat ; le contact de son corps souple, se tordant entre ses bras bardés de fer, fit naître en lui une folie encore plus aveugle. Ses doigts puissants s'enfoncèrent profondément dans la douce peau de la jeune femme... une peau aussi froide que la glace. Il eut l'impression d'étreindre non pas une femme de chair et de sang, mais un être de glace ardente. Elle rejeta sa tête de côté pour éviter les baisers impétueux qui meurtrissaient ses lèvres rouges.

« Tu es aussi froide que la neige », murmura-t-il dans un éblouissement. « Mais je vais te réchauffer... car mon sang est en feu... »

Avec un cri, dans un ultime mouvement de

révolte, elle se dégagea de l'étreinte de Conan, laissant entre les doigts du barbare son unique vêtement aux fils de lin. Elle s'écarta d'un bond et lui fit face, ses cheveux blonds en désordre. Ses seins d'albâtre se soulevaient rapidement, ses yeux magnifiques flamboyaient de terreur. Un instant, il resta figé sur place, saisi d'une crainte respectueuse devant sa redoutable beauté comme elle se tenait ainsi, nue sur la neige.

A cet instant elle leva les bras vers les lumières se tordant dans le ciel et s'écria d'une voix qui résonnerait à jamais dans les oreilles de Conan : « Ymir ! O mon père, sauve-moi ! »

Conan s'élança en avant, tendant les bras pour la saisir. Dans un formidable craquement, tel un glacier se disloquant, le ciel tout entier se transforma en un brasier de glace. Le corps d'ivoire de la jeune fille fut baigné d'une flamme bleue et froide, tellement aveuglante que le Cimmérien porta vivement ses mains à ses yeux pour les protéger de la lueur intolérable. Durant un fugitif instant, le ciel et les montagnes enneigées furent enveloppés de flammes blanches et crépitantes, traversés de dards bleutés de lumière glacée et de feux écarlates gelés.

Conan tituba et poussa un cri. La jeune fille avait disparu. La neige étincelante était nue et vide ; tout là-haut, au-dessus de sa tête, les feux magiques virevoltaient dans un ciel gelé devenu fou. Parmi les lointaines montagnes retentit un grondement de tonnerre, comme aurait pu en produire un gigantesque char de guerre, tiré par de fantastiques coursiers dont les sabots éperdus auraient fait faillir des éclairs de la neige, se répercutant dans les cieux.

L'aurore boréale, les cimes recouvertes par la neige et le ciel flamboyant se mirent à tourner follement sous les yeux de Conan. Des milliers de boules de feu explosèrent, produisant une pluie d'étincelles ; le ciel lui-même devint une roue titanesque qui déversait une pluie d'étoiles en tournoyant. Sous les pieds du Cimmérien, les pentes enneigées se soulevèrent, telles une gigantesque lame de fond... il s'effondra pour rester allongé sur la neige, sans mouvement.

Au sein d'un univers froid et sombre, dont le soleil s'était éteint depuis des éons, Conan percevait le mouvement de la vie, autre et insoupçonné. Il était le jouet d'un tremblement de terre... celui-ci le secouait d'avant en arrière, tout en frottant ses mains et ses pieds... il poussa un hurlement de douleur et de rage... voulut saisir son épée.

« Il revient à lui, Horsa », dit une voix. « Vite... frictionnons ses membres couverts de glace, sinon jamais plus il ne tiendra une épée ! »

« Il refuse d'ouvrir sa main gauche », grommela une autre voix. « Il serre quelque chose entre ses doigts... »

Conan ouvrit les yeux et regarda fixement les visages barbus penchés sur lui. Il était entouré de guerriers de grande taille, aux cheveux blonds, en cuirasses et fourrures.

« Conan ! » dit l'un d'eux. « Tu es vivant ! »

« Par Crom, Niord », s'exclama le Cimmérien. « Suis-je encore en vie... ou bien sommes-nous tous morts et réunis au Valhalla ? »

« Nous sommes en vie », grogna le chef Aesir, occupé à frictionner les pieds à moitié gelés de Conan. « Nous sommes tombés dans une embuscade ; nous avons dû nous battre pour nous frayer un chemin, sinon nous t'aurions rejoint avant que commence la bataille. Les cadavres étaient encore chauds lorsque nous sommes arrivés sur les lieux. Nous ne t'avons pas trouvé parmi les morts ; aussi avons-nous suivi tes traces. Au nom d'Ymir, Conan, pourquoi t'être aventuré aussi loin parmi les étendues glacées du Nord ? Nous avons suivi ta piste durant des heures. Si un blizzard s'était levé et avait effacé la trace de tes pas, nous ne t'aurions jamais trouvé, par Ymir ! »

« Ne jure pas aussi souvent par Ymir », grommela un guerrier, en lançant un regard inquiet vers les montagnes lointaines. « Cette région est sienne ; les légendes disent que le dieu habite parmi ces cimes là-bas. »

« J'ai vu une femme », répondit Conan hébété. « Nous avons combattu les hommes de Bragi dans la plaine. J'ignore combien de temps a duré la bataille. Moi seul ai survécu. J'étais épuisé, affaibli par mes blessures. Le paysage s'étendait devant moi semblable à un rêve ; ce n'est que maintenant que les choses me semblent normales et familières. La femme est venue et s'est moquée de moi. Elle était aussi belle qu'une flamme glacée surgie de l'Enfer ! Une étrange folie s'est emparée de moi lorsque je l'ai regardée. J'ai tout oublié... il n'y avait plus qu'elle au monde. Je l'ai suivie. N'avez-vous pas vu ses traces ? Ou les géants en cuirasses de glace que j'ai tués ? »

Niord secoua la tête. « Nous avons trouvé seulement la trace de tes pas dans la neige, Conan. »

« Alors j'ai certainement perdu la raison », fit le Cimmérien, pris de vertiges. « Pourtant vous n'êtes guère plus réels à mes yeux que ne l'a été cette fille aux cheveux blonds tandis qu'elle fuyait devant moi, courant nue à travers les étendues neigeuses. Néanmoins, alors que je la tenais entre mes mains, elle a disparu, se changeant en une flamme glacée. »

« Il délire », chuchota un guerrier.

« Peut-être pas ! » s'écria un autre, beaucoup plus âgé, dont les yeux brillaient d'une lueur étrange et sauvage. « C'était Atali, la fille d'Ymir, le géant du gel ! Elle apparaît sur les champs de bataille et se montre aux moribonds ! Moi-même, je l'ai vue alors que j'étais encore un jeune garçon. Je gisais, à moitié mort, sur le sanglant champ de bataille de Wolfraven. Je l'ai vue s'avancer dans la neige, parmi les morts ; son corps nu brillait comme de l'ivoire et ses cheveux blonds lancaient des reflets insoutenables sous la clarté lunaire. Je gisais à terre et j'ai hurlé comme un chien à l'agonie parce que je ne pouvais pas me traîner pour la suivre ! Elle séduit les guerriers blessés et les entraîne vers les déserts glacés, les conduisant vers ses frères, les géants du gel. Ils tuent ces hommes et déposent leurs cœurs rouges encore fumants sur la table d'Ymir. Le Cimmérien a vu Atali, la fille du géant du gel ! »

« Bah ! » grogna Horsa. « La raison du vieux Gorm a été affectée dans sa jeunesse. Un coup d'épée l'a blessé à la tête. Conan a déliré, pris par la fureur de la bataille ; regardez comme son casque est bosselé. N'importe lequel de ces coups pouvait ébranler son esprit. C'est une hallucination qu'il a poursuivie dans ces montagnes désolées. Il vient du Sud ; que sait-il d'Atali ? »

« Tu dis sans doute vrai », murmura Conan. « Tout ceci était tellement étrange et irréel... par Crom ! »

Il se tut brusquement en apercevant ce qu'il serrait

toujours dans sa main gauche. Les autres contemplèrent en silence, bouche bée, le voile qu'il levait vers eux... Un voile diaphane, un vêtement de lin dont les fils n'avaient jamais été tissés par une main humaine.

LE REPAIRE DU VER DES GLACES

Obsédé par la beauté glacée d'Atali et vite lassé par la vie simple des villages de Cimmérie, Conan part vers le sud. Il se dirige vers les royaumes civilisés où il espère trouver rapidement un emploi pour son épée, comme condottiere *au service de l'un des nombreux petits princes des régions hyboriennes. Il est alors dans sa vingt-troisième année.*

1.

Toute la journée, le cavalier solitaire avait suivi les pentes des Montagnes d'Eiglophie. Celles-ci s'étendent d'est en ouest à travers le monde, formant une puissante muraille de neige et de glace qui sépare les régions nordiques de Vanaheim, Asgard et Hyperborée, des royaumes du sud. Au cœur de l'hiver, la plupart des passes étaient obstruées. Avec la venue du printemps, elles s'ouvraient, pour livrer passage à des bandes de barbares à l'apparence farouche. Déferlant du nord, ils pouvaient effectuer des razzias sur les pays plus chauds du sud.

Le cavalier était seul. Ayant franchi la passe qui conduisait vers le sud, vers le Royaume-Frontière et la Némédie, il tira sur les rênes de son cheval et resta immobile un instant, contemplant le fantastique paysage qui s'offrait à son regard.

Le ciel formait un dôme de vapeurs écarlate et or, assombri du zénith jusqu'à l'horizon à l'est par la pourpre du soir qui descendait. La splendeur embrasée du jour moribond projetait sur les blanches cimes des montagnes une lueur rosée, les réchauffant d'une façon trompeuse. De grandes ombres mordorées s'étiraient sur la surface gelée d'un glacier titanesque. Celui-ci sinuait, pareil à un serpent de glace, depuis une combe nichée parmi les plus hauts sommets, descendait lentement pour s'incurver devant la passe, puis s'éloignait à nouveau sur la gauche pour disparaître au pied des collines, se changeant en un rapide cours d'eau. Celui qui s'aventurait dans la passe devait guider son cheval avec précaution, une fois franchie la lisière du glacier : il risquait en effet de tomber dans l'une de ses crevasses traîtresses ou bien d'être emporté par une avalanche déferlant du haut des pentes. Le soleil couchant transformait le glacier en une perspective étincelante, écarlate et or. Les pentes rocheuses s'écartant des flancs du glacier étaient ponctuées par endroits d'arbres nains aux troncs noueux.

Le cavalier savait qu'il s'agissait du Glacier du Démon des Neiges, également appelé la Rivière de la Mort Glacée. Il en avait entendu parler, bien que ses années d'errance ne l'aient encore jamais conduit en ces lieux. Tous les récits concernant la passe gardée par ce glacier étaient assombris par une peur sans nom. Ses propres compagnons de Cimmérie, dans leurs mornes collines à l'ouest, parlaient du Démon des Neiges en des termes horrifiés, bien que personne ne sût pourquoi. Il s'était souvent interrogé sur les légendes se rapportant au glacier qui lui donnaient une aura imprécise de mal très ancien. Ici des bandes entières de guerriers avaient disparu, disait-on ; on n'avait plus jamais entendu reparler d'eux.

Le jeune Cimmérien — Conan était son nom — chassa avec irritation ces rumeurs stupides. Sans aucun doute, pensa-t-il, ces hommes avaient une piètre expérience de la montagne : ils s'étaient imprudemment écartés de la piste, s'aventurant sur l'un de ces ponts de neige peu épaisse qui masquent souvent de mortelles crevasses. Le pont de neige avait cédé, précipitant tous ces hommes vers les profondeurs bleu-vert du glacier. De telles choses arrivaient très souvent, Crom le savait ! Plus d'un ami d'enfance du jeune Cimmérien avait péri de la sorte. Ce n'était pas une raison pour glisser de sombres insinuations à propos du Démon des Neiges, en frissonnant et en lançant des regards obliques

Conan avait hâte de franchir le défilé pour descendre vers les basses collines du Royaume-Frontière. La vie simple de son village natal de Cimmérie l'avait vite lassé. Son aventure funeste avec une bande d'Aesir aux cheveux blonds, alors qu'il participait à un raid mené sur Vanaheim, ne lui avait rapporté que plaies et bosses... et aucun profit. Elle l'avait également marqué du souvenir obsédant de la beauté glacée d'Atali, la fille du géant du gel, et il avait senti se poser sur lui les lèvres froides de la Mort.

L'un dans l'autre, il avait obtenu tout ce qu'il désirait des mornes pays nordiques. Il brûlait de l'envie de retrouver les pays chauds du Sud, de goûter à nouveau les joies d'un vêtement de soie, de vins capiteux et de victuaillles fines... de caresser les doux corps de femmes peu farouches. J'en ai terminé, pensa-t-il, avec la monotonie de la vie de village et l'austérité des bivouacs et des champs de bataille !

Son cheval avançait lentement vers l'endroit où le glacier rejoignait la route menant directement aux basses terres. Conan mit pied à terre et guida sa monture le long du sentier étroit, s'avançant entre le glacier sur sa gauche et la pente abrupte, recouverte par la neige, sur sa droite. Son épais manteau en peau d'ours exagérait sa silhouette déjà impressionnante. Il dissimulait sa cotte de mailles et la lourde épée à large lame fixée à sa hanche.

Ses yeux d'un bleu volcanique brillaient sous le rebord d'un casque à cornes ; un foulard était noué autour de la partie inférieure de son visage pour protéger ses poumons de la morsure glacée de l'air soufflant des hauteurs. Dans sa main libre il tenait une lance effilée. Là où le sentier rejoignait la surface du glacier, Conan faisait montre de prudence, enfonçant la pointe de sa lance dans la neige : elle dissimulait peut-être une crevasse. Une hache d'armes pendait au bout de sa lanière, accrochée à la selle.

Il était presque arrivé à l'extrémité du sentier étroit, pris entre le glacier et le flanc de la montagne. A cet endroit, le glacier s'éloignait sur la gauche, tandis que le sentier se poursuivait et descendait le long d'une surface large et inclinée, légèrement recouverte de neige printannière, interrompue ici et là par de gros rochers et des congères. Un hurlement de terreur le fit se retourner vivement… il leva les yeux.

A une portée d'arc sur sa gauche, là où le glacier s'avançait à l'horizontale avant d'entamer sa descente finale, un groupe de créatures velues et trapues entourait une jeune fille au corps élancé, vêtue de fourrures blanches. Même à cette distance, en raison de l'air pur de la montagne, Conan distinguait parfaitement l'ovale chaleureux de son visage aux joues nacrées et la masse opulente des cheveux bruns et soyeux s'échappant de son capuchon blanc. C'était une vraie beauté.

Sans perdre un seul instant, Conan se débarrassa de son manteau et, se servant de sa lance comme d'une perche, sauta en selle. Il saisit les rênes et enfonça ses éperons dans les flancs de son cheval. L'animal surpris se cabra légèrement avant de s'élancer en avant. Conan ouvrit la bouche pour pousser le cri de guerre cimmérien, étrange et terrifiant... et la referma avec un claquement sec. Dans son adolescence, il aurait sans doute poussé ce cri pour se donner du courage ; les années passées dans les rangs de l'armée turanienne lui avaient enseigné les rudiments de l'art militaire. Il était inutile d'avertir de sa venue les agresseurs de la jeune fille.

Néanmoins, ils l'entendirent s'approcher presque aussitôt. La neige étouffait le bruit des sabots de son cheval, mais le léger tintement de sa cotte de mailles, le crissement de sa selle et de son harnachement firent se retourner l'un d'eux. L'homme poussa un cri et tira sur le bras de son voisin. En quelques secondes, tous avaient fait volte-face, regardant Conan s'approcher et s'apprêtant à le recevoir dignement !

Ils étaient une douzaine... des montagnards armés de massues en bois grossières, de lances et de haches à pointes de silex. Leurs membres étaient courts, leurs corps épais, enveloppés de fourrures malpropres, tombant en guenilles. Leurs petits yeux injectés de sang étincelaient sous des sourcils proéminents et des fronts épais ; leurs lèvres charnues se retroussèrent pour découvrir des dents solides et jaunâtres. On aurait dit les derniers représentants d'une race depuis longtemps disparue, vestiges d'une étape antérieure de l'évolution humaine... Conan avait entendu des philosophes argumenter à leur propos dans les cours des temples némédiens. Pour le moment, il était trop occupé à guider son cheval et à pointer sa lance pour accorder à de tels sujets ne serait-ce que la plus fugitive des pensées. Il fondit sur eux à la vitesse de l'éclair.

2.

Conan savait que la seule façon de venir à bout d'un aussi grand nombre d'adversaires combattant à pied était de tirer pleinement parti de la mobilité de son cheval... il devait se déplacer continuellement, sans leur laisser le temps de se regrouper et de le cerner de tous côtés. Sa cuirasse protégerait son propre corps de la plupart de leurs coups ; mais leurs armes, bien que rudimentaires, pourraient rapidement avoir raison de sa monture. Aussi piqua-t-il des deux, guidant son cheval légèrement sur la gauche, vers l'homme-bête le plus proche.

La lance de fer s'enfonça dans le corps velu, traversant et fracassant os et chairs. Le montagnard poussa un hurlement, lâcha son arme et essaya de retenir la hampe de la lance de Conan. La poussée du cheval précipita à terre l'homme primitif. Le fer de lance fiché dans le corps de l'homme entraîna le projectile. Conan le dégagea d'un geste brutal et lança son cheval au galop à travers la bande éparpillée.

Derrière lui, les montagnards firent entendre un

concert de cris et de hurlements furieux. Ils se montraient du doigt et hurlaient tous à la fois une douzaine d'ordres contradictoires. Pendant ce temps, Conan faisait décrire à sa monture un cercle étroit et retraversait au galop la masse confuse. Une lance le heurta et fut déviée par son épaulière ; une autre blessa légèrement son cheval au flanc. Déjà il s'éloignait, indemne, laissant derrière lui un corps qui se tordait et battait le sol, éclaboussant la neige d'écarlate.

Au cours de sa troisième charge, l'homme qu'il venait de transpercer roula à terre, cassant net la hampe de sa lance. Comme il s'éloignait au galop, Conan se débarrassa de la lance tronquée et saisit le manche de la hache suspendue à sa selle. Revenant une nouvelle fois vers eux au galop, il se pencha sur sa selle. Le tranchant d'acier flamboya dans les dernières lueurs du couchant... la hache décrivit un énorme huit... une boucle sur la droite, une sur la gauche. De chaque côté, un montagnard s'affaissa sur la neige, le crâne fracassé, dans une pluie de gouttes écarlates. Un troisième montagnard qui ne s'était pas déplacé assez vite, fut heurté de plein fouet et piétiné par le cheval de Conan.

Avec un gémissement de terreur, l'homme piétiné se releva en chancelant et s'enfuit en clopinant. En un instant, les six autres l'avaient rejoint, pris de panique,. s'éloignant sur le glacier en une course éperdue. Conan tira sur les rênes de sa monture et regarda leurs silhouettes trapues diminuer au loin... puis il fut obligé de sauter vivement à terre comme son cheval frissonnait et s'écroulait. Une lance à pointe de silex était profondément enfoncée dans le flanc de l'animal, juste derrière la jambe gauche du

Cimmérien. Un regard lui apprit que le cheval était mort.

« Crom ! Imbécile que je suis ! Me mêler de ce qui ne me regarde pas ! » grommela-t-il pour lui-même. Les chevaux étaient rares et précieux dans les pays nordiques. Ce coursier lui avait permis de faire une longue route depuis Zamora. Il l'avait nourri, soigné et bichonné tout au long de l'hiver. Il l'avait laissé à l'écurie lorsqu'il avait participé au raid Aesir, sachant que la neige épaisse et la glace perfide lui ôteraient presque toute son utilité. Il avait compté sur le fidèle animal pour le ramener vers les pays chauds ; à présent, il gisait à terre, mort... tout cela parce qu'il était intervenu sur un coup de tête... se mêlant d'une querelle entre montagnards qui ne le concernait en aucune façon.

Comme il recouvrait sa respiration et que la brume rouge de la fureur guerrière se dissipait devant ses yeux, il se tourna vers la jeune fille... pour qui il s'était battu. Elle se tenait à quelques pas de là, le fixant de ses yeux écarquillés.

« Rien de cassé, jeune fille ? » grogna-t-il. « Ces brutes t'ont-elles fait du mal ? Tu n'as rien à craindre ; je ne suis pas ton ennemi. Mon nom est Conan de Cimmérie. »

Elle lui répondit dans un dialecte qu'il entendait pour la première fois. Cela ressemblait un peu à de l'Hyperboréen, mélangé à des termes provenant d'autres langues... du Némédien, certainement, et d'autres dont il ne reconnut pas la source. Il parvint à comprendre un peu plus de la moitié de ce qu'elle lui racontait.

« Tu t'es battu... comme un dieu », s'exclama-t-elle. « J'ai cru... que tu étais Ymir... venu pour sauver Ilga. »

Comme elle se calmait, il lui soutira toute l'histoire, par bribes, patiemment. Son nom était Ilga ; elle appartenait au peuple Virunien, une branche des Hyperboréens, qui avait émigré vers le Royaume-Frontière. Ceux-ci vivaient dans une guerre perpétuelle avec les cannibales velus, vivant dans des cavernes parmi les cimes Eiglophiennes. La lutte pour la survie dans ces régions arides était cruelle... elle aurait été mangée par ses ravisseurs si Conan n'était pas intervenu pour la sauver.

Deux jours plus tôt, expliqua-t-elle, elle était partie avec un petit groupe de Viruniens. Une fois franchie la passe au-dessus du Glacier du Démon des Neiges, ils comptaient faire route durant plusieurs jours vers le nord-est, vers Sigtona, la plus proche des forteresses hyperboréennes. Là-bas ils avaient des parents ; ils espéraient faire du commerce à la foire du printemps. L'oncle d'Ilga l'accompagnait : il avait également l'intention de lui trouver un bon mari ! Ils étaient tombés dans une embuscade tendue par les Velus : seule Ilga avait survécu à la terrible bataille sur les pentes glissantes. Avant de s'écrouler, le crâne fracassé par une hache de silex, son oncle lui avait ordonné de lancer son cheval au galop et de retourner vers son village à la vitesse du vent.

Alors qu'elle était encore en vue des montagnards, son cheval avait glissé sur une fine couche de glace, se brisant une patte. Elle s'était dégagée de sa monture et, bien que fortement contusionnée, avait continué de fuir à pied. Les Velus avaient assisté à sa chute ; l'un de leurs groupes s'était lancé à sa poursuite, dévalant la pente abrupte du glacier pour la rattraper. Elle avait couru des heures durant, lui semblait-il, essayant de leur échapper. Ils avaient fini par la rejoindre et la cerner, comme Conan l'avait vu de ses propres yeux.

Le Cimmérien émit un grognement de compassion ; son antipathie profonde à l'égard des Hyperboréens — résultant de son séjour dans un bagne d'esclaves — ne s'étendait pas jusqu'à leurs femmes. C'était une histoire pénible, mais la vie dans les régions arides du Nord était cruelle. Il avait souvent entendu des récits semblables.

A présent, ils étaient confrontés à un autre problème. La nuit était tombée et aucun des deux n'avait de cheval. Le vent se levait ; s'ils passaient la nuit sur la surface du glacier, leurs chances pour qu'ils soient encore en vie le lendemain matin étaient très réduites. Ils devaient trouver un abri et faire du feu, sinon le Glacier du Démon des Neiges ferait deux victimes de plus.

3.

Tard dans la nuit, Conan s'endormit. Ils avaient trouvé une anfractuosité sous un surplomb rocheux, à flanc de glacier ; la neige avait suffisamment fondu pour leur permettre de s'y blottir. Le dos à la surface de granit du rocher, profondément érodé et strié par le frottement du glacier, ils avaient la place de s'allonger. Devant l'anfractuosité se dressait le flanc du glacier… de la glace claire, transparente, fissurée par des tunnels et des crevasses caverneuses. Bien que le froid de la glace les transperçât jusqu'aux os, ils avaient plus chaud que s'ils étaient restés sur le glacier, en amont, où le vent gémissait à présent et chassait d'épais tourbillons de neige.

Ilga avait refusé tout d'abord d'accompagner

Conan ; pourtant il lui avait fait comprendre qu'il ne lui voulait aucun mal. La jeune fille avait tiré sur sa main pour se dégager, en criant un mot qui lui était inconnu... cela sonnait un peu comme *yakhmar.* A la longue, perdant patience, il lui avait donné un léger coup de poing à la tempe et l'avait portée, inconsciente, vers l'abri humide de la caverne.

Il était ressorti pour récupérer son manteau en peau d'ours, l'équipement et les provisions attachés à sa selle. Sur la pente rocheuse s'élevant depuis le rebord du glacier, il avait ramassé une double brassée de brindilles, de feuilles et de bois, et était revenu vers la caverne. Là, battant son briquet à silex, il avait réussi à allumer un petit feu. Celui-ci donnait plus l'illusion de la chaleur qu'une véritable chaleur, car il veillait à ce qu'il ne prenne pas trop d'importance... les flammes risquaient de faire fondre les parois de glace voisines et leur refuge serait alors inondé.

Les lueurs orangées du feu se reflétaient à l'intérieur des crevasses et des tunnels. Ceux-ci s'éloignaient au sein du glacier ; leurs sinuosités et nombreux embranchements se perdaient au loin, dans l'obscurité. Un léger clapotis parvenait jusqu'aux oreilles de Conan, ponctué de temps à autre par le crissement et le craquement de la glace qui se déplaçait lentement.

Conan sortit une nouvelle fois et affronta la cruelle morsure du vent pour découper quelques tranches de viande épaisses dans le corps de son cheval déjà presque raide. Il les rapporta à la caverne et les fit griller à l'extrémité de baguettes pointues. La viande de cheval et les tranches de pain noir prises dans ses sacoches de selle, qu'ils firent descendre avec de la bière d'Asgard au goût amer, contenue dans une gourde en peau de chèvre, constituaient un repas grossier mais substantiel.

Ilga semblait rentrée en elle-même tandis qu'elle mangeait. Au début Conan crut qu'elle était toujours furieuse contre lui, en raison du coup de poing. Puis il se rendit compte que son esprit ne songeait absolument pas à cet incident. Non, elle était sous l'emprise d'une terreur panique ! Ce n'était pas la peur naturelle qu'elle avait éprouvée lorsque la bande de brutes velues la poursuivait, mais une horreur profonde, superstitieuse, qui — pour une raison inconnue — avait un rapport avec le glacier. Lorsqu'il voulut la questionner, elle ne put rien lui dire, sinon chuchoter ce nom inconnu : « *Yakhmar! Yakhmar!* » Son adorable visage pâle et tiré exprimait une terreur abjecte. Lorsqu'il tenta de lui arracher la signification de ce mot, elle fit seulement quelques gestes vagues, qui n'exprimaient rien pour lui.

Après le repas, réchauffés et harassés, ils s'enroulèrent dans le manteau en peau d'ours de Conan, serrés l'un contre l'autre. La proximité de la jeune fille donna au Cimmérien l'idée de lui faire l'amour : cela la calmerait peut-être... ensuite elle s'endormirait rapidement. Ses premières tentatives de caresses ne la trouvèrent nullement rétive ; elle répondit aussitôt à son ardeur de jeune homme et il s'aperçut qu'elle n'était guère novice à ce jeu. Bientôt elle soupirait, haletait et poussait des cris passionnés. Ensuite, pensant qu'elle était détendue, Conan se tourna sur le côté et s'endormit aussi profondément qu'un mort.

La jeune fille ne dormait pas. Elle était allongée, le corps raidi, fixant les ténèbres qui béaient au sein des cavités glacées, au-delà de la faible lueur du feu moribond. A la fin, à l'approche de l'aube, arriva ce qu'elle redoutait tellement.

Un léger sifflement... un filet de musique ténu et ululant qui se lova lentement autour de son esprit, le rendant aussi impuissant qu'un oiseau pris dans un filet. Son cœur battait contre ses côtes. Elle ne pouvait ni bouger, ni parler... pas même réveiller le jeune guerrier qui ronflait à côté d'elle.

Deux disques de feu verts et froids apparurent à l'entrée du tunnel de glace le plus proche... deux grandes orbes qui brûlèrent et desséchèrent sa jeune âme, lui jetant un sort mortel. Il n'y avait ni âme ni esprit derrière ces disques flamboyants... seulement une faim impitoyable.

Comme quelqu'un qui marche durant son sommeil, Ilga se leva, laissant glisser à ses pieds son côté du manteau en peau d'ours. Nue, sa forme svelte et blanche se détachant sur la pénombre, elle s'avança vers les ténèbres du tunnel où elle s'engagea et disparut. La mélodie infernale diminua et cessa ; les yeux verts et froids ondoyèrent et disparurent à leur tour. Conan dormait toujours.

4.

Conan se réveilla. Une étrange prémonition — un avertissement transmis par ses sens suraigus de barbare — s'irradia à travers tout son corps, faisant frissonner ses nerfs et ses muscles. Tel un félin de la jungle, Conan émergea instantanément de son sommeil profond et sans rêve ; parfaitement réveillé, il resta étendu, sans un mouvement, chacun de ses sens sondant l'air autour de lui.

Un grondement sourd roula dans sa poitrine robuste. Le Cimmérien se leva d'un bond et constata qu'il était seul dans la caverne. La jeune fille avait disparu. Pourtant, ses fourrures qu'elle avait ôtées pour faire l'amour étaient toujours là. Ses sourcils se froncèrent et se rejoignirent en une expression de surprise. Le danger flottait toujours dans l'air, griffant de ses doigts ténus les nerfs du Cimmérien et les mettant à vif.

Il revêtit rapidement ses vêtements et prit ses armes. Serrant sa hache dans son poing, il se glissa dans l'espace étroit entre le surplomb et le flanc du glacier. Au dehors, le vent était retombé. Conan sentit l'imminence de l'aube ; pourtant aucune lueur matinale n'atténuait l'éclat gemmé des milliers d'étoiles scintillant dans le ciel. Une lune gibbeuse flottait au-dessus des cimes à l'ouest, répandant une lumière d'or pâle sur les champs de neige.

Le regard perçant de Conan scruta la neige. Il n'aperçut aucune empreinte de pas près du surplomb, ni aucune trace de lutte. Pourtant, il était inconcevable qu'Ilga se fût aventurée dans le labyrinthe de tunnels et de crevasses où marcher était pratiquement impossible, même avec des bottes munies de pointes, où le moindre faux pas risquait de précipiter l'imprudent vers l'un de ces cours d'eau glacée, dissimulés sous la neige, longeant les soubassements du glacier.

Les courts poils de la nuque de Conan se hérissèrent devant le mystère de la disparition de la jeune fille. Son cœur était celui d'un barbare superstitieux : il ne craignait aucun adversaire mortel, mais les êtres surnaturels et les forces de l'au-delà qui rôdaient dans les recoins ténébreux de son monde primitif l'emplissaient de terreur et de dégoût.

Comme il continuait de fouiller la neige du regard, il se raidit brusquement. Quelque chose venait d'émerger d'une trouée dans la glace, à quelques pas du surplomb rocheux. C'était énorme, très long, mou et sinueux ; cela n'avait pas de pieds et s'avançait comme un reptile. Sa piste sinueuse était parfaitement visible dans le sentier incurvé que son ventre avait tracé dans la molle blancheur, semblable à un monstrueux serpent des neiges.

La lune déclinante luisait faiblement ; pourtant les yeux exercés de Conan, aiguisés par sa vie sauvage, suivaient aisément la piste. Elle conduisait, contournant les congères et les saillies rocheuses, vers le flanc de la montagne, s'éloignant du glacier... en haut, vers les cimes balayées par le vent. Le monstre n'était certainement pas parti seul.

Comme il suivait la piste, formant une ombre massive et foncée, couverte de fourrures, au sein de la neige, il passa près de l'endroit où gisait son cheval mort. Il ne restait pratiquement plus rien de la carcasse, sinon quelques ossements. Tout autour on distinguait faiblement les traces laissées par la chose ; le vent avait déjà déposé une fine couche de neige sur les horribles vestiges.

Un peu plus loin, il trouva la jeune fille... du moins ce qu'il en restait. Sa tête avait disparu, ainsi que la plus grande partie de la chair de son torse : les ossements blancs étincelaient comme de l'ivoire dans la clarté lunaire décroissante. Ils avaient été nettoyés comme si on avait sucé la chair qui les recouvrait... ou comme si elle avait été léchée et râpée par une langue aux dents innombrables.

Conan était un guerrier, l'enfant aguerri d'un peuple sans pitié... il avait vu la mort sous un millier de formes. Pourtant une rage violente le secoua.

Quelques heures plus tôt, cette fille svelte et chaude avait gémi sous lui, répondant à la passion par la passion. Maintenant, il ne restait plus rien d'elle, sinon une chose disloquée, sans tête, ressemblant à une poupée brisée et jetée dans un coin.

Conan recouvrit ses esprits et examina le cadavre. Avec un grognement de surprise, il s'aperçut qu'il était dur et gelé, enchâssé dans une couche de glace.

5.

Les yeux du Cimmérien s'étrécirent comme il réfléchissait. Moins d'une heure s'était écoulée depuis qu'elle s'était levée à son insu, car le manteau avait gardé un peu de la chaleur de son corps lorsqu'il s'était réveillé. En un laps de temps aussi court, un corps chaud ne pouvait durcir et geler de la sorte, encore moins être pris dans un bloc de glace étincelante. C'était contraire aux lois de la nature.

Il poussa un juron rauque, saisi de rage et de dégoût. Il savait à présent pourquoi la jeune fille s'était levée dans son sommeil et s'était éloignée. Il se souvint des légendes à demi-oubliées de son enfance que les anciens racontaient autour du feu. L'une d'elle concernait le terrible monstre des neiges, le sinistre Remora... le ver des glaces, créature vampire, devenu presque un mythe pour les Cimmériens, dont on chuchotait le nom avec horreur.

Les animaux supérieurs, il le savait, dégageaient de la chaleur. Plus bas dans l'échelle animale, venaient les reptiles et les poissons à écailles : leur température était celle de leur environnement. Le Remora, le ver des régions de glace, semblait unique... en ce sens qu'il dégageait du *froid ;* du moins, c'était ainsi que Conan l'aurait exprimé. Il produisait une sorte de froid piquant qui, en quelques minutes, pouvait enfermer un cadavre dans une armure de glace. Aucun des compagnons de Conan ne s'étant jamais vanté d'avoir vu un Remora, le Cimmérien avait supposé que cette créature avait disparu depuis longtemps de la surface de la terre.

C'était sans aucun doute le monstre que redoutait tellement Ilga et qu'elle avait désigné par le nom de *yakhmar*, tentant vainement de le prévenir.

Conan décida farouchement de traquer la créature jusqu'à son repaire et de la tuer. Les raisons de cette décision étaient obscures, même pour lui. Malgré sa fougue de jeune homme et sa nature impétueuse et sauvage, il possédait son code d'honneur. Il aimait tenir sa parole et s'acquitter d'une obligation qu'il avait entreprise librement. Sans se prendre aucunement pour un héros chevaleresque et sans tache, il traitait les femmes avec une bonté empreinte de rudesse qui contrastait avec la brutalité et la truculence dont il faisait montre envers les représentants de son propre sexe. Il se refusait à tirer jouissance des femmes si celles-ci n'étaient pas consentantes ; il essayait de les protéger quand il s'apercevait qu'elles dépendaient de lui.

Il avait échoué à ses propres yeux. En acceptant son acte d'amour primitif, la jeune fille, Ilga, s'était placée sous sa protection. Lorsqu'elle avait eu besoin de sa force, il avait dormi, sans se douter de rien, pareil à un animal stupide. Conan ignorait tout de la mélodie hypnotique qui permettait au Remora de paralyser ses victimes... et qui l'avait maintenu profondément endormi... lui qui, ordinairement, avait un sommeil si léger. Il se maudit, se traita d'ignorant, de fou et d'imbécile, pour n'avoir pas prêté une plus grande attention à ses avertissements. Il grinçait des dents et se mordait les lèvres avec rage, décidé à faire disparaître cette faute qui entachait son code d'honneur, même si cela devait lui coûter la vie.

Tandis que le ciel s'éclairait à l'est, Conan revint à la caverne. Il rassembla ses affaires et réfléchit à un plan. Quelques années plus tôt, il se serait sans doute lancé avec impétuosité sur la piste du ver des glaces, se fiant à sa force et au tranchant acéré de ses armes pour remporter la victoire. L'expérience, même si elle n'avait pas encore dompté toutes ses impulsions irréfléchies, lui avait enseigné les rudiments de la prudence.

Il lui était impossible d'affronter le ver des glaces au corps à corps, les mains nues. Toucher la créature signifiait mourir gelé. Même son épée et sa hache étaient d'une efficacité douteuse. Le froid extrême risquait de rendre cassant leur métal... il pouvait même remonter le long de leur manche et geler la main qui les tenait.

Mais... à cet instant un sourire farouche apparut sur les lèvres de Conan... peut-être était-il en mesure de retourner le pouvoir du ver des glaces contre lui-même !

En silence et rapidement, il fit ses préparatifs. Rassasié, le ver monstrueux allait dormir durant les heures du jour. Mais Conan ignorait combien de temps il lui faudrait pour atteindre le repaire de la créature et il redoutait que de nouvelles bourrasques n'effacent sa trace ophidienne.

6.

Conan eut besoin d'un peu plus d'une heure pour découvrir le gîte du ver des glaces. Le soleil naissant se levait au-dessus des cimes orientales des Montagnes Eiglophiennes, faisant étinceler les étendues neigeuses comme autant de champs de diamants écrasés, lorsqu'il se tint enfin à l'entrée de la caverne de glace où aboutissait la piste sinueuse. Cette caverne s'ouvrait dans le flanc d'un glacier de moindre importance, vassal du Démon des Neiges. De cette hauteur, Conan voyait jusqu'au bas de la pente, à l'endroit où ce glacier mineur s'incurvait pour rejoindre le Démon, tel l'affluent d'un fleuve.

Conan pénétra par l'ouverture. La lumière du soleil levant étincelait et se reflétait de chaque côté des parois de glace transparentes, se brisant et formant des arcs-en-ciel innombrables aux vives couleurs. Conan avait l'impression de s'avancer, par quelque moyen magique, au milieu de la substance solide d'une gemme colossale.

Il s'enfonça à l'intérieur du glacier ; les ténèbres gelées se refermèrent autour de lui. Pourtant il s'obstina à mettre un pied devant l'autre, continuant et marchant avec peine. Il releva le col de son manteau en peau d'ours pour protéger son visage du froid engourdissant ; celui-ci soufflait sur lui, blessant ses yeux et l'obligeant à faire des inspirations brèves et fréquentes pour empêcher ses poumons d'être gelés. Des cristaux de glace se déposaient sur son visage, formant un masque délicat qui se brisait à chacun de ses mouvements, pour se reformer tout aussi rapidement. Il continuait d'avancer, tenant précautionneusement ce qu'il portait avec une telle attention à l'intérieur de son manteau.

Dans l'obscurité devant lui s'ouvrirent deux yeux verts et froids qui le fixèrent et le pénétrèrent jusqu'au tréfonds de son âme. Ces orbes lumineuses projetaient une lumière glauque et glacée qui leur était propre. A la faveur de leur faible phosphorescence fougueuse, il vit que la caverne aboutissait à une salle de forme arrondie : c'était le nid du ver des glaces. Repli après repli, son corps immense était lové au creux de ce nid. Sa forme non vertébrée était recouverte du duvet soyeux d'une fourrure blanche et épaisse. Sa gueule était une simple ouverture circulaire, sans mâchoires, pour le moment plissée et fermée. Au-dessus de la gueule, les deux globes lumineux brillaient au sein d'une tête lisse et ronde, sans traits distincts, spectrale.

Le ver des glaces était repu. Il lui fallut quelques instants pour réagir à la présence de Conan. Le monstre des neiges avait vécu durant d'innombrables éons parmi les étendues silencieuses du Glacier du Démon des Neiges et jamais aucun homme — cette créature chétive — ne l'avait défié dans les profondeurs gelées de son nid. Son chant étrange dont les trilles stridentes emprisonnaient à jamais l'esprit de celui qui les écoutait, retentit et enveloppa Conan, déversant sur lui des ondes hypnotiques pour l'endormir et le dominer.

Mais c'était trop tard. Conan rejeta son manteau en arrière, découvrant ce qu'il portait avec tant de précautions. C'était son casque Asgardien à cornes, en acier puissant, à l'intérieur duquel il avait déposé les charbons ardents de son feu : parmi les braises était également enfouie la tête de sa hache, solidement maintenue en place par la lanière de la mentonnière enroulée autour du manche. Une rêne provenant du harnachement de son cheval avait été passée autour du manche de la hache et de la mentonnière.

Tenant d'une main l'extrémité de la rêne, Conan fit tourner l'ensemble au-dessus de sa tête, comme s'il s'agissait d'une fronde. Le déplacement d'air attisa les braises qui commencèrent à rougeoyer ; elles devinrent jaunes, puis blanches. Une odeur de bourre calcinée monta comme l'intérieur du casque brûlait.

Le ver des glaces redressa sa tête camuse. Sa bouche circulaire s'ouvrit lentement, révélant un anneau de petites dents pointant vers l'intérieur. La mélodie s'enfla jusqu'à un degré de stridence insupportable et le cercle noir de la bouche s'avança dans sa direction. Conan arrêta de faire tournoyer le casque au-dessus de sa tête. Il prit la hache dont le manche carbonisé fumait et brûlait à l'endroit où il était au contact du fer porté à incandescence, et la retira vivement du casque. Une détente du bras... l'arme incandescente vola dans les airs, tournant sur elle-même..., avalée par la gueule caverneuse. Tenant le casque par l'une de ses cornes, Conan lança les charbons ardents à la suite de la hache. Puis il fit demi-tour et se mit à courir.

7.

Conan ne sut jamais comment il avait réussi à sortir du labyrinthe. Le glacier était ébranlé par les dernières convulsions de la créature des neiges. Tout autour de lui, la glace craquait et se fissurait dans un grondement de tonnerre. Le courant d'air glacé ne soufflait plus dans le tunnel, remplacé par un nuage de vapeur aveuglant et suffoquant qui tourbillonnait autour du Cimmérien.

Trébuchant, glissant et tombant sur la surface visqueuse et inégale de la glace, se cognant contre l'une des parois du tunnel, puis contre l'autre, Conan atteignit finalement l'extrémité du couloir et sortit à l'air libre. Le glacier tremblait sous ses pieds, agité par les convulsions titanesques du monstre agonisant à l'intérieur. Des panaches de vapeur sortaient en flottant d'une vingtaine de crevasses et de fissures, de chaque côté de Conan qui, glissant et déséquilibré, descendait en courant au bas de la pente neigeuse. Il prit brusquement à angle droit, longeant la lisière du glacier pour se mettre à l'abri au plus vite. Avant qu'il ait pu atteindre le sol compact du flanc de la montagne, avec ses rochers déchiquetés et ses arbres rabougris, le glacier explosait. Lorsque l'acier chauffé à blanc du fer de la hache avait rencontré l'intérieur glacé du monstre, quelque chose avait cédé.

Dans un formidable grondement, la glace frissonna, se brisa, projeta dans l'air des fragments vitreux, puis s'effondra en un amas chaotique de glace et d'eau. Bientôt un immense nuage de vapeur recouvrait l'ensemble. Conan perdit l'équilibre, tomba, culbuta, roula, glissa et s'agrippa enfin de toutes ses forces à un rocher, à la limite de la coulée de glace. La neige emplissait sa bouche, l'étouffait et aveuglait ses yeux. Un gros bloc de glace bascula du haut du rocher et heurta son épaule, se brisant et manquant l'enfouir sous d'innombrables fragments.

A moitié assommé, Conan se dégagea de l'amas de glace. Un mouvement prudent de ses membres lui apprit qu'il n'avait pas d'os cassés. Il était meurtri, contusionné et blessé sur tout le corps, comme s'il s'était trouvé sur un champ de bataille quelques instants plus tôt. Un imposant nuage de vapeur et de cristaux de glace étincelants montait dans le ciel. Il s'élevait en tourbillonnant depuis un cratère noir... l'ancien emplacement de la caverne du ver des glaces. Des débris de glace et de neige fondue se déversaient de tous côtés, pour tomber vers les parois de ce cratère. Le glacier s'était affaissé à cet endroit et enfoncé dans le sol.

Peu à peu, le paysage redevint normal. La brise piquante soufflant des montagnes emporta les nuages de vapeur. L'eau formée par la fonte de la glace se figea et gela à nouveau. Le glacier retrouva son immobilité naturelle.

Endolori et harassé, Conan descendit en boitant vers la passe. Estropié comme il l'était, il allait devoir faire à pied le long chemin qui le séparait des royaumes de Nemédie ou d'Ophir, à moins qu'il ne puisse acheter, mendier, emprunter ou voler un autre cheval. Pourtant il s'éloigna d'un cœur vaillant, tournant vers le sud son visage tailladé... ce Sud doré où des cités brillantes dressaient leurs hautes tours vers un soleil enchanteur... où un homme fort, avec du courage et de la chance, pouvait gagner de l'or, du vin et des femmes peu farouches aux seins fermes et pleins.

LA REINE DE LA CÔTE NOIRE

Conan finit par atteindre les royaumes hyboriens. Il trouve un emploi de condottiere *en Némédie, puis en Ophir et enfin en Argos. Là, une légère infraction aux lois l'oblige à monter à bord du premier navire en partance. A cette époque, il est âgé de vingt-quatre ans environ.*

1. Conan et les pirates

Crois-moi... les verts bourgeons s'éveillent
 au printemps
L'automne peint les feuilles d'un feu sombre
Et je garde mon cœur inviolé
Pour prodiguer à un seul homme mes désirs
 ardents.

Le Chant de Bêlit

Les sabots tintèrent sur les pavés de la rue descendant vers les quais. Des gens crièrent et s'écartèrent vivement ; ils ne firent qu'entrevoir une silhouette bardée de fer sur un étalon noir, son ample manteau écarlate flottant au vent. Du haut de la rue leur parvinrent des cris et le fracas d'autres sabots, mais le cavalier ne regarda pas derrière lui. Il fit irruption sur le quai et tira sur les rênes de son cheval : celui-ci se cabra, s'arrêtant à l'extrême limite de l'embarcadère. Des marins levèrent les yeux vers lui, bouche bée : ils s'apprêtaient à hisser la voile à rayures d'une galère à la haute proue et aux flancs renflés. Le patron du navire, un homme trapu à la barbe noire, se tenait à la proue, l'écartant du quai à l'aide d'une gaffe. Il poussa un rugissement de colère comme le cavalier quittait sa selle d'un bond, sautait et atterrissait sur le pont.

« Qui t'a invité à bord ? »

« Appareille en vitesse ! » gronda l'intrus avec un geste emporté qui fit pleuvoir des gouttes rouges de son épée à large lame.

« Nous nous dirigeons vers les côtes de Kush ! » rétorqua le marin.

« Alors je vais à Kush ! Gagne le large, te dis-je ! » L'autre lança un regard rapide vers le haut de la rue où surgissait un escadron de cavaliers ; ils la descendirent au galop. Loin derrière eux courait péniblement un groupe d'archers, arbalète sur l'épaule.

« As-tu de quoi payer ton passage ? » demanda le patron.

« Je paierai en bon acier ! » rugit l'homme en cuirasse, brandissant sa longue épée qui lança des reflets bleutés dans le soleil. « Par Crom, l'ami, si tu n'appareilles pas à l'instant, je fais un carnage... le pont de cette galère sera couvert du sang de son équipage ! »

Le patron du navire s'y connaissait en hommes. Un regard vers le visage hâlé et couvert de cicatrices du guerrier à l'expression résolue et il lança un ordre rapide, poussant fortement contre les piliers du quai.

La galère s'avança vers le large en se balançant doucement ; les rames commencèrent à claquer en cadence. Une rafale de vent gonfla la voile brillante. Le navire léger donna de la bande, puis entama sa course, vent arrière, glissant sur l'eau avec la grâce d'un cygne.

Sur le quai, les cavaliers agitaient leurs épées, criant des menaces et ordonnant au navire de virer de bord, hurlant aux archers de se dépêcher et d'arriver avant que la galère fût hors de portée de leurs arbalètes.

« Laissez-les crier ! » ricana le guerrier. « Maintiens le navire sur sa route, maître timonier. »

Le patron descendit du tillac, s'avança entre les rangées de rameurs et monta sur le pont. L'étranger se tenait là, adossé au mât, les yeux étrécis et alertes, son épée prête. Le marin l'étudia posément, veillant à ne faire aucun mouvement vers le long couteau passé à sa ceinture. Il avait devant lui un homme de grande taille, puissamment bâti, portant un haubert aux mailles d'acier noires, des jambières brunies et un casque bleu métallique d'où saillaient deux cornes de taureau luisantes. De ses épaules bardées de fer tombait le manteau écarlate qui se gonflait au vent du large. Un large ceinturon en chagrin, avec une boucle en or, retenait le fourreau de l'épée à large lame. Sous le casque à cornes, une crinière noire tombant jusqu'à ses épaules contrastait avec des yeux bleus au fond desquels couvaient des lueurs inquiétantes.

« Si nous devons voyager ensemble », dit le patron du navire, « autant faire la paix, non ? Mon nom est Tito ; je suis le patron de cette galère, inscrite sur les registres du port d'Argos. Je me rends à Kush pour y faire du négoce avec les rois noirs : je compte échanger de la verroterie, des soieries, du sucre et des épées damasquinées contre de l'ivoire, du copra, du minerai de cuivre, des esclaves et des perles. »

Le guerrier regarda derrière lui, vers les quais qui s'éloignaient rapidement : les silhouettes gesticulaient toujours, impuissantes, ayant de toute évidence des difficultés à trouver un bateau suffisamment rapide pour rattraper la galère légère.

« Je suis Conan le Cimmérien », répondit-il. « J'étais venu en Argos pour y chercher un emploi ; les guerres se faisant rares en ce moment, je n'ai trouvé aucune occupation digne de ce nom. »

« Pourquoi les gardes te poursuivaient-ils ? » s'informa Tito. « Non pas que cela me regarde, mais... »

« Je n'ai rien à cacher », répliqua le Cimmérien. « Par Crom ! J'ai passé un temps considérable parmi vous autres, les gens civilisés, pourtant vos façons me sont toujours parfaitement incompréhensibles.

« Voici les faits : la nuit dernière, dans une taverne, un capitaine de la garde royale a fait des propositions injurieuses à la douce amie d'un jeune soldat : naturellement, celui-ci lui a passé son épée à travers le corps. Apparemment, il existe une maudite loi interdisant de tuer des gardes : aussi le garçon et sa fille ont-ils pris la fuite. Le bruit s'est répandu que l'on m'avait vu en leur compagnie ; aujourd'hui, j'ai comparu devant le tribunal. Un juge m'a demandé où était parti le garçon. J'ai répondu que, comme c'était un ami, il m'était impossible de le trahir. Le juge s'est mis en colère et m'a tenu un grand discours où il était question de mon devoir envers l'état, la société, et d'autres choses auxquelles je n'ai rien compris. Il m'a invité à lui dire où mon ami s'était réfugié. A ce moment, moi aussi j'étais devenu furieux, car j'avais clairement expliqué ma position.

« Pourtant j'ai mis un frein à ma colère, gardant

mon calme. Le juge a repris de plus belle, hurlant que j'avais offensé la cour et que j'allais être jeté dans un cachot où je moisirais jusqu'à ce que je dénonce mon ami. Comprenant qu'ils étaient tous fous, j'ai sorti mon épée et ai ouvert en deux le crâne du juge ; je me suis ensuite frayé un chemin jusqu'à la sortie du tribunal. Apercevant l'étalon du gouverneur, j'ai sauté en selle et l'ai lancé au galop jusqu'au port où j'espérais trouver un navire prêt à appareiller vers des pays lointains. »

« Ma foi », déclara Tito avec vigueur, « les tribunaux m'ont dépouillé trop souvent, lors de procès avec de riches marchands, pour que je leur porte un quelconque amour. J'aurai à répondre à certaines questions si jamais je jette à nouveau l'ancre dans ce port. Bah, je prouverai aisément que j'ai agi sous la contrainte. Rengaine ton épée ; tu n'as rien à craindre ici. Nous sommes de paisibles marins et n'avons rien contre toi. De plus, il est toujours utile d'avoir à son bord un soldat aguerri tel que toi. Allons sur la dunette pour vider quelques pots d'ale. »

« Cela me convient à merveille », répondit le Cimmérien avec empressement, tout en rengainant son épée.

L'*Argus* était un navire petit mais solide, caractéristique de ces bâtiments de commerce faisant route entre les ports de Zingara et d'Argos et les côtes méridionales, serrant le littoral et s'aventurant rarement en haute mer. Il était haut de poupe, ainsi que sa proue incurvée ; magnifiquement profilé de l'avant en arrière, avec des flancs renflés. Il était gouverné au moyen de la longue rame qui plongeait dans l'eau depuis la poupe et son mode de propulsion était la grande voile de soie à rayures, assistée d'un foc. Les rames étaient utilisées pour les manœuvres d'accostage, dans des criques ou sur de petites rivières, et durant les accalmies. Il y en avait dix sur chaque flanc, cinq réparties de l'avant à l'arrière du petit entrepont. La partie la plus précieuse de la cargaison était arrimée sous ce pont et sous le gaillard d'avant. Les hommes dormaient sur le pont ou entre les bancs de rameurs, protégés, en cas de mauvais temps, par des bâches. Avec vingt hommes aux rames, trois au gouvernail et le patron du navire, l'équipage était au complet.

L'*Argus* filait rapidement vers le sud ; le beau temps se maintenait. Le soleil frappait jour après jour avec une ardeur croissante ; on tendit les bâches... des toiles de soie rayée qui s'harmonisaient avec la voile brillante et les dorures étincelantes ornant la proue et les plats-bords.

Ils arrivèrent en vue de la côte de Shem... des pâturages immenses et ondoyants, ponctués au loin par des villes aux tours blanches ; des cavaliers aux nez crochus, portant des barbes frisées aux reflets bleu sombre, étaient juchés sur leurs montures, près du rivage, regardant la galère avec méfiance. Ils ne cherchèrent pas à accoster ; on retirait peu de profits à faire du négoce avec les farouches et prudents enfants de Shem.

Maître Tito ne dirigea pas non plus son navire vers la grande baie où les eaux impétueuses du Styx se jetaient dans l'océan. Les grands murs sombres et les forteresses de Khemi se profilaient à l'horizon. Les navires ne jetaient pas l'ancre dans ce port sans y être invités : derrière les murs lugubres, des sorciers impurs jetaient d'horribles sorts, enveloppés par la fumée sacrificielle qui s'élevait éternellement des autels maculés de sang. Dans ces temples abominables, des femmes nues hurlaient sous le couteau des prêtres... Set, l'Antique Serpent, l'archi-démon des Hyboriens mais le dieu des Stygiens, lovait, disait-on, ses replis luisants parmi ses adorateurs.

Maître Tito se tint à bonne distance de la baie à la surface vitreuse, plongée dans des rêves mystérieux, même lorsqu'une gondole à proue de serpent surgit de derrière une langue de terre crênelée : des femmes nues à la peau foncée, de grandes fleurs rouges piquées dans leurs cheveux, se levèrent et hélèrent ses marins, prenant des poses et faisant des gestes impudiques.

A présent, plus aucune tour brillante n'apparaissait sur le littoral. Ils avaient dépassé les frontières méridionales de la Stygie et longeaient les côtes de Kush. La mer et la vie à bord d'un navire étaient autant de mystères infinis pour Conan dont la patrie se trouvait parmi les collines des hauts-plateaux nordiques. Le guerrier errant n'était pas d'un moindre intérêt aux yeux des marins dont la plupart voyaient pour la première fois un représentant de sa race.

Comme beaucoup de marins, ils étaient originaires d'Argos, mais solidement bâtis. Conan les dominait de sa grande taille et aucun d'eux n'aurait pu l'affronter à la lutte. Ils étaient intrépides et robustes, le Cimmérien possédait l'endurance et la vitalité d'un loup ; ses muscles étaient d'acier et ses nerfs endurcis par la vie sauvage qu'il avait connue dans les régions arides du monde. Il était prompt à rire... tout aussi prompt et redoutable dans sa colère. Grand mangeur, il aimait la bonne chère ; les boissons fortes étaient une passion... et une faiblesse chez lui. A de nombreux égards aussi naïf qu'un enfant, étranger aux manières sophistiquées de la civilisation, il était intelligent par nature, jaloux de ses droits et aussi dangereux qu'un tigre affamé. Bien que jeune par le nombre des années, les batailles et ses errances l'avaient endurci ; ses séjours en de nombreux pays étaient visibles sur son harnachement. Son casque à cornes était celui que portent les Aesirs de Nordheim aux cheveux blonds : son haubert et ses jambières étaient du plus bel ouvrage de Koth ; la fine cotte de mailles protégeant ses bras et ses jambes venait de Némédie ; la lame à son ceinturon était une longue épée aquilonienne à large lame ; et son magnifique manteau écarlate n'avait pu être tissé qu'en Ophir.

Ils atteignirent enfin le sud. Maître Tito commença à chercher du regard les villages protégés par de hautes palissades des tribus noires. Ils ne trouvèrent que des ruines fumantes à proximité d'une baie ; des cadavres nus jonchaient le rivage. Tito jura.

« Autrefois, j'ai fait de fructueuses affaires ici. C'est l'œuvre des pirates. »

« Si nous les rencontrons ? » Conan assura sa grande épée dans son fourreau.

« Ce navire n'est pas un bâtiment de guerre. Nous prendrons la fuite, sans nous battre. Pourtant, lorsque cela a été inévitable, nous avons combattu, repoussant les pillards... et nous recommencerons... sauf s'il s'agit de la *Tigresse* de Bêlit. »

« Qui est Bêlit ? »

« Un démon femelle, le plus féroce que le monde aît jamais connu ! A moins que j'interprète mal les signes, ce sont ses bouchers qui ont détruit ce village près de la baie. J'espère la voir un jour se balancer au bout d'une vergue ! On la surnomme la Reine de la Côte Noire. C'est une Shémite, à la tête de flibustiers noirs. Ils infestent ces côtes et ont envoyé par le fond plus d'un navire marchand ! »

De dessous le gaillard d'arrière, Tito sortit des pourpoints épais, des casques en fer, des arcs et des flèches.

« Résister ne servira pas à grand-chose s'ils nous rattrapent et se lancent à l'abordage », grogna-t-il. « Mais renoncer à la vie sans se battre... ce serait un crève-cœur ! »

Le soleil se levait lorsque la vigie poussa un cri d'alerte. Contournant la longue péninsule d'une île, à tribord, apparut une longue forme mortelle... une galère effilée et ophidienne. Son pont surélevé s'étendait de la proue à la poupe. Quarante rames de chaque côté la faisaient avancer rapidement sur l'eau ; la lisse basse était couverte de Noirs entièrement nus qui chantaient et heurtaient leurs boucliers ovales avec leurs lances. Tout en haut du mât flottait un long pennon écarlate.

« Bêlit ! » glapit Tito en pâlissant. « Vite ! Virez de bord ! Vers l'embouchure de cette rivière ! Si nous réussissons à accoster avant qu'ils nous rejoignent, nous avons une chance de sauver nos vies ! »

Virant aussitôt de bord, l'*Argus* fila vers la ligne de brisants grondant le long du rivage frangé de palmiers. Tito allait sans cesse de l'avant à l'arrière, exhortant les rameurs haletants à de plus grands efforts. La barbe noire du patron de la galère était hérissée ; ses yeux brillaient.

« Donne-moi un arc », demanda Conan. « A mon avis, ce n'est pas une arme d'homme, mais j'ai appris le tir à l'arc chez les Hyrkaniens et il serait fort étonnant que je n'arrive pas à toucher un homme ou deux sur ce pont là-bas. »

Se tenant à la poupe, il observa le navire : celui-ci glissait légèrement sur l'eau, semblable à un serpent.

Bien qu'il fût novice aux choses de la mer, il comprit bien vite que l'*Argus* ne remporterait jamais cette course. Déjà des flèches, décochées vers le ciel depuis le pont du navire pirate, retombaient avec un sifflement et s'enfonçaient dans la mer, à moins de vingt pas de l'arrière de la galère.

« Nous ferions mieux de virer de bord », gronda le Cimmérien, « autrement nous mourrons tous le dos criblé de flèches... sans avoir porté un seul coup ! »

« Parés à la manœuvre ! » rugit Tito, d'un mouvement brutal de son poing vigoureux. Les rameurs barbus grognèrent et poussèrent sur les rames, tandis que leurs muscles se gonflaient et se nouaient ; la sueur ruisselait sur leur peau. La charpente de la vaillante petite galère craqua et gémit comme les hommes lui faisaient fendre les flots. Le vent était tombé ; la voile pendait mollement. Les pirates se rapprochaient inexorablement. La galère se trouvait encore à un bon mille des brisants lorsque l'un des timoniers s'écroula en travers de la barre, suffoquant, la nuque transpercée par une longue flèche. Tito s'élança et prit sa place ; Conan, écartant et plantant ses pieds sur le gaillard d'arrière soumis au roulis, leva son arc. Il voyait à présent le navire pirate dans ses moindres détails. Les rameurs étaient protégés par une rangée de mantelets fixés sur les plats-bords, mais les guerriers qui dansaient sur le pont étroit étaient parfaitement visibles. Leurs corps étaient peints et parés de plumes, pour la plupart nus ; ils brandissaient des lances et des boucliers tachetés.

Sur la plateforme surélevée à la proue se tenait une forme élancée : sa peau blanche formait un contraste éblouissant avec les peaux d'ébène luisantes qui l'entouraient. Bêlit, sans l'ombre d'un doute. Conan banda son arc, le trait encoché près de son oreille... quelque caprice ou scrupule retint sa main... la flèche siffla et traversa le corps d'un grand Noir emplumé, armé d'une lance, qui se tenait à côté d'elle.

Peu à peu le navire des pirates remontait à la course la galère plus légère. Les flèches pleuvaient sur l'*Argus* et des hommes poussaient des cris. Tous les timoniers gisaient sur le pont, ressemblant à des pelotes d'épingles ; Tito manœuvrait seul la lourde barre, lançant de sombres imprécations ; ses jambes bandées étaient des nœuds de nerfs tendus à se rompre. Puis, avec un sanglot, il s'écroula : un long trait venait de se planter en frissonnant dans son noble cœur. L'*Argus* privé de son timonier donna de la bande, roulé par les vagues. Les hommes poussaient des cris de panique ; Conan prit le commandement, à sa façon caractéristique.

« Debout, compagnons ! » rugit-il en décochant un trait avec fureur. « Empoignez vos épées et assénez à ces chiens quelques coups avant qu'ils vous tranchent la gorge ! A présent inutile de vous courber sur vos rames : ils vont nous aborder avant que nous ayons fait cinquante autres pas ! »

Avec désespoir, les marins abandonnèrent leurs rames et saisirent leurs armes. C'était un geste courageux mais vain. Ils eurent le temps de tirer une volée de flèches, puis le bateau pirate fut sur eux. Plus personne ne tenant la barre, l'*Argus* s'inclinait de plus en plus sur le flanc ; la proue au bec d'acier des pirates éperonna la galère par le travers. Des grappins en fer se plantèrent dans la lisse. Depuis les plats-bords surélevés, les pirates noirs tirèrent leurs flèches ; celles-ci transpercèrent les justaucorps des marins condamnés ; puis ils sautèrent sur la galère, épée en main, pour parfaire le massacre. Sur le pont du navire pirate gisaient une demi-douzaine de corps, preuve de l'adresse de Conan au tir à l'arc.

Le combat sur l'*Argus* fut bref et sanglant. Les marins, bien que résolus, n'étaient pas de taille à résister aux barbares sanguinaires ; ils furent taillés en pièces jusqu'au dernier. Ailleurs la bataille avait pris un tour imprévu. Conan, sur le gaillard d'arrière dressé vers le ciel, était au niveau du pont des pirates. Lorsque la proue d'acier éventra l'*Argus,* il s'était préparé au choc et avait gardé son équilibre, jetant son arc de côté. Un grand corsaire, s'élançant par-dessus le bastingage, fut accueilli au milieu des airs par la grande épée du Cimmérien. Celle-ci le découpa proprement en deux, à la hauteur du torse : son corps tomba d'un côté et ses jambes de l'autre. Dans une explosion de fureur qui laissa un monceau de cadavres enchevêtrés sur les plats-bords, Conan sauta par-dessus la lisse et atterrit sur le pont de la *Tigresse.*

En un instant il fut au centre d'un ouragan de lances et de gourdins qui cherchaient à le transpercer et à le frapper. Il se déplaçait continuellement, formant une aveuglante tache d'acier en mouvement. Les lances étaient déviées par sa cuirasse ou ne rencontraient que le vide. Son épée avait entonné son chant de mort. La folie guerrière de sa race l'habitait : une brume rouge de fureur démentielle flottait devant ses yeux embrasés ! Il ouvrait des crânes en deux, fracassait des poitrines, tranchait des membres, éventrait, fouaillait des entrailles et jonchait le pont d'une horrible moisson de corps mutilés, de cervelle et de sang... le faisant ressembler à un abattoir.

Invulnérable dans son armure, adossé au mât, il entassait à ses pieds les cadavres déchiquetés. Ses adversaires reculèrent en haletant, poussant des cris de rage et de peur. Ils brandirent leurs lances vers lui : il se tendit, s'apprêtant à bondir et à mourir parmi eux. Un cri perçant fit s'immobiliser les bras levés. Ils se figèrent sur place, tels des statues... les géants noirs prêts à lancer leurs traits, le guerrier en cuirasse avec sa lame dégouttant de sang.

Bêlit bondit devant les Noirs, abaissant leurs lances. Elle se tourna vers Conan. Sa poitrine se soulevait, ses yeux étincelaient. Le cœur du Cimmérien fut empli de surprise et d'émerveillement. Elle avait le corps d'une déesse : élancé, à la fois souple et voluptueux. Son unique vêtement était une large ceinture de soie. Ses membres à la blancheur d'ivoire et les globes d'albâtre de ses seins firent battre sauvagement le sang dans les veines du Barbare, enflammé par la passion, bien qu'il fût encore sous l'emprise de sa folie guerrière. Les cheveux de Bêlit noirs et épais, aussi sombres qu'une nuit stygienne, retombaient en cascades brillantes au bas de son dos superbe. Ses yeux noirs se posèrent sur le Cimmérien et le brûlèrent.

Aussi insoumise que le vent du désert, elle possédait la souplesse d'une panthère... et n'était pas moins dangereuse qu'elle ! Elle s'approcha de lui, sans se soucier de la grande lame encore ruisselante du sang de ses guerriers. Sa cuisse souple l'effleura comme elle se tenait près du barbare de grande taille. Ses lèvres rouges s'entrouvrirent tandis qu'elle levait la tête et regardait au fond des yeux sombres et menaçants de Conan.

« Qui es-tu ? » demanda-t-elle. « Par Ishtar, jamais je n'ai vu quelqu'un te ressemblant ! Pourtant j'ai sillonné toutes les mers depuis les côtes de

Zingara jusqu'aux feux ultimes du Sud. D'où viens-tu ? »

« D'Argos », répondit-il laconiquement, s'attendant à quelque traîtrise. Qu'elle tende seulement sa main délicate vers la dague incrustée de gemmes passée à sa ceinture, et un soufflet de sa main ouverte l'étendrait sans connaissance sur le pont. Pourtant, au fond de lui-même, il ne craignait rien ; il avait tenu entre ses bras aux muscles d'acier un trop grand nombre de femmes, civilisées ou barbares, pour ne pas reconnaître la flamme qui brûlait dans les yeux de celle-ci.

« Tu n'es pas l'un de ces Hyboriens efféminés ! » s'exclama-t-elle. « Tu es aussi féroce et endurci qu'un loup gris. Ces yeux n'ont jamais été éteints par les lumières des villes ; ces muscles n'ont jamais été amollis par une vie facile, à l'abri de murs de marbre. »

« Je suis Conan le Cimmérien », rétorqua-t-il.

Pour les habitants de ces régions exotiques, le Nord était un royaume mystérieux, presque mythique, peuplé de géants féroces aux yeux bleus qui, à l'occasion, quittaient leurs forteresses de glace pour incendier, tuer et piller. Leurs raids ne les avaient jamais conduits vers le sud lointain, jusqu'à Shem... aussi cette fille de Shem ne faisait-elle aucune distinction entre un Aesir, un Vanir ou un Cimmérien. Avec l'instinct infaillible de son sexe — la femme éternelle — elle sut qu'elle avait trouvé son amant, celui qu'elle attendait depuis si longtemps. Sa race ne signifiait rien pour elle ; elle l'auréolait simplement de la gloire des pays inconnus.

« Et moi, je suis Bêlit ! » s'écria-t-elle, comme elle aurait dit : « Je suis la reine ! »

« Regarde-moi, Conan ! » Elle écarta ses bras.

« Je suis Bêlit, reine de la Côte Noire. Tigre du Nord, tu es aussi froid que les montagnes enneigées qui t'ont vu naître. Prends-moi et écrase-moi par ton amour ardent ! Accompagne-moi jusqu'aux confins de la terre... jusqu'aux confins de la mer ! Je suis reine par le feu, l'acier et le massacre... sois mon roi ! »

Les yeux du Cimmérien parcoururent les rangées de guerriers maculés de sang, cherchant à déceler des expressions de colère ou de jalousie. Il n'en aperçut aucune. La fureur avait quitté les visages d'ébène. Il comprit que, pour ces hommes, Bêlit était plus qu'une femme : une déesse dont la volonté était incontestée. Il regarda l'*Argus* roulé par les eaux écarlates : le navire était sur le point de sombrer, ses ponts déjà immergés, seulement retenu par les grappins d'acier. Il regarda le rivage frangé de bleu, les lointaines brumes vert émeraude de l'océan, la silhouette vibrante de passion devant lui. Son âme de barbare se réveilla au tréfonds de son être. Parcourir ces royaumes étincelants et inconnus avec cette jeune tigresse à la peau blanche... aimer, rire, aller à l'aventure, piller...

« Je fais voile avec toi », grogna-t-il en secouant les gouttes rouges de sa lame.

« Ho, N'Yaga ! » La voix de Bêlit vibra comme la corde d'un arc. « Apporte des herbes et soigne les blessures de ton maître ! Vous autres, transbordez le butin sans perdre de temps... nous partons ! »

Tandis que Conan était assis, le dos au bastingage du gaillard d'arrière et que le vieux shaman pansait ses blessures aux mains et aux membres, la cargaison de l'infortuné *Argus* était rapidement portée à bord de la *Tigresse* et arrimée dans les petites cabines aménagées sous le pont. Les corps des membres de l'équipage et des pirates tués au combat furent lancés par-dessus bord, livrés en pâture aux requins nombreux dans ces eaux ; les Noirs blessés étaient allongés sur la coursive, attendant d'être soignés. Les grappins d'acier furent largués et l'*Argus* s'enfonça silencieusement dans la mer tachetée de sang. La *Tigresse* cingla vers le sud, au claquement cadencé des rames.

Ils glissaient sur les flots bleutés. Bêlit vint retrouver Conan sur le gaillard d'arrière. Ses yeux brûlaient comme ceux d'une panthère dans l'obscurité lorsqu'elle se dépouilla de ses parures, de ses sandales et de sa ceinture en soie pour les jeter aux pieds du Cimmérien. Elle se dressa sur la pointe des pieds et tendit ses bras vers le ciel... ligne blanche et nue, frémissante de passion... puis elle cria à sa horde de pirates : « Loups des mers, regardez la danse... la danse des épousailles de Bêlit, dont les ancêtres étaient rois d'Asgalun ! »

Elle dansa, tournoyant comme un tourbillon du désert, bondissant telle une flamme inextinguible, incarnant la nécessité de la vie et celle, inéluctable, de la mort. Ses pieds blancs volaient sur le pont maculé de sang et des moribonds oublièrent qu'ils allaient mourir en la suivant de leurs regards vitreux. Comme les étoiles blanches scintillaient à travers la brume veloutée du crépuscule, transformant son corps virevoltant en une tache de feu étincelante comme l'ivoire, elle se jeta avec un cri sauvage aux pieds de Conan. Le flot aveugle du désir du Cimmérien balaya tout ce qui n'était pas elle ; il écrasa la forme haletante contre sa poitrine bardée de fer.

2. Le Lotus noir

Dans la Citadelle des Morts aux pierres
éboulées
Les yeux de Bêlit furent captivés par cet
éclat impie.
Une étrange folie me saisit à la gorge,
Comme si un amant rival s'était interposé
entre nous.

Le Chant de Bêlit

La *Tigresse* écumait les mers et les villages noirs tremblaient. Les tams-tams battaient dans la nuit, racontant l'histoire de la sorcière des mers : elle avait trouvé un époux, un homme de fer dont le courroux était celui d'un lion blessé. Les survivants des navires stygiens abordés et pillés prononçaient le nom de Bêlit en lançant des malédictions, ainsi que celui du guerrier blanc aux féroces yeux bleus. Les princes stygiens se souviendraient de cet homme longtemps, très longtemps... leur mémoire était un arbre amer qui donnerait un fruit écarlate dans les années à venir.

Aussi insouciante qu'un vent vagabond, la *Tigresse* sillonnait les mers et infestait les côtes méridionales. Un jour, elle jeta l'ancre à l'embouchure d'une large rivière aux eaux moroses ; ses rives étaient des murailles de mystère recouvertes par la jungle.

« C'est la rivière Zarkheba... et la Mort », dit Bêlit. « Ses eaux sont empoisonnées. Tu vois comme elles s'écoulent, sombres et lugubres ? Seuls des reptiles venimeux vivent dans cette rivière. Les tribus noires l'évitent. Jadis une galère stygienne, fuyant devant moi, remonta son cours et disparut. Je jetai l'ancre à cet endroit même ; des jours plus tard, la galère réapparaissait, portée par le courant et les eaux sombres. Ses ponts étaient couverts de sang, déserts. Il n'y avait plus qu'un seul homme à son bord : il avait perdu la raison. Il mourut en délirant et en caquetant. La cargaison était intacte, mais l'équipage avait disparu, dans le silence et le mystère.

« Mon aimé, je crois qu'il y a une cité, quelque part sur cette rivière. On m'a fait le récit de tours gigantesques et de murailles entrevues au loin par des marins qui avaient osé remonter en partie le fleuve. Nous n'avons peur de rien : Conan, partons à la recherche de cette cité... nous la mettrons à sac ! »

Conan accepta. Il acceptait généralement tous ses plans. Elle était l'esprit qui concevait leurs raids et lui le bras exécutant ses idées. Peu lui importait où ils se rendaient et qui ils combattaient, aussi longtemps qu'ils sillonneraient les mers et qu'ils se battraient. A ses yeux la vie était belle.

Batailles et incursions avaient singulièrement clairsemé les rangs de leur équipage : il ne restait plus que quatre-vingts pirates, à peine suffisants pour manœuvrer la longue galère. Pourtant Bêlit se refusait à entreprendre le long voyage vers le sud, jusqu'aux royaumes des îles où elle recrutait ses boucaniers. Elle brûlait de l'envie de se lancer dans cette aventure ; cela aurait été une trop grande perte de temps. Ainsi la *Tigresse* s'engagea-t-elle dans l'estuaire de la rivière et les rameurs tirèrent avec force sur leurs rames comme la galère luttait contre le fort courant, remontant les eaux impétueuses.

Ils contournèrent le mystérieux coude cachant la rivière depuis la mer. Le soleil couchant les trouva alors qu'ils avançaient régulièrement, remontant le courant moins violent, évitant les bancs de sable où étaient lovés d'étranges reptiles. Ils n'aperçurent pas même un crocodile ; aucun animal à quatre pattes ni aucun volatile ne s'approchait du bord de l'eau pour se désaltérer. Ils continuèrent dans l'obscurité qui précède le lever de la lune, entre les hauts-fonds : ceux-ci étaient autant de palissades de ténèbres compactes, d'où montaient de mystérieux frôlements et des piétinements furtifs, où brillaient des yeux inquiétants. A un moment, une voix inhumaine résonna, exprimant une horrible raillerie... le cri d'un singe, dit Bêlit, ajoutant que les âmes des hommes pervertis étaient emprisonnées dans le corps de ces animaux à l'apparence humaine, en punition de leurs crimes passés. Conan en doutait car, autrefois, dans une cage aux barreaux d'or, dans une cité hyrkanienne, il avait vu une bête abyssale, au regard triste. On lui avait dit que c'était un singe ; il n'avait à aucun moment ressenti cette aura de méchanceté démoniaque vibrant dans le rire strident répercuté par les frondaisons de la jungle plongée dans les ténèbres.

La lune apparut, une éclaboussure de sang striée d'ébène ; la jungle s'éveilla en une cacophonie démentielle pour saluer sa venue. Les pirates noirs tremblaient en entendant les rugissements, les hurlements et les glapissements ; Conan remarqua que tout ce vacarme venait de beaucoup plus loin, du sein de la jungle, comme si les animaux, à l'instar des hommes, évitaient les eaux sombres de la Zarkheba.

Se levant au-dessus de la masse noire et compacte des arbres, flottant au-dessus des frondaisons ondoyantes, la lune argentait la rivière. Leur sillage devint un scintillement de bulles phosphorescentes qui s'élargissait, ressemblant à une route étincelante de gemmes resplendissantes. Les rames plongeaient dans l'eau luisante et réapparaissaient, gainées d'argent givré. Les plumes des coiffes des guerriers s'agitaient au vent ; les joyaux ornant les épées et les harnachements brillaient d'un éclat sombre.

La lumière froide produisait des reflets glacés sur les gemmes fixées dans les mèches noires et épaisses de Bêlit. Elle étira sa fine silhouette sur la peau de léopard jetée sur le pont. S'appuyant sur ses coudes, son menton posé sur ses mains délicates, elle leva les yeux vers le visage de Conan, allongé à côté d'elle ; sa crinière noire s'agitait sous la brise légère. Les yeux de Bêlit étaient de sombres joyaux brûlant dans la clarté lunaire.

« Le mystère et la terreur nous entourent, Conan... nous glissons vers le royaume de l'horreur et de la mort », dit-elle. « As-tu peur ? »

Un haussement de ses puissantes épaules fut sa seule réponse.

« Moi non plus je n'ai pas peur », fit-elle d'un ton méditatif. « Je n'ai jamais eu peur. J'ai contemplé trop souvent les crocs nus de la Mort. Conan, crains-tu les dieux ? »

« J'éviterai de marcher sur leur ombre », répondit le barbare avec réserve. « Certains dieux peuvent nous faire du mal ; d'autres nous aider. Du moins c'est ce que disent leurs prêtres. Mitra, le dieu des Hyboriens, doit être très puissant : ses adorateurs ont bâti leurs cités dans le monde entier. Pourtant, même les Hyboriens redoutent Set. Bel, dieu des voleurs, est un dieu bienveillant. Lorsque j'exerçais la profession de voleur à Zamora, j'ai appris à le connaître. »

« Et tes propres dieux ? Je ne t'ai jamais entendu les invoquer. »

« Leur chef est Crom. Il demeure sur une grande montagne. A quoi cela servirait-il de l'invoquer ?

Que les hommes vivent ou meurent… il s'en moque. Mieux vaut se taire et ne pas attirer son attention sur soi ; car il vous enverra un mauvais sort, et non la fortune ! Il est cruel et sans amour ; pourtant à la naissance il insuffle dans l'âme de chaque homme le pouvoir de se battre et de tuer. Que pourraient demander d'autre les hommes aux dieux ? »

« Et les mondes qui se trouvent au-delà de la rivière de la mort ? » insista-t-elle.

« Dans les croyances de mon peuple, il n'y a pas d'espoir ici ou après », répondit Conan. « Dans ce monde, les hommes luttent et souffrent en vain, trouvant du plaisir seulement dans la folie ardente des batailles ; une fois morts, leurs âmes pénètrent dans un royaume gris et nébuleux de nuages et de vents glacés, où elles errent sans joie, pour l'éternité. »

Bêlit eut un frisson. « La vie, aussi mauvaise qu'elle soit, est préférable à une telle destinée. Qu'en penses-tu, Conan ? »

Il haussa les épaules. « J'ai connu un grand nombre de dieux. Celui qui nie leur existence est aussi aveugle que celui qui leur fait une trop grande confiance. Je ne cherche pas à savoir ce qu'il y a au-delà de la mort. Ce sont peut-être les ténèbres, comme l'affirment les sceptiques de Némédie, ou bien le royaume des glaces et des vents de Crom, ou encore les plaines enneigées et les salles voûtées du Valhalla de Nordheim. Je l'ignore et cela m'importe guère. Il me suffit de vivre intensément tant que je vis ; pourvu que je savoure le jus succulent des viandes rouges et le goût des vins capiteux sur mon palais… pourvu que je jouisse de l'étreinte ardente de bras à la blancheur d'albâtre et de la folle exultation des batailles lorsque les lames bleutées deviennent flamme et écarlate... alors je suis satisfait ! Je laisse aux érudits, prêtres et philosophes le soin de méditer sur les questions de la réalité et de l'illusion. Je sais une chose : si la vie est une illusion, alors moi aussi je suis une illusion ; par conséquent l'illusion est réelle pour moi. Je vis, je brûle de l'ardeur de vivre, j'aime, je tue et je suis satisfait. »

« Mais les dieux sont réels », dit-elle, poursuivant sa pensée. « Et au-dessus de tous les autres, il y a les dieux des Shémites... Ishtar et Ashtoreth, Derketo et Adonis. Bel, lui aussi, est shémite, car il naquit dans l'antique Shumir, il y a longtemps, très longtemps... et il s'en alla, riant, avec sa barbe frisée, ses yeux sages et espiègles, voler les joyaux des rois des anciens temps.

« La vie existe après la mort, je le sais. Je sais également ceci, Conan de Cimmérie... » elle s'agenouilla d'un mouvement souple et le saisit, en une étreinte de panthère « ... mon amour est plus fort que la mort ! Tu m'as serré dans tes bras et j'ai haleté sous la violence de ton amour ; tu m'as prise, broyée et conquise, attirant mon âme vers tes lèvres par la fureur de tes baisers qui me meurtrissaient. Mon cœur est soudé à ton cœur, mon âme fait partie de ton âme ! S'il arrivait que la mort m'ait emportée et que tu te battes pour ta vie, je reviendrai des abysses pour t'aider... oui, que mon esprit flotte parmi des voiles pourpres sur les mers cristallines du Paradis ou qu'il se torde dans les flammes en fusion de l'Enfer ! Je t'appartiens : tous les dieux et leurs éternités ne sauraient nous séparer ! »

Un cri retentit à la proue du navire. Poussant Bêlit de côté, Conan se dressa d'un bond ; son épée produisit un long reflet d'argent dans le clair de lune.

Ses cheveux se dressèrent sur sa tête au spectacle qui s'offrait à lui. Le guerrier noir était suspendu au-dessus du pont, soutenu par ce qui semblait être un tronc d'arbre sombre et flexible, s'arquant sous son corps. Il comprit que c'était un serpent gigantesque : celui-ci avait surgi de l'eau et saisi l'infortuné guerrier entre ses mâchoires. Ses écailles ruisselantes d'eau brillaient comme la lèpre dans la clarté lunaire. Il dressa sa forme terrifiante au-dessus du pont : l'homme hurlait et se tordait comme une souris entre les crocs d'un python. Conan se rua vers l'avant ; balançant sa grande épée, il l'enfonça dans l'énorme tronc plus épais que le corps d'un être humain. Il parvint presque à le trancher net. Le sang jaillit et inonda la lisse ; le monstre agonisant se retira en ondulant, serrant toujours sa victime dans sa gueule. Il s'enfonça lentement dans l'eau, repli après repli, cinglant les flots et les transformant en une écume sanglante. Homme et reptile disparurent.

Après ce drame, Conan prit la place de la vigie à l'avant, mais aucune autre horreur ne surgit des profondeurs obscures. Comme l'aube apparaissait et blanchissait le faîte de la jungle, il aperçut les crocs noirs de tours se dressant parmi les arbres. Il appela Bêlit ; elle dormait sur le pont, enveloppée dans son manteau écarlate. Elle bondit à ses côtés, les yeux brillants. Ses lèvres s'apprêtaient à lancer des ordres à ses guerriers, pour qu'ils prennent leurs arcs et leurs lances... puis elle écarquilla ses magnifiques yeux.

C'était seulement le fantôme d'une ville qu'ils contemplaient. Ils contournèrent une langue de terre, recouverte par la jungle et s'avançant dans la rivière, et glissèrent doucement vers le rivage incurvé. Roseaux et herbes de rivière poussaient abondamment entre les pierres des jetées disloquées ; la végétation recouvrait les pavés brisés, autrefois des rues, de vastes places et de grandes cours. Sauf du côté de la rivière, la jungle avait tout envahi, se glissant insidieusement, dissimulant sous un vert vénéneux des colonnes écroulées et des murs en ruines. Ici et là des tours s'inclinaient et semblaient tanguer, comme saisies d'ivresse, se découpant sur le ciel du matin. Des piliers brisés saillaient parmi les constructions éboulées. Au centre de la ville, une pyramide de marbre se dressait sur une place, couronnée par une mince colonne. Au faîte de celle-ci était assis ou accroupi quelque chose que Conan prit d'abord pour une statue. Puis ses yeux exercés décelèrent de la vie dans cette forme.

« C'est un grand oiseau », dit l'un des guerriers qui se tenaient à l'avant.

« C'est une monstrueuse chauve-souris », affirma un autre.

« C'est un singe », intervint Bêlit.

A cet instant précis la créature déploya de grandes ailes et prit son essor, disparaissant dans la jungle.

« Un singe ailé », fit le vieux N'Yaga avec inquiétude. « Au lieu de venir ici, nous aurions mieux fait de nous trancher la gorge. Cet endroit est hanté. »

Bêlit se moqua de ses craintes superstitieuses et ordonna les manœuvres d'accostage. Une fois la galère amarrée aux quais en ruines, elle fut la première à sauter à terre, suivie de près par Conan. Les pirates à la peau d'ébène les imitèrent : leurs plumes blanches ondoyaient dans la brise matinale ; ils tenaient leurs lances prêtes et leurs yeux roulaient dans leurs orbites, regardant avec méfiance la jungle environnante.

Un silence aussi sinistre que celui d'un serpent

endormi régnait sur la ville. Bêlit prit une pose picturale au milieu des ruines ; sa forme élancée, vibrante de vie, formait un étrange contraste avec la désolation et la décadence qui l'entouraient. Le soleil monta lentement au-dessus de la jungle, inondant les tours d'un or sombre et maussade, chassant les ombres sous les murs branlants. Bêlit désigna une tour ronde : celle-ci menaçait de s'écrouler sur sa base érodée par le Temps. Une volée de grandes dalles craquelées et envahies par la végétation montait vers elle, flanquée de colonnes éboulées. Un autel massif se dressait devant la tour. Bêlit gravit rapidement les marches antiques et s'arrêta devant l'autel.

« C'était le temple des Grands Anciens », dit-elle. « Regarde... on distingue les rigoles pour l'écoulement du sang sur les côtés de l'autel... et les pluies de dix mille années n'ont pas réussi à effacer ces taches sombres. Tous les murs se sont écroulés, mais ce bloc de pierre continue de défier le Temps et les éléments. »

« Qui étaient ces Grands Anciens ? » demanda Conan.

Elle écarta ses mains délicates en un geste d'impuissance. « Même les légendes ne font aucune allusion à cette cité. Oh... regarde ces trous à chaque bout de l'autel... des prises pour les mains ! Les prêtres dissimulent souvent leurs trésors sous leurs autels. Que quatre d'entre vous s'approchent et essaient de soulever la dalle. »

Elle se recula pour leur faire de la place, levant les yeux vers la tour vertigineusement inclinée au-dessus d'eux. Trois Noirs parmi les plus vigoureux avaient glissé leurs mains dans les trous creusés dans la pierre — curieusement, ces prises ne convenaient guère à des mains humaines ! — lorsque Bêlit fit un bond en arrière en poussant un cri aigu. Ils se figèrent sur place ; Conan qui se penchait pour les aider se retourna vivement avec un juron de surprise.

« Un serpent dans l'herbe », dit-elle en s'éloignant. « Viens le tuer, Conan ; vous autres, au travail ! »

Conan la rejoignit rapidement ; un autre prit sa place. Comme il examinait l'herbe avec impatience, à la recherche du reptile, les Noirs gigantesques plantèrent leurs pieds dans le sol, grognèrent et cherchèrent à soulever la dalle. Leurs muscles énormes se gonflèrent et se nouèrent sous leur peau d'ébène. L'autel ne se souleva pas du sol... il pivota brusquement sur le côté. Simultanément, un grondement sourd retentit au-dessus de leurs têtes... la tour bascula, s'effondrant et ensevelissant les quatre Noirs sous les décombres.

Leurs camarades poussèrent un cri d'horreur. Les doigts fins de Bêlit s'enfoncèrent dans le bras musclé de Conan. « Il n'y avait pas de serpent », chuchota-t-elle. « C'était une ruse pour t'éloigner. Je craignais cela : les Grands Anciens savent garder leurs trésors. A présent, ôtons les pierres. »

Ce qu'ils firent, au prix d'un travail herculéen. Après avoir dégagé les corps écrasés des quatre Noirs, les pirates découvrirent sous eux, maculée de leur sang, une crypte taillée dans la roche. L'autel faisait office de couvercle, curieusement monté sur des gonds, pivotant sur des tiges de pierre. Au premier regard, le caveau semblait empli jusqu'à ras bord d'un feu liquide dont les milliers de facettes flamboyantes retenaient la lumière du matin. Les pirates en restèrent bouche bée. Une fortune inconcevable, dépassant même les rêves les plus fous, s'offrait à leurs regards : diamants, rubis, sanguines, saphirs, turquoises, pierres de lune, opales, émeraudes, améthystes, gemmes inconnues brillant comme les yeux de femmes habitées par le mal. La crypte contenait un trésor fabuleux ; le soleil se réflétait sur les pierres précieuses avec un éclat sinistre.

Bêlit poussa un cri et se laissa tomber à genoux parmi les dalles tachées de sang, au bord du caveau. Elle plongea ses bras blancs jusqu'aux coudes dans cet océan de splendeur. Elle les en ressortit, serrant quelque chose qui fit jaillir un autre cri de ses lèvres... un grand collier... ses pierres écarlates ressemblaient à des caillots de sang figé tendus sur un épais fil d'or. Leur éclat changea la lumière dorée du soleil en une brume sanglante.

Les yeux de Bêlit étaient ceux d'une femme en transe. L'âme shémite ressent une éclatante ivresse au spectacle de la richesse matérielle et de la magnificence ; la vue de ce trésor aurait fait trembler de plaisir celle d'un empereur repu de Shushan.

« Emportez les gemmes, chiens ! » L'émotion rendait sa voix stridente.

« Regardez ! » Un bras noir et musclé se tendit vivement vers la *Tigresse*. Bêlit se retourna ; un rictus retroussait ses lèvres écarlates comme si elle s'attendait à voir un navire corsaire rival dans la baie, venu la dépouiller de son butin. Du plat-bord du navire, une forme sombre s'éleva, volant et s'éloignant audessus de la jungle.

« Le singe-démon a visité le navire », murmurèrent les Noirs avec inquiétude.

« Quelle importance ? » s'écria Bêlit avec un juron, coiffant une mèche rebelle d'une main impatiente. « Faites une litière avec des lances et des manteaux, pour transporter les joyaux... où vas-tu donc ? »

« Inspecter la galère », grogna Conan. « Cette créature ailée a peut-être fait un trou dans la coque, pour ce que nous en savons. »

Il descendit en courant vers le quai aux pierres disjointes et sauta à bord. Un examen rapide de la cale lui fit pousser un juron sonore. Il lança un regard sombre dans la direction où avait disparu l'être mystérieux. Il revint rapidement auprès de Bêlit : celle-ci dirigeait la mise à sac de la crypte. Elle avait passé autour de son cou la parure étincelante ; sur ses seins nus et blancs les caillots rouges brillaient d'un éclat sombre. Un gigantesque Noir, entièrement nu, était descendu dans le caveau empli de pierres précieuses. Enfoui jusqu'à mi-cuisses dans cet étang de splendeur, il ramassait le trésor, à pleines poignées, le tendait vers les mains avides au-dessus de lui. Des chapelets d'une iridescence glacée pendaient entre ses doigts brunis ; des gouttes de feu rouge ruisselaient de ses mains, lançant des reflets stellaires et des arcs-en-ciel somptueux. On aurait dit un titan noir, à califourchon sur les gouffres ardents de l'Enfer, ses mains levées emplies d'étoiles.

« Ce démon ailé a défoncé nos tonneaux d'eau », annonça Conan. « Si nous n'avions pas été aussi aveuglés par ces pierres, nous aurions entendu le bruit. Nous avons été stupides... nous aurions dû laisser un homme de garde. Il est impossible de boire l'eau de cette rivière. Je vais prendre vingt hommes et partir à la recherche d'eau douce dans la jungle. »

Elle lui adressa un regard vague ; ses yeux reflétaient la flamme pâle de son étrange passion, ses doigts caressaient les gemmes sur sa poitrine.

« Très bien », fit-elle d'une voix absente, faisant à

peine attention à lui. « Je fais porter à bord le butin. »

La jungle se referma rapidement sur eux, changeant en gris l'or du jour. Des branchages verts courbés en arcs pendaient des lianes, ressemblant à des pythons. Les guerriers avançaient à la file, se glissant à travers le crépuscule des premiers temps, tels des fantômes noirs suivant un esprit blanc.

Le sous-bois n'était pas aussi touffu que Conan l'avait prévu. Le sol était spongieux, mais pas marécageux. Il s'élevait depuis la rivière, en une pente douce. Ils s'enfoncèrent de plus en plus au sein des profondeurs verdâtres et ondoyantes. Ils n'avaient toujours pas trouvé de points d'eau, un ruisseau ou une mare stagnante. Conan fit halte brusquement ; ses guerriers s'immobilisèrent, se changeant en des statues de basalte. Dans le silence oppressé qui suivit, le Cimmérien secoua la tête avec irritation.

« Continuez », ordonna-t-il à l'un de ses lieutenants, N'Gora. « Marchez droit devant vous jusqu'à ce que vous ne me voyiez plus. Alors arrêtez-vous et attendez-moi. Je crois que nous sommes suivis. J'ai entendu du bruit. »

Les Noirs reprirent leur marche ; ils étaient inquiets mais firent ce qu'il leur demandait. Comme ils s'éloignaient, Conan se mit rapidement derrière un grand arbre, regardant vers le sentier qu'ils venaient de suivre. De cette forteresse feuillue tout pouvait surgir. Il ne se passa rien ; les bruits assourdis de la colonne en marche diminuaient au loin. Conan s'aperçut soudain que l'air était imprégné d'un parfum inconnu et étrange. Quelque chose effleura doucement sa tempe. Il se retourna vivement. D'une grappe de plantes aux feuilles vertes et insolites, de grandes fleurs noires s'inclinaient et se balançaient vers lui. C'était l'une d'elles qui l'avait touché. Elles semblaient lui faire signe, recourber leurs tiges flexibles dans sa direction. Elles déployaient leurs corolles et bruissaient; pourtant il n'y avait pas le moindre souffle de vent.

Il recula en reconnaissant le lotus noir. Son suc était mortel et son parfum plongeait celui qui le respirait dans un sommeil hanté par de terribles rêves. Déjà il sentait une subtile léthargie l'envahir, se glisser en lui. Il voulut lever son épée, l'abattre et trancher les tiges ophidiennes; son bras pendait, inerte, à son côté. Il ouvrit la bouche pour appeler ses guerriers; il n'en sortit qu'un râle léger. Un instant plus tard, avec une effrayante soudaineté, la jungle se mit à flotter et à tanguer devant ses yeux, puis elle devint floue. Il n'entendit pas les cris effroyables qui éclataient brusquement non loin de là; ses genoux cédèrent sous lui et il tomba mollement vers le sol. Au-dessus de sa forme prostrée, les grandes fleurs noires ondoyaient lentement dans l'air immobile.

3. L'Horreur de la jungle

Etait-ce un rêve apporté par le lotus de la nuit?
Alors que soit maudit le rêve qui rendit ma vie languissante
Et maudite chaque heure paresseuse qui ne voit pas
Le sang ardent couler goutte à goutte, sombrement, du couteau écarlate.

Le chant de Bêlit

Au commencement il y eut les ténèbres d'un vide extrême, parcouru par les vents glacés de l'espace cosmique. Puis des formes, vagues, monstrueuses et évanescentes, flottèrent à travers le néant, comme si les ténèbres se matérialisaient. Les vents soufflèrent et un gigantesque tourbillon se forma, une pyramide tournoyante de ténèbres rugissantes. Celle-ci engendra Formes et Dimensions ; brusquement, telles des nuages se dispersant, les ténèbres se dissipèrent et s'écartèrent, laissant apparaître une gigantesque cité de pierre vert sombre. Elle se dressait au bord d'une grande rivière : celle-ci s'écoulait à travers une plaine sans limites. Dans cette ville allaient et venaient des créatures d'une conformation étrangère.

Coulés dans le moule de l'humanité, ces êtres n'étaient pourtant pas des hommes. Ils étaient ailés et leurs dimensions gigantesques. Ils n'étaient pas une branche de l'arbre mystérieux de l'évolution qui a abouti à l'être humain, mais la fleur poussant sur un arbre inconnu, distinct et entièrement différent du premier. En dehors de leurs ailes, leur apparence physique les faisait ressembler à l'homme, dans la mesure où l'homme dans sa forme la plus élevée ressemble aux grands singes. Par leur développement spirituel, esthétique et intellectuel, ils étaient supérieurs à l'homme, comme l'homme est supérieur au gorille. Cependant, quand ils bâtirent leur cité colossale, les ancêtres primitifs de l'homme n'avaient pas encore quitté le limon originel de l'aube des temps.

Ces êtres étaient mortels, comme le sont tous les êtres de chair et de sang. Ils vivaient, aimaient et mouraient ; leur durée de vie était incommensurable.

Après des millions et des millions d'années, le Changement commença. La perspective brilla faiblement et flotta, comme une image se projetant sur un rideau agité par le vent. Les ères se succédaient sur la cité et le pays, comme les vagues s'échouent sur une plage ; chaque vague apportait des altérations. Quelque part sur la planète les champs magnétiques se modifiaient ; les grands glaciers et les banquises se retiraient vers de nouveaux pôles.

Le littoral du grand fleuve changea, lui aussi. Les plaines devinrent des marécages où grouillait une vie reptilienne. A la place des pâturages fertiles surgirent des forêts ; elles poussèrent et formèrent des jungles moites. Ces ères nouvelles agirent également sur les habitants de la cité. Ils n'émigrèrent pas vers d'autres pays. Des raisons inexplicables pour l'humanité les retenaient à leur antique cité... les condamnant par là-même à leur fin. Ce qui avait été autrefois une terre riche et fertile s'enfonça peu à peu dans la boue de la jungle privée de soleil ; de la même façon les habitants de la ville sombrèrent dans une vie primitive et chaotique, au sein de la jungle omniprésente. De teribles convulsions secouèrent le monde ; les nuits étaient blafardes ; les volcans en éruption frangeaient l'horizon lugubre de colonnes ardentes.

Un tremblement de terre fit s'écrouler les murailles et les plus hautes tours de la ville ; il changea la rivière en un flot noirâtre, charriant une substance mortelle vomie par les abîmes souterrains. Une terrifiante modification chimique apparut dans l'eau que ce peuple avait bue durant des éons.

Beaucoup de ceux qui en avaient bu moururent ; chez ceux qui survécurent, le breuvage apporta un changement, subtil, progressif, et horrible. En s'adaptant aux nouvelles conditions ils étaient retombés à un état primitif, très en-dessous de leur niveau originel. Pourtant, les eaux fatales les transformèrent d'une manière encore plus horrible, génération après génération. Ils avaient été des dieux ailés : ils devinrent des démons aux ailes rognées, des bêtes. Ce qui subsistait du prodigieux savoir de leurs ancêtres fut déformé et perverti. Ils suivirent d'horribles chemins. Ils s'étaient élevés plus haut que l'humanité ne saurait le rêver... ils sombrèrent plus bas que les cauchemars les plus démentiels de l'homme ne sauraient s'enfoncer. Leur race s'éteignit rapidement : ils se mangèrent entre eux et d'horribles discordes éclatèrent au sein de la jungle obscure. A la fin, il n'y eut plus qu'une seule forme à rôder parmi les ruines de leur cité recouvertes par le lichen... une perversion de la nature... un être rabougri, dégénéré, répugnant.

Pour la première fois, des êtres humains apparurent : des hommes à la peau foncée, aux traits aquilins. Harnachés de cuir et de cuivre, ils portaient des arcs... des guerriers de la Stygie des temps préhistoriques. Ils étaient une cinquantainc, hagards et décharnés, affamés et épuisés par des efforts prolongés, sales et meurtris par une longue marche dans la jungle ; leurs bandages maculés de sang séché témoignaient de leurs furieux combats. Dans leurs esprits résonnait une histoire de guerre et de défaite, d'une fuite devant une tribu plus puissante. Celle-ci les avait sans cesse chassés vers le sud. Ils s'étaient alors perdus dans l'océan verdâtre de la jungle et de la rivière.

Harassés, ils avaient fait halte parmi les ruines où des fleurs rouges qui ne s'épanouissent qu'une fois par siècle ondoyaient sous la lune. Le sommeil tomba sur eux. Tandis qu'ils dormaient, une forme hideuse, aux yeux rouges, surgit des ténèbres et accomplit des rites inconnus et effroyables autour et au-dessus de chacun des dormeurs. La lune flottait dans le ciel obscur, peignant la jungle en rouge et noir ; au-dessus des guerriers luisaient les fleurs écarlates, ressemblant à des éclaboussures de sang. La lune descendit dans le ciel et les yeux du nécromant furent des gemmes rouges enchâssées dans l'ébène de la nuit.

Lorsque l'aube étendit son voile blanc sur la rivière, les guerriers avaient disparu. Seule une horreur ailée et velue était accroupie au milieu de cinquante grandes hyènes tachetées : elles dressèrent leurs museaux frémissants vers le ciel blême et hurlèrent comme des âmes en Enfer.

Les scènes se succédèrent, si rapidement que chacune trébuchait sur les talons de celle qui la précédait. Il y eût des mouvements confus ; les ombres et la lumière s'affrontaient et se confondaient, sur un fond de jungle sombre, de ruines aux pierres verdâtres et de rivière aux eaux sinistres. Des hommes à la peau noire remontaient le fleuve à bord de longues pirogues, aux proues ornées de crânes grimaçants, ou se glissaient, entre les arbres courbés, armés de lances. Ils s'enfuyaient en hurlant dans la nuit, poursuivis par des yeux rouges et des crocs ruisselant de bave. Les hurlements des moribonds secouaient les ténèbres ; des pas furtifs bruissaient dans la pénombre ; des yeux de vampire étincelaient d'une lueur rouge. Il y eût d'horribles festins sous la lune dont le disque sanglant était constamment traversé par une ombre ressemblant à celle d'une chauve-souris.

Soudain, avec une netteté qui contrastait avec ces

visions fugitives et nébuleuses, contournant la langue de terre envahie par la jungle, apparut une longue galère dans l'aube pâle. Elle glissait sur l'eau, manœuvrée par des silhouettes d'ébène luisantes. A la proue se tenait un géant à la peau blanche, bardé d'acier bleu sombre.

Ce fut à cet instant que Conan comprit qu'il était en train de rêver. Jusqu'alors, il n'avait eu aucune conscience de sa propre existence. En se voyant ainsi arpenter le pont de la *Tigresse,* il reconnut tout à la fois la vie réelle et le rêve... sans se réveiller pour autant.

Tandis qu'il s'interrogeait sur ce phénomène, la scène se modifia brusquement, le transportant dans une clairière cernée par la jungle où se trouvaient N'Gora et dix-neuf guerriers noirs. Ils semblaient attendre quelqu'un. Au moment où il réalisait que c'était lui qu'ils attendaient, l'horreur surgit du ciel, fondant sur eux. Leur immobilité fit place à des hurlements de peur. Comme des hommes fous de terreur, ils jetèrent leurs armes et s'enfuirent éperdûment à travers la jungle, talonnés par le monstre couvert de bave qui agitait lourdement ses ailes au-dessus d'eux.

Le chaos et la confusion succédèrent à cette vision ; Conan tenta vainement de se réveiller. Il eut l'impression de se voir étendu sur le sol, sous une grappe de fleurs noires : elles ondoyaient doucement, tandis qu'une forme hideuse surgissait des fourrés et s'avançait vers lui. Au prix d'un effort frénétique, il brisa les liens invisibles qui l'enchaînaient à ses rêves et se leva d'un bond.

Egaré fut le regard qu'il jeta autour de lui. A

proximité se balançait le lotus aux fleurs sinistres : il s'en éloigna en toute hâte.

Dans le sol spongieux, il aperçut des traces... comme si un animal avait avancé une patte pour quitter les buissons et l'avait retirée. On aurait dit les traces laissées par une hyène gigantesque.

Il appela N'gora. Dans le silence de la jungle des origines, ses appels parurent fragiles et désespérément vides. Le soleil n'arrivait pas jusqu'à lui ; son instinct de barbare habitué aux immensités sauvages lui dit que le jour était proche de sa fin. Un sentiment de panique monta en lui : il était resté étendu, inconscient, durant des heures. Il suivit rapidement la piste des guerriers noirs : celle-ci se lisait clairement dans la terre humide. Bientôt il débouchait sur une clairière... et se figeait sur place. Sa peau frissonna entre ses omoplates : c'était l'éclaircie au sein de la jungle qu'il avait vue dans le rêve engendré par le lotus. Boucliers et lances gisaient sur le sol, éparpillés comme si on les avait jetés en une fuite éperdue.

D'après les traces conduisant hors de la clairière et se perdant dans la forteresse verte, Conan comprit que les Noirs s'étaient enfuis, saisis d'une peur démentielle. Les empreintes de pas se recouvraient entre elles et s'entrelaçaient aveuglément parmi les arbres. Avec une soudaineté surprenante, le Cimmérien qui marchait rapidement sortit de la jungle pour se retrouver sur un promontoir rocheux. Ressemblant à une colline, celui-ci descendait en pente raide et s'arrêtait brusquement sur un précipice profond de quarante pieds. Quelque chose était accroupi au bord de l'abîme.

Conan crut tout d'abord que c'était un grand gorille noir. Puis il vit que c'était un Noir gigantesque, assis dans la posture d'un singe ; ses longs bras pendaient jusqu'à terre, de la bave coulait de ses lèvres. Ce fut seulement lorsque, avec un sanglot rauque, la créature leva ses mains énormes et se rua sur lui, que Conan reconnut N'Gora. Le Noir ne prêta aucune attention au cri du Cimmérien comme il chargeait, ses yeux roulant dans leurs orbites, ses dents étincelant. Son visage était devenu un masque inhumain.

En frissonnant, saisi de l'horreur que la folie inspire toujours à l'homme sain d'esprit, Conan passa son épée à travers le corps du Noir ; évitant les doigts crochus qui cherchaient à le griffer comme N'Gora s'effondrait à terre, il s'avança vers le bord de la falaise.

Un instant il resta pétrifié sur place, les yeux abaissés vers les rochers déchiquetés en contrebas, où gisaient les hommes de N'Gora. Leurs corps disloqués et déformés indiquaient des membres écrasés et des os brisés. Aucun d'eux ne bougeait. Une nuée de grosses mouches noires bourdonnait bruyamment au-dessus des roches éclaboussées de sang ; les fourmis avaient déjà commencé à ronger les cadavres. Sur les arbres avoisinants étaient perchés des oiseaux de proie ; un chacal, levant la tête et apercevant l'homme sur la falaise, prit la fuite, la queue basse.

Durant un court moment, Conan se tint immobile. Puis il pivota vivement sur ses talons et refit en courant le chemin qu'il venait de suivre. Il se lança avec une impétuosité insouciante à travers les herbes hautes et les broussailles, sautant par-dessus les lianes semblables à des serpents qui lui barraient la route. Il serrait son épée dans sa main droite ; une pâleur inhabituelle se lisait sur son visage aux traits crispés.

Aucun bruit n'interrompait le silence qui régnait sur la jungle. Le soleil s'était couché ; de grandes ombres avaient surgi du limon des origines, montant à l'assaut du monde. Au sein de la désolation lugubre et des fantômes de la mort aux aguets, Conan formait une lueur d'acier écarlate et bleue, traversant le paysage. Dans toute cette solitude, on n'entendait que son propre souffle haletant et rapide. Il jaillit des ténèbres de la jungle pour courir vers le crépuscule incertain des berges du fleuve.

Il aperçut la galère amarrée au ponton pourrissant ; les ruines tanguaient vertigineusement dans la pénombre grisâtre.

Ici et là parmi les pierres il y avait des taches vivement colorées, comme si une main les avait négligemment aspergées avec un buisson écarlate.

A nouveau la mort et la destruction s'offraient au regard de Conan. Devant lui gisaient ses hommes ; ils ne se relevèrent pas pour l'accueillir. Depuis la lisière de la jungle jusqu'à la rive, parmi les colonnes effondrées et les jetées disloquées, ils étaient étendus, déchiquetés, mutilés, à moitié dévorés, en une horrible parodie de formes humaines.

Tout autour des corps et des débris humains, il y avait de nombreuses traces, comme celles laissées par des hyènes énormes.

Conan s'avança en silence sur la jetée et s'approcha de la galère. Quelque chose était suspendu au-dessus du pont et lançait des reflets blanc-ivoire dans le crépuscule. Hébété, le Cimmérien regarda la reine de la Côte Noire : elle pendait au bout de la vergue de son propre navire. Entre la vergue et sa gorge une rangée de grains écarlates luisait dans la lumière grise... comme du sang.

4. L'Attaque venue des airs

Les ombres denses l'entouraient,
Les mâchoires béaient et ruisselaient,
Plus épaisses que la pluie les gouttes rouges tombaient ;
Mais mon amour était plus fort que le noir sortilège de la Mort,
Et tous les murs d'airain de l'Enfer
Ne pouvaient me tenir éloignée de lui.

Le Chant de Bêlit

La jungle était un colosse noir enserrant dans ses bras d'ébène la clairière jonchée de ruines. La lune n'était pas encore levée ; les étoiles formaient des taches ambrées et chaudes dans un ciel inanimé, exhalant la mort. Conan le Cimmérien était assis sur la pyramide au milieu des tours écroulées ; pareil à une statue de fer, le menton appuyé sur ses poings puissants. Au sein des ombres épaisses, des pas furtifs bruissaient et des yeux rouges brillaient. Les morts gisaient là où ils étaient tombés. Sur le pont de la *Tigresse*, sur un bûcher fait de bancs de rameurs brisés, de hampes de lance et de peaux de léopard, était étendue la reine de la Côte Noire. Elle dormait de son dernier sommeil, enveloppée dans le manteau écarlate de Conan. Comme une reine elle reposait, entourée de ses trésors, de son butin : soieries, vêtements aux fils d'or, rubans d'argent, tonneaux remplis de bijoux et de pièces d'or, lingots d'argent, dagues incrustées de gemmes et téocallis de barres d'or.

Quant au butin provenant de la cité maudite, seules les eaux moroses de la Zarkheba auraient pu dire où Conan l'avait jeté en grondant des jurons païens. A présent il était assis sur la pyramide, d'un air farouche ; il attendait ses adversaires invisibles. La fureur noire qui l'habitait avait chassé toute peur de son âme. Quelles formes allaient surgir des ténèbres, il l'ignorait et s'en moquait.

Il ne doutait plus des visions produites par le lotus noir. Cela s'était bien passé ainsi : tandis qu'ils l'attendaient dans la clairière, N'Gora et ses camarades avaient été pris de terreur lorsque le monstre ailé s'était abattu sur eux, fondant du ciel. En proie à une panique aveugle, ils avaient fui vers la falaise et étaient tombés dans le précipice ; tous à l'exception de leur chef. Celui-ci, d'une façon ou d'une autre, avait échappé à leur destin, mais pas à leur folie. Pendant ce temps, ou aussitôt après, peut-être même avant, ceux qui étaient restés sur la berge du fleuve avaient été exterminés. Conan était certain que le carnage au bord de la rivière avait été un massacre plus qu'une bataille. Déjà amoindris par leurs peurs superstitieuses, les Noirs avaient sans doute péri sans porter un seul coup lorsqu'ils avaient été attaqués par leurs adversaires non-humains.

Pourquoi avait-il été épargné aussi longtemps ? Il l'ignorait... à moins que l'entité malfaisante régnant sur le fleuve n'ait l'intention de le garder en vie, pour le torturer par le chagrin et la peur. Tout indiquait une intelligence humaine ou surhumaine... les barriques d'eau défoncées afin de diviser leurs forces, les Noirs poussés à sauter dans le vide... enfin et surtout, la sinistre plaisanterie du collier écarlate passé autour du cou blanc de Bêlit, comme le nœud coulant du bourreau.

Gardant apparemment en réserve le Cimmérien, pour en faire sa victime de choix... lorsqu'il en aurait extrait la dernière et exquise once de torture mentale, l'ennemi inconnu conclurait vraisemblablement le drame en l'envoyant rejoindre les autres cadavres. Aucun sourire ne vint crisper les lèvres sévères de Conan à cette pensée ; ses yeux s'éclairèrent d'un rire métallique.

La lune se leva, embrasant le casque à cornes du Cimmérien. Aucun cri ne s'éleva, se répercutant au sein des ténèbres ; pourtant la nuit devint oppressée et la jungle retint son souffle. Instinctivement Conan assura sa grande épée dans son fourreau. La pyramide sur laquelle il se trouvait était à quatre côtés... un seul, celui tourné vers la jungle, comportait de larges marches taillées dans sa pierre. Il tenait dans sa main un arc shémite... Bêlit avait appris aux pirates la façon de s'en servir. A ses pieds il y avait un monceau de flèches, empennage tourné vers lui. Il se mit sur un genou.

Quelque chose bougea dans les ténèbres sous les arbres. Conan aperçut une tête et des épaules aux contours sombres et massifs se découper sous la lune naissante. De l'obscurité surgirent des formes sinistres... elles s'approchèrent rapidement, en trottinant... vingt hyènes mouchetées, énormes. Leurs crocs dégouttant de bave étincelaient dans la clarté lunaire ; leurs yeux flamboyaient comme jamais les yeux d'un animal de ce monde n'ont brillé.

Vingt. Finalement les lances des pirates avaient prélevé leur dû sur la horde. Comme cette pensée jaillissait dans son esprit, Conan banda son arc et décocha sa flèche : comme la corde vibrait, une ombre aux yeux de flamme bondit dans les airs et retomba en se tordant. Cela ne fit pas reculer les autres. Ils continuèrent d'avancer ; semblables à une pluie mortelle, les flèches du Cimmérien s'abattaient sur les hyènes. Les traits étaient décochés avec toute la force et la précision de ses muscles d'acier, fortifiés par une haine aussi brûlante que les brasiers ardents de l'Enfer.

Dans sa folie guerrière, il ne manquait aucune de ses cibles ; la mort empennée striait la nuit. Les dégâts produits sur la meute se ruant sur lui furent horribles. Moins de la moitié de ses assaillants atteignit la base de la pyramide. D'autres s'écroulèrent sur les larges marches. Regardant au fond des yeux flamboyants, Conan comprit que ces créatures n'étaient pas des bêtes ordinaires ; il percevait en elles une différence blasphématoire... ce n'était pas seulement en raison de leur taille anormale. Une aura tangible d'horreur s'irradiait des hyènes, comme une brume sombre montant d'un marécage jonché de cadavres. Par quelle alchimie impie ces êtres avaient-ils été amenés à l'existence, il ne pouvait le savoir ; mais il comprit qu'il avait en face de lui une sorcellerie encore plus noire que le Puits de Skelos.

Se dressant d'un bond, il banda puissamment son arc et décocha son dernier trait, à bout portant, sur une grande forme velue qui sautait vers sa gorge. La flèche fut un rayon fugitif de clarté lunaire, sa course une tache floue et scintillante ; l'animal surnaturel se tordit convulsivement au milieu des airs et retomba brutalement, percé de part en part.

Les autres furent sur lui, en un assaut cauchemardesque d'yeux flamboyants et de crocs humides. Un coup de son épée violemment asséné coupa en deux le premier de ses assaillants ; l'impact furieux des autres le frappa de plein fouet. Avec le pommeau de son épée, il écrasa un crâne étroit... il sentit les os se briser… le sang et la cervelle se répandre sur sa main. Lâchant son épée, inutilisable dans un tel corps à corps, il saisit à la gorge les deux monstruosités qui le lacéraient et le déchiraient avec une rage silencieuse. Une odeur âcre et fétide faillit le suffoquer ; sa propre sueur l'aveuglait. Il fut sauvé par sa cotte de mailles ; sinon il aurait été mis en pièces en un instant. Sa main droite nue se referma sur une gorge velue et l'arracha. Sa main gauche, manquant la gorge de l'autre bête monstrueuse, saisit une patte de devant et la brisa. Un glapissement rauque, le seul cri de toute cette sinistre bataille, jaillit de la gueule de l'animal estropié… horriblement humain. Terrifié par ce cri poussé par un gosier animal, Conan desserra involontairement sa prise.

Le premier animal, le sang ruisselant de sa jugulaire arrachée, sauta sur lui, en un dernier spasme de férocité, et planta ses crocs dans sa gorge… pour retomber, mort, alors même que Conan sentait la douleur suppliciante s'irradier dans tout son corps.

L'autre, bondissant sur trois pattes, chercha à déchirer son ventre, comme attaque un loup ; il ne réussit qu'à lacérer les mailles de sa cuirasse. Ecartant la bête moribonde, Conan saisit à bras le corps l'animal estropié ; en un effort surhumain qui amena un gémissement sur ses lèvres tachetées de sang, il le souleva, empoignant et écrasant entre ses bras le démon qui se débattait et le fouaillait. Un instant, il tituba, déséquilibré ; le souffle fétide du monstre brûlait ses narines, les mâchoires claquaient dans le vide, visant son cou. Puis il le jeta loin de lui ; l'animal s'écrasa au bas des marches de marbre, le choc lui brisant les os.

Comme il chancelait, les jambes écartées, suffoquant et cherchant convulsivement à recouvrer son souffle, la jungle et la lune tanguèrent vertigineusement devant ses yeux, au sein d'une brume rouge... le battement sourd d'ailes de chauve-souris retentit à ses oreilles. Se baissant, il chercha à tâtons son épée et se redressa en titubant. Il planta ses pieds dans le sol, luttant contre le vertige, et souleva à deux mains la grande lame au-dessus de sa tête. Secouant le sang de ses yeux, il scruta le ciel pour y découvrir son adversaire.

L'attaque ne vint pas des airs. La pyramide trembla soudain sous ses pieds, d'une manière redoutable. Il entendit un grondement et un craquement sourd ; vit la haute colonne au-dessus de lui ondoyer comme une baguette de sourcier. Ce danger imminent le galvanisa : il sauta et fit un bond gigantesque. Ses pieds heurtèrent une marche, à mi-chemin vers le bas, qui oscilla sous lui ; son bond suivant, désespéré, l'emmena encore plus bas. Ses talons frappèrent le sol ; au même instant, dans un craquement effroyable, comme si une montagne s'ouvrait en deux et se disloquait, la pyramide s'effondrait. La colonne s'abattit dans un grondement de tonnerre, au milieu de fragments innombrables. Durant un instant de démence, des blocs de marbre parurent pleuvoir du ciel. Le silence retomba sur les décombres qui brillaient dans la clarté lunaire.

Conan se secoua, faisant tomber les débris de pierre qui le recouvraient à moitié. Un bloc de marbre l'avait heurté à la tête, faisant tomber son casque et l'étourdissant momentanément. En travers de ses jambes, il y avait un grand morceau de la colonne qui le clouait au sol. Il n'était pas certain que ses jambes ne soient pas brisées. Ses cheveux noirs étaient collés par la sueur ; du sang ruisselait de ses blessures à la gorge et aux mains. Il se redressa sur un bras, cherchant à se dégager des décombres qui l'immobilisaient à terre.

Quelque chose fondit du ciel, venant des étoiles, et heurta le sol près de lui. Se retournant, il la vit... *la créature ailée !*

Avec une rapidité terrifiante, elle se précipita sur lui. A cet instant, Conan eut seulement la vision fugitive d'une forme gigantesque, à l'apparence humaine. Elle se déplaçait sur des jambes contrefaites et rabougries ; d'énormes bras velus tendaient vers lui des pattes difformes aux ongles noirs ; la tête était horrible... les seuls traits reconnaissables sur ce large visage étaient deux yeux injectés de sang. Cet être n'était ni un homme, ni un animal, ni démon... son développement était très inférieur à celui de la race humaine... tout en lui étant infiniment supérieur par d'autres aspects.

Conan n'eut pas le temps de réfléchir plus avant. Il se jeta vers son épée tombée à terre ; ses doigts griffèrent le sol, la manquant de quelques pouces. Il empoigna désespérément le fragment de la colonne qui emprisonnait ses jambes. Les veines de ses tempes se gonflèrent comme il s'efforçait de la soulever et de la jeter sur le côté. La pierre cédait, mais il comprit que le monstre serait sur lui avant qu'il puisse se libérer... et il savait que ces mains aux griffes noires seraient mortelles !

L'être ailé n'avait pas interrompu sa course pour autant. Il se dressa au-dessus du Cimmérien immobilisé au sol, tel une ombre noire, bras écartés... une lueur blanche étincela entre la créature et sa victime.

En un instant de démence elle fut là... une forme blanche, tendue, vibrant d'un amour aussi féroce que celui d'une panthère. Le Cimmérien hébété vit s'interposer entre lui et la mort imminente sa silhouette élancée, luisant faiblement comme de l'ivoire sous la lune ; il vit le flamboiement de ses yeux sombres, l'épaisse crinière de ses cheveux brillants ; ses seins se soulevèrent, ses lèvres rouges s'écartèrent. Elle poussa un cri strident, aussi sonore que le tintement de l'acier... elle porta une botte vers la poitrine du monstre ailé.

« *Bêlit !* » hurla Conan. Elle lui adressa un rapide regard ; dans ses yeux noirs, il lut son amour ardent, une chose élémentaire et nue, faite de brasiers incandescents et de lave en fusion. Elle disparut... le Cimmérien ne vit plus que le démon ailé. Celui-ci avait reculé en titubant, saisi d'une peur peu commune, les bras levés devant lui comme pour se protéger d'une attaque. Conan savait qu'en fait Bêlit était allongée sur son bûcher funèbre, là-bas sur le pont de la *Tigresse.* Son cri passionné résonna à ses oreilles : « S'il arrivait que la mort m'aît emportée et que tu te battes pour ta vie, je reviendrai des abysses... »

Avec un cri terrible, il poussa la pierre vers le haut et la rejeta de côté. La créature ailée revenait à l'attaque. Conan bondit à sa rencontre ; ses veines étaient embrasées par la démence. Les muscles saillaient comme des cordes sur ses avant-bras... il frappa avec sa grande épée, pivotant sur ses talons pour décrire un arc de cercle impétueux. L'acier atteignit la forme menaçante, juste au-dessus des hanches. Les jambes contrefaites tombèrent d'un côté, le torse de l'autre, comme la lame s'enfonçait dans le corps velu, le traversait et le coupait en deux.

Conan était immobile dans le silence éclairé par la lune. Son épée ruisselante de sang était pointée vers le sol ; il regardait les restes de son ennemi à terre. Les yeux rouges se tournèrent vers lui, brillant d'une horrible vie, puis ils devinrent vitreux et leur regard fixe ; les grandes mains se nouèrent spasmodiquement et se raidirent. La plus vieille race du monde s'éteignit à jamais.

Conan redressa la tête, cherchant machinalement les créatures bestiales qui avaient été les esclaves et les exécuteurs du monstre ailé. Son regard n'en rencontra aucun. Les corps qu'il aperçut, jonchant l'herbe éclaboussée par la clarté lunaire, étaient ceux d'êtres humains et non d'animaux : des hommes à la peau foncée, aux traits aquilins, nus, transpercés par des flèches ou mutilés par des coups d'épée. Sous ses yeux ils tombèrent en poussière.

Pourquoi le maître ailé n'était-il pas venu à l'aide de ses esclaves tandis que Conan les combattait ? Avait-il craint de venir à portée de crocs risquant de se retourner contre lui et de le déchiqueter ? La ruse et la prudence avaient habité ce crâne difforme ; finalement elles n'avaient pas prévalu. Faisant demi-tour, le Cimmérien descendit vers les quais délabrés et monta à bord de la galère. Quelques coups d'épée tranchèrent ses amarres et le navire partit à la dérive. Il se mit à la barre. La *Tigresse* se balançait doucement sur l'eau morose, glissant paresseusement sur les flots, puis elle fut emportée par le courant plus impétueux au milieu du fleuve. Conan était appuyé sur la barre ; son regard sombre fixait la forme enveloppée dans son manteau, allongée sur le bûcher et entourée de richesses qui auraient payé la rançon d'une impératrice.

5. Le Bûcher Funèbre

Maintenant c'en est fini des errances, pour
toujours ;

Plus de rames, plus de vents aux sons de harpe ;
Le pennon écarlate n'effraiera plus les sombres rivages ;
O ceinture azurée du monde, reprends
Celle que tu m'avais donnée.

Le Chant de Bêlit

A nouveau l'aube teinta l'océan. Une lueur plus rouge illuminait l'estuaire du fleuve. Sur le blanc rivage, Conan le Cimmérien, appuyé sur sa grande épée, regardait la *Tigresse* entreprendre son dernier voyage. Il n'y avait aucune lueur dans ses yeux qui contemplaient les flots à la surface vitreuse. Toute gloire et tout émerveillement avaient disparu des étendues azurées au lent ondoiement. Un profond écœurement le secoua comme il fixait les eaux vertes : à l'horizon elles se changeaient en des brumes pourpres de mystère.

Bêlit était venue de la mer ; elle lui avait donné splendeur et séduction. Sans elle, l'océan n'était plus qu'une immensité nue, désolée et maussade, d'un pôle à l'autre. Elle appartenait à la mer ; aussi la renvoyait-il à son mystère éternel. Il ne pouvait faire plus. A ses yeux, la majesté azurée et brillante des flots était plus repoussante que les frondaisons épaisses de la jungle. Elles bruissaient et chuchotaient derrière lui, lui parlant de régions vastes, sauvages et mystérieuses... de pays s'étendant au-delà de cette contrée maudite et l'appelant irrésistiblement.

Aucune main ne tenait la barre de la *Tigresse*, aucune rame ne la faisait glisser sur les eaux vertes. Un vent pur et vif gonflait sa voile de soie ; comme un cygne sauvage traverse le ciel pour rejoindre son nid, elle s'éloigna vers la haute mer. Les flammes montèrent de plus en plus haut sur le pont, léchant le mât et enveloppant la forme drapée d'écarlate, allongée sur le bûcher étincelant.

Ainsi passa la reine de la Côte Noire. Appuyé sur son épée maculée de sang, Conan se tint immobile et silencieux jusqu'à ce que la lueur rouge aît disparu au loin, au sein des brumes azurées, et que l'aube aît éclaboussé l'océan de ses lueurs rose et or.

LA VALLÉE DES FEMMES PERDUES

Au cours de sa brève association avec Bêlit, Conan a reçu le surnom d'Amra, le Lion. Ce surnom ne le quittera plus jusqu'à la fin de ses jours. Bêlit a été le premier grand amour de sa vie ; après la mort de celle-ci, il ne sillonnera plus les mers durant de longues années. Il préfère s'élancer vers l'intérieur des terres. C'est ainsi qu'il fait la connaissance des guerriers Bamulas... la première tribu noire à l'accepter en son sein. En l'espace de quelques mois, il se bat, intrigue et fait son chemin : il devient le chef de guerre des Bamulas, dont la puissance grandit rapidement sous sa poigne énergique.

1.

Le grondement des tambours et la stridence des trompes creusées dans des défenses d'éléphant étaient assourdissants. Pourtant, aux oreilles de Livia, le tumulte n'était qu'un murmure confus, indistinct et lointain. Allongée sur l'*angareb* dans la grande hutte, elle luttait contre ses cauchemars, passant du délire à la semi-inconscience. Les sons et les mouvements du dehors atteignaient à peine ses sens. Tout son être mental, bien qu'hébété et chaotique, était concentré, avec une certitude hideuse, sur la forme de son frère, nu et se tordant, tandis que le sang ruisselait au bas de ses cuisses frissonnantes. Sur un fond irréel et indistinct de formes et d'ombres vagues, se confondant et s'agitant d'une façon démentielle, cette forme blanche se découpait avec une netteté impitoyable, horrible. L'air semblait encore palpiter, transpercé par un cri d'agonie, auquel se mêlait et se fondait d'une manière obscène un bruissement de rires démoniaques.

Ses sensations et sa conscience n'étaient plus celles d'un individu distinct et séparé du reste du cosmos. Elle était noyée dans un immense abîme de douleur... elle-même n'était plus que de la douleur cristallisée, ayant pris un corps de chair. Elle était étendue sans aucune pensée ni mouvement conscients, tandis que, au-dehors, les tambours battaient, les cors mugissaient... des voix barbares beuglaient des chants hideux, suivant la cadence des pieds qui martelaient le sol dur et des paumes ouvertes qui s'entrechoquaient doucement.

Pourtant, une conscience individuelle finit par apparaître au sein de son esprit pétrifié. L'étonnement vague qu'elle fût saine et sauve physiquement se manifesta en elle. Elle accepta ce miracle sans en remercier les dieux. L'affaire semblait sans importance. Agissant machinalement, elle se redressa, s'assit sur l'*angareb* et lança un regard éteint autour d'elle. Ses extrêmités commençèrent à remuer faiblement, comme sous l'impulsion de centres nerveux sortant d'un long sommeil, encore incertains. Ses pieds nus effleurèrent le sol de terre battue ; ses doigts se crispèrent nerveusement sur la courte tunique... son seul vêtement. D'une manière impersonnelle, elle se souvint que, autrefois — cela semblait lointain, très lointain — des mains brutales avaient arraché ses autres vêtements de son corps... elle avait sangloté de terreur et de honte. A présent, cela paraissait étrange... un fait aussi insignifiant causer un si grand chagrin ? L'importance de l'outrage et du déshonneur était relative après tout, comme chaque chose.

La porte de la hutte s'ouvrit. Une femme entra... une créature élancée ; son corps souple de panthère luisait comme de l'ébène poli. En guise de vêtement, un pagne de soie enserrait ses reins. Le blanc de ses yeux réfléchit la lueur du feu au-dehors, comme elle les roulait dans leurs orbites avec une intention malveillante.

Elle apportait un plateau en bambou où était disposée de la nourriture — tranches de viande fumantes, ignames grillées, farineux, miches de pain indigène — et un vase en or martelé contenant de la bière *yarati*. Elle posa le tout sur l'*angareb*. Livia ne lui prêta aucune attention ; assise, elle fixait d'un air stupide le mur opposé, tendu de nattes de bambou tressées. La jeune indigène éclata de rire ; ses yeux noirs et ses dents blanches brillèrent. Avec un sifflement d'une obscénité remplie de haine et une caresse moqueuse — encore plus grossiers que ses paroles — elle fit demi-tour et sortit de la hutte en ondulant lentement. Le mouvement de ses hanches exprimait une insolence sarcastique comme aucune femme civilisée n'aurait pu le faire, même en proférant des insultes !

Ni les paroles de la fille ni ses gestes n'avaient troublé la surface de la conscience de Livia. Toutes ses sensations étaient toujours tournées vers l'intérieur de son être. En raison de la vivacité de ses images mentales, le monde visible ressemblait pour elle à une perspective irréelle de fantômes et d'ombres. Machinalement elle mangea la nourriture et but la bière, sans savourer ni l'un ni l'autre.

Ce fut toujours machinalement qu'elle se leva enfin et traversa la hutte d'un pas incertain, pour regarder par un interstice dans les bambous. Le timbre des tambours et des cors s'était brusquement modifié ; ce changement agit sur une partie obscure de son esprit et lui en fit rechercher la cause, sans aucune volonté consciente.

Tout d'abord, elle ne comprit pas ce qu'elle voyait ; tout était chaotique et nébuleux. Elle apercevait des formes qui bougeaient et se mélangeaient, se tordaient et se contorsionnaient... des blocs sombres, indéfinis, qui se découpaient fortement sur un fond rouge sang brillant par intermittence. Puis actions et formes revêtirent leurs significations et leurs dimensions propres. Elle distingua des hommes et des femmes : ils allaient et venaient à proximité des feux. La lumière rouge se reflétait sur les parures d'argent et d'ivoire ; des plumes blanches ondoyaient sur les flammes étincelantes ; des formes nues gesticulaient et dansaient, des silhouettes se découpaient sur les ténèbres, frangées d'écarlate.

Sur un siège d'ivoire, flanquée de géants coiffés de plumes et ornés de ceintures en peau de léopard, était assise une forme énorme, obèse, abyssale ; ressemblant à un crapaud immonde, elle exhalait les miasmes de la jungle putride, les remugles des marécages envahis par la nuit. Les mains potelées de la créature étaient posées sur la courbe obscène de son ventre lisse ; sa nuque était un bourrelet de graisse qui semblait pousser sa tête ronde en avant ;

ses yeux des charbons ardents au sein d'une masse bouffie et noire. Leur vitalité terrifiante démentait l'inertie apparente de ce corps répugnant.

Comme le regard de la jeune fille se posait sur cette silhouette, son corps se raidit ; tout son être se crispa. Une vie frénétique déferla à nouveau en elle. Jusqu'ici automate privé d'intelligence, elle se changea soudain en un être de chair et de sang, frissonnant de vie, piqué et brûlé par les sensations qui s'irradiaient à travers son corps. La douleur fut noyée par une haine si intense que celle-ci se transforma à son tour en douleur ; elle sentit son corps se hérisser et se durcir comme s'il se changeait en acier. Sa haine s'écoulait d'une manière presque tangible le long de sa ligne de vision... elle eut l'impression que l'objet de cette haine allait s'écrouler de son siège, raide mort, foudroyé par sa violence.

Si Bajujh, roi de Bakalah, éprouva un quelconque malaise en raison du regard brûlant de haine que lui lançait sa captive, il n'en montra rien. Il continuait à bourrer sa bouche de crapaud de pleines poignées de farineux, puisées dans un plat que lui tendait une femme agenouillée près de lui. Tout en s'empiffrant, il regardait en direction d'une large allée qui venait de s'ouvrir au milieu de ses sujets comme ceux-ci s'écartaient vivement sur le côté.

Livia comprit confusément qu'un personnage important allait bientôt apparaître au bas de cette allée, bordée par la multitude noire, ruisselante de sueur. En effet, la clameur des tambours et des cors s'était accentuée, presque insoutenable. Comme elle regardait, ce personnage survint.

Une colonne de guerriers, marchant par trois de front, s'avança vers le siège d'ivoire ; ils formaient des rangées épaisses de plumes ondoyantes et de lances étincelantes, serpentant à travers la foule bigarrée. A la tête des lanciers d'ébène s'avançait à grands pas une silhouette : à sa vue Livia sursauta violemment. Son cœur menaça de s'arrêter, puis se remit à battre, cognant comme un marteau de forge. Sur cet arrière-plan de masse noire, l'homme se détachait avec une netteté surprenante. Il portait, comme les hommes le suivant, un pagne en peau de léopard et une coiffe de plumes, mais c'était un Blanc.

Sa démarche n'était pas celle d'un surbordonné ou d'un porteur de supplique. Le silence tomba sur la foule comme il s'arrêtait devant la forme blottie sur le tabouret en ivoire. Livia perçut la tension, bien qu'elle ignorât au juste ce que cela annonçait. Un instant Bajujh resta assis, tendant vers le haut son cou trop court; ressemblant à une énorme grenouille; puis, comme s'il agissait malgré lui, contraint par le regard d'acier de l'autre, il se leva lourdement de son siège et se tint debout, balançant sa tête rasée d'une manière grotesque.

A l'instant même, la tension fut rompue. Un formidable cri fut poussé par les villageois massés sur la place; sur un geste de l'étranger, ses guerriers brandirent leurs lances et adressèrent un salut retentissant au roi Bajujh. Livia comprit que cet homme — quelle que fût son origine — devait être très puissant dans ce pays sauvage : Bajujh de Bakalah s'était levé pour l'accueillir. Et la puissance signifiait le prestige militaire... car la violence était la seule chose que respectaient ces races cruelles.

En conséquence, Livia resta les yeux collés à l'interstice dans la paroi de la hutte, à observer l'étranger. Ses guerriers s'étaient mêlés aux Bakalahs : ils dansaient, festoyaient et buvaient de la bière à longs traits. Lui-même, avec quelques-uns de ses capitaines, avait pris place auprès de Bajuh et des personnages importants de Bakalah. Jambes croisées sur des nattes, ils étaient occupés à se gorger de nourriture et à s'enivrer. Elle vit ses mains plonger dans les marmites comme les autres ; elle vit son visage disparaître dans le pot de bière, dans lequel Bajujh buvait également. Elle nota néanmoins qu'on le traitait avec le respect dû à un roi. Comme il n'avait pas de siège, Bajujh renonça au sien et s'assit sur les nattes avec son hôte. Lorsqu'un nouveau pot de bière fut apporté, le roi de Bakalah but quelques gorgées et le passa aussitôt à l'homme blanc. La puissance ! Toute cette courtoisie cérémonieuse indiquait la puissance... la force... le prestige ! Livia trembla d'excitation comme un plan insensé se formait rapidement dans son esprit.

C'est pourquoi elle observait l'homme blanc avec une intensité douloureuse, enregistrant son apparence dans ses moindres détails. Il était grand ; rares étaient les géants noirs à le surpasser par la taille ou la robustesse. Ses mouvements avaient l'aisance souple d'une panthère. Lorsque la lueur des feux se reflétait dans ses yeux bleus, ils s'embrasaient d'une flamme azurée. Des sandales à lanières hautes protégeaient ses pieds ; de son large ceinturon pendait une épée dans un fourreau de cuir. Son apparence était peu familière à Livia, inconnue même ; elle n'avait jamais vu quelqu'un lui ressemblant. Pourtant elle n'essaya pas de trouver à quelle race il appartenait, parmi toutes celles composant l'humanité. Il lui suffisait que sa peau fût blanche.

Les heures passaient ; peu à peu, le tumulte des ripailles décrût ; hommes et femmes sombraient dans le profond sommeil que procure l'ivresse. A la fin, Bajujh se leva en titubant et fit un geste des mains : c'était moins le signe qu'il mettait fin aux réjouissances qu'un aveu de reddition. Il se retirait de cette compétition insensée dont le vainqueur serait celui qui mangerait et boirait le plus. Il chancela : ses guerriers le soutinrent et le portèrent jusqu'à sa case. L'homme blanc se leva à son tour : apparemment, il était en excellente forme, en dépit de la quantité incroyable de bière qu'il avait absorbée. Il fut escorté jusqu'à la hutte des invités par ceux des chefs de Bakalah encore en état de marcher. Il disparut à l'intérieur de la hutte. Livia remarqua qu'une douzaine de ses lanciers prenaient place, montant la garde à proximité de la bâtisse. De toute évidence, l'étranger ne prenait aucun risque et ne se faisait pas d'illusions sur l'amitié de Bajujh.

Livia parcourut le village du regard. Celui-ci ressemblait vaguement à une nébuleuse Nuit du Jugement, avec ses rues sinueuses, jonchées d'ivrognes. Elle savait que des hommes en pleine possession de leurs facultés gardaient le *boma* extérieur, mais les seuls hommes éveillés qu'elle vit dans le village étaient les lanciers disposés autour de la hutte de l'étranger. Certains d'entre eux commençaient même à incliner la tête et à s'appuyer sur leurs lances.

Son cœur martelant ses côtes, elle se glissa vers la porte de sa prison et sortit de la hutte, passant près du garde endormi et ronflant que Bajujh avait attaché à ses pas. Telle une ombre ivoirine, elle parcourut rapidement l'espace séparant sa hutte de celle occupée par l'étranger. Rampant sur les mains et les genoux, elle se dirigea vers le dos de la bâtisse.

Un gigantesque Noir était accroupi à cet endroit, sa tête ornée de plumes affaissée sur ses genoux. Elle le contourna sans bruit, s'approchant de la construction. On l'avait d'abord enfermée dans cette hutte : une étroite ouverture dans la paroi, dissimulée du côté interne par une natte, allait favoriser sa dérisoire et pathétique tentative d'évasion. Elle trouva l'ouverture, se mit de côté et glissa son corps souple vers l'intérieur, se contorsionnant et écartant la natte de l'autre côté.

La lueur des feux n'éclairait qu'imparfaitement l'intérieur de la case. Alors même qu'elle repoussait la natte, elle entendit un juron étouffé, sentit ses cheveux comme serrés dans un étau... et fut tirée brutalement par l'ouverture, se retrouvant brusquement dans la pièce.

Quelque peu surprise par la soudaineté de ce qui lui arrivait, elle recouvrit bientôt ses esprits et coiffa ses cheveux ébouriffés qui l'empêchaient de voir. Elle leva les yeux et aperçut l'homme blanc : celui-ci se dressait au-dessus d'elle. Sur son visage sombre et couvert de cicatrices se lisait la stupéfaction. Il tenait à la main son épée nue ; ses yeux flamboyaient, tels des feux maléfiques. Pourtant elle n'aurait su dire si c'était sous l'effet de la colère, de la méfiance ou de l'étonnement. Il parla dans une langue qu'elle ne comprit pas... ce langage n'était pas le dialecte guttural des Noirs, mais n'avait rien de civilisé.

« Oh, je vous en prie ! » supplia-t-elle. « Pas si fort ! *Ils* vont entendre... »

« Qui es-tu ? » demanda-t-il. Il parlait l'ophirien avec un accent barbare. « Par Crom ! Si je m'attendais à trouver une Blanche dans ce pays de démons ! »

« Je m'appelle Livia », répondit-elle. « Je suis la prisonnière de Bajujh. Oh, écoutez-moi, je vous en prie, écoutez-moi ! Je ne puis rester ici très longtemps. Je dois retourner à ma hutte avant qu'ils s'aperçoivent de ma disparition.

« Mon frère... » un sanglot l'étouffa, puis elle poursuivit : « Mon frère était Theteles ; nous appartenions à la maison de Chelkus, une famille ophirienne de nobles et de savants. Par permission spéciale du roi de Stygie, mon frère fut autorisé à se rendre à Kheshatta, la cité des magiciens, pour étudier leurs arts. Je l'accompagnais. C'était encore un enfant, mon cadet... » sa voix hésita et se brisa. L'étranger ne disait rien, l'observant de ses yeux brûlants, le visage sévère et indéchiffrable. Quelque chose de sauvage et d'indompté en lui effrayait Livia, la rendait nerveuse et incertaine.

« Les Kushites ont effectué un raid sur Kheshatta », reprit-elle avec précipitation. « Nous approchions de la ville ; nous voyagions avec une caravane de marchands. Nos gardes ont pris la fuite et les pillards nous ont emmenés avec eux. Ils ne nous ont pas maltraités, nous faisant savoir qu'ils demanderaient aux Stygiens une rançon en échange de notre liberté. Hélas, l'un des chefs voulait s'approprier toute la rançon, sans partager avec les autres... une nuit, lui et ses partisans nous enlevèrent. Quittant le camp, ils nous emmenèrent, fuyant vers le sud, jusqu'aux frontières de Kush. Là ils furent attaqués et mis en pièces par un groupe de guerriers de Bakalah. Theteles et moi-même avons été conduits dans cet antre de bêtes... » elle eut un sanglot convulsif « ... ce matin, mon frère a été châtré, découpé vif et massacré sous mes yeux... » elle suffoqua ; un instant, ses souvenirs la quittèrent

« ... ils ont donné son corps en pâture aux chacals. Combien de temps suis-je restée inconsciente, je l'ignore... »

Les mots lui manquèrent. Elle leva les yeux vers le visage sombre de l'étranger. Une fureur démentielle monta en elle : elle leva ses poings et frappa en vain sur la robuste poitrine. Il n'y fit guère plus attention qu'au bourdonnement d'une mouche.

« Comment pouvez-vous rester ainsi, comme une brute sans conscience ? » Son murmure était un sifflement rauque et affreux. « N'êtes-vous donc qu'un animal, comme les autres ? Ah, Mitra, autrefois je pensais que les hommes avaient une certaine conception de l'honneur. A présent, je sais que chacun a son prix. Vous... que savez-vous de l'honneur... de la miséricorde ou de la courtoisie ? Vous êtes un barbare comme les autres... certes, votre peau est blanche, mais votre âme est aussi noire que la leur. Vous ne vous souciez nullement qu'un homme de votre race ait été honteusement mis à mort par ces porcs.. que je sois leur esclave ! Très bien. »

Elle s'écarta de lui.

« Je vous paierai... n'ayez crainte ! » s'écria-t-elle avec violence, arrachant sa tunique et découvrant ses seins d'albâtre. « Ne suis-je pas belle ? Ne suis-je pas plus désirable que ces catins indigènes ? Ne suis-je pas une récompense digne que l'on verse du sang pour l'obtenir ? Une vierge à la peau blanche ne vaut-elle pas un massacre ?

« Tue ce chien noir de Bajujh ! Exauce mon souhait : voir sa tête exécrée rouler dans la poussière ensanglantée ! Tue-le ! *Tue-le !* » Elle frappait ses poings l'un contre l'autre dans son exaltation fébrile.

« Ensuite tu pourras me prendre et faire de moi ce qu'il te plaira. Je serai ton esclave ! »

Il ne répondit pas tout de suite. Il restait immobile, tel une silhouette gigantesque plongée dans ses rêves de massacre et de destruction, caressant le pommeau de son épée.

« Tu parles comme si tu étais libre de te donner à ta guise », dit-il, « comme si le don de ton corps avait le pouvoir de faire chanceler des trônes. Tuer Bajujh pour t'obtenir ? Dans ce pays, les femmes n'ont pas plus de valeur que des bananiers ; leur bonne ou mauvaise volonté importe tout aussi peu. Tu t'estimes à un prix trop élevé. Si je te voulais, je n'aurais même pas besoin de combattre Bajujh pour te prendre. Il préférerait te donner à moi plutôt que de m'opposer un refus. »

Livia poussa une exclamation. Tout le feu qui l'embrasait quitta son corps ; la case fut prise de vertiges devant ses yeux. Elle chancela et s'effondra sur un *angareb*, forme pitoyable et brisée. Une amertume hébétée broyait son âme... elle réalisait brutalement sa situation désespérée et son impuissance extrême. L'esprit humain s'accroche inconsciemment aux valeurs et aux idées familières, même dans un environnement et dans des conditions entièrement différentes, sans rapport avec le contexte ordinaire auquel de telles valeurs et idées sont adaptées. En dépit de tout ce qu'elle venait de vivre, Livia avait instinctivement supposé que le consentement d'une femme serait un argument décisif dans la partie qu'elle se proposait de jouer. Elle était abasourdie... elle venait de réaliser qu'absolument rien ne dépendait d'elle. Elle ne pouvait pas déplacer les hommes comme des pions dans un jeu... elle-même n'était qu'un pion sans défense !

« Je comprends ma stupidité ! Il était absurde de supposer qu'un homme vivant dans cette partie du monde agirait conformément aux règles et aux coutumes qui ont cours dans une autre partie du monde », murmura-t-elle d'une voix faible, à peine consciente de ce qu'elle disait. En fait, c'était seulement un faible écho de la pensée qui se faisait jour en elle et l'anéantissait. Accablée par ce nouveau tour du destin, elle resta allongée, immobile, jusqu'à ce que les doigts d'acier du barbare blanc se referment sur son épaule et l'obligent à se relever.

« Tu as dit que j'étais un barbare », fit-il d'une voix rauque « et c'est la vérité, Crom en soit remercié ! Si tu avais été défendue par des hommes originaires des pays sauvages, au lieu de pantins sans courage amollis par la civilisation, cette nuit tu ne serais pas l'esclave de ce porc. Je suis Conan le Cimmérien et je vis par le tranchant de cette épée. Pourtant je ne suis pas un chien, au point de laisser une femme entre les griffes d'une brute. Je suis un voleur pour les tiens ; pourtant je n'ai jamais forcé une femme contre sa volonté. Les coutumes diffèrent selon les régions, mais si un homme est assez fort, il peut imposer certaines des coutumes de son pays n'importe où. Et aucun homme ne m'a jamais traité de lâche !

« Si tu avais été aussi vieille et hideuse que le vautour chéri du démon, je t'aurais néanmoins arraché à Bajujh, simplement du fait de ta race. Or tu es jeune et belle... et j'ai tellement connu de souillons indigènes que j'en suis écœuré ! Je jouerai cette partie à ta façon, uniquement parce que certains de tes instincts correspondent à certains des miens. Retourne dans ta case. Bajujh est trop ivre pour te rendre visite cette nuit et je veillerai à ce qu'il soit occupé demain. La nuit prochaine... c'est le lit de Conan que tu réchaufferas, et non celui de Bajujh ! »

« Comment procéderas-tu ? » Elle tremblait, en proie à des émotions contradictoires. « As-tu d'autres guerriers que ceux-là ? »

« Ils sont suffisamment nombreux », grogna-t-il. « Des Bamulas... chacun d'eux a été nourri aux mamelles de la guerre. Je suis venu ici à la demande de Bajujh. Il veut que je me joigne à lui pour attaquer Jihiji. Ce soir, nous avons festoyé. Demain nous tenons conseil. Lorsque j'en aurai fini avec lui, il tiendra conseil en Enfer ! »

« Tu vas violer la trêve ? »

« Dans ce pays les trêves sont faites pour être violées », répondit-il farouchement. « Il a l'intention de violer la trêve conclue avec Jihiji. Et une fois que nous aurons ensemble mis la ville à sac, il cherchera à se débarrasser de moi à la première occasion, lorsque je ne serai pas sur mes gardes. Ce qui dans un autre pays serait la perfidie la plus noire, est considéré ici comme de la sagesse. Je ne me suis pas frayé un chemin seul, jusqu'à occuper la position de chef de guerre des Bamulas, sans avoir appris toutes les leçons qu'enseignent les royaumes noirs. A présent regagne ta hutte et dors... n'oublie pas que c'est pour Conan, et non pour Bajujh, que tu réserves ta beauté ! »

2.

Par l'interstice dans la paroi de bambou, Livia regardait, tremblante, ses nerfs tendus à craquer. Toute la journée, depuis leur réveil tardif, l'air endormi et marqués par leur débauche de la nuit dernière, hommes et femmes avaient préparé les réjouissances pour la nuit à venir. Toute la journée, Conan le Cimmérien n'avait pas quitté la case de Bajujh; ce qui s'était passé entre eux, Livia ne pouvait le savoir. Elle avait pris sur elle pour dissimuler son excitation à la seule personne à entrer dans sa hutte... la jeune et vindicative indigène qui lui apportait à manger et à boire. Mais cette ribaude effrontée était encore trop abrutie par ses libations de la nuit précédente pour remarquer un quelconque changement dans le comportement de sa captive.

A présent la nuit était tombée à nouveau, les feux éclairaient le village... une fois de plus, les chefs sortirent de la hutte du roi et prirent place pour festoyer et tenir un dernier conseil de pure forme. Cette fois, il n'y avait pas autant de bière à boire. Livia remarqua que les Bamulas convergeaient discrètement vers le cercle formé par les chefs de guerre et les personnages importants de Bakalah. Elle aperçut Bajujh et, assis en face de lui, séparés par les pots de nourriture, Conan : ce dernier riait et bavardait avec Aja, le gigantesque chef de guerre de Bajujh.

Le Cimmérien était occupé à ronger un énorme os de bœuf. Alors qu'elle l'observait, Livia le vit regarder par-dessus son épaule. Comme si c'était le signal convenu d'avance, tous les Bamulas tournèrent leurs regards vers leur chef. Conan se leva, toujours souriant, comme pour prendre de la nourriture dans un pot; aussi rapide qu'un chat sauvage, il asséna à Aja un terrible coup avec l'os de bœuf. Le chef de guerre de Bakalah tomba lourdement, le crâne fracassé. Instantanément, un hurlement terrifiant fendit les cieux : les Bamulas passaient à l'action tels des panthères assoiffées de sang.

Des pots de nourriture furent renversés, ébouillantant les femmes accroupies ; des parois de bambou cédèrent sous l'impact de corps qui s'étreignaient sauvagement ; des cris d'agonie déchirèrent la nuit... étouffés et dominés par les stridents « *Yee! Yee! Yee!* » des Bamulas pris d'une fureur démentielle. Leurs lances teintées d'écarlate reflétaient la lueur des feux.

Bakalah devint une maison de fous, puis un abattoir sanglant. L'action des Bamulas paralysa les infortunés villageois par sa soudaineté imprévue. L'idée d'une attaque lancée par leurs hôtes n'avait jamais effleuré leurs esprits. La plupart des lances se trouvaient dans les huttes ; nombre de guerriers étaient déjà à moitié ivres. La chute d'Aja fut un signal pour les lames brillantes des Bamulas : elles plongèrent dans une centaine de corps pris au dépourvu. Ensuite, ce fut un massacre.

L'œil collé à son judas, Livia était figée sur place, aussi blanche qu'une statue ; ses cheveux blonds étaient tirés en arrière et serrés à deux mains contre ses tempes, en une grappe nouée. Ses yeux étaient dilatés, tout son corps rigide. Les hurlements de douleur et de rage frappaient ses nerfs torturés comme un impact physique ; les formes qui se tordaient et frappaient devinrent troubles devant elle, puis surgirent à nouveau, avec une horrible netteté. Elle vit des lances s'enfoncer dans des corps noirs parcourus de spasmes, au milieu de jets de sang. Elle vit des massues se lever et s'abattre brutalement sur des têtes. Des tisons ardents furent dispersés à coups de pied, lançant des étincelles ; celles-ci volèrent vers les toits de chaume. Les huttes, bientôt, prenaient feu. L'incendie se propagea rapidement. Des cris exprimant de nouvelles souffrances, indicibles, s'élevèrent : des hommes et des femmes étaient jetés, vivants, à l'intérieur des cases en flammes. La puanteur de la chair grillée imprégna l'air, s'ajoutant aux relents de sueur et à l'odeur écœurante du sang fraîchement versé.

Les nerfs à vif de Livia cédèrent. Elle se répandit en cris, poussant des hurlements stridents de souffrance ; ceux-ci se perdirent dans le grondement des flammes et du massacre. Elle se martela les tempes avec ses poings serrés. Sa raison chancelait... ses cris se changèrent en des éclats de rire hystériques, encore plus effrayants. En vain elle essayait de garder présent à l'esprit le fait que c'étaient ses ennemis qui mouraient d'une manière aussi horrible... tout se déroulait conformément à ses espoirs les plus fous et au plan ourdi par elle... ce sacrifice effroyable était la juste réparation des préjudices subis par elle et les siens. Une terreur panique la maintenait sous son emprise irraisonnée.

Elle ne ressentait aucune pitié envers les victimes qui mouraient sous ses yeux, massacrées et transpercées par les lances inondées de sang. Sa seule émotion était une peur aveugle, nue, folle, au-delà de toute raison. Elle voyait Conan ; sa forme blanche se détachait sur les Noirs. Elle voyait son épée étinceler et les hommes tomber autour de lui. A présent une grappe humaine contournait un feu : au sein des corps qui se frappaient et se déchiquetaient, elle entrevit une forme obèse et trapue, aux contorsions immondes. Conan plongea dans la mêlée et disparut à sa vue, caché par les silhouettes noires qui se tordaient. Du groupe monta un glapissement suraigu, insupportable. La foule s'entrouvrit un instant : elle eut la vision fugitive et horrible d'une forme grotesque, couverte de sang, chancelant et essayant vainement de fuir. La foule se referma et l'acier étincela au sein de la cohue, tel un éclair traversant le crépuscule.

Un aboiement de bête s'éleva, terrifiant par son exultation primitive. La haute silhouette de Conan se frayait un chemin à travers l'essaim de Noirs. Il se dirigeait vers la hutte où était tapie la jeune fille ; il tenait à la main une relique... les flammes lancèrent des reflets rougeâtres sur la tête tranchée du roi Bajujh. Les yeux noirs, vitreux à présent et sans vie, étaient révulsés ; la mâchoire pendait mollement, dessinant un rictus stupide ; des gouttes rouges arrosaient abondamment le sol.

Livia recula en poussant un gémissement. Conan avait payé le prix demandé et venait réclamer son dû, apportant l'horrible témoignage de la tâche accomplie. Il allait poser sur elle ses doigts couverts de sang ; il la serrerait contre lui, écraserait ses lèvres contre les siennes, brûlant encore de la joie du massacre. A cette pensée elle fut prise de délire.

Avec un cri Livia traversa la case en courant et se jeta contre la porte. Celle-ci s'ouvrit violemment ; elle s'élança au dehors, courant entre les huttes... fantôme blanc et fugitif au sein d'un royaume d'ombres noires et de flammes écarlates.

Quelque obscur instinct la conduisit vers l'enclos où étaient gardés les chevaux. Un guerrier était en train d'ôter les barres séparant l'enclos du *boma* central. Il poussa un cri d'étonnement : elle passa comme une flèche près de lui. Il tendit la main vers elle et ses doigts se refermèrent sur le col de sa tunique. D'un mouvement éperdu elle se dégagea, laissant le vêtement dans sa main. Les chevaux s'ébrouèrent et s'enfuirent à son approche, la frôlant et renversant le guerrier dans la poussière. Les coursiers, des pur-sang Kushites splendides, étaient déjà affolés par le feu et l'odeur du sang.

Elle saisit au hasard une crinière volant dans le vent près d'elle, fut soulevée du sol, heurta à nouveau la terre de ses orteils, bondit, se hissa et se cramponna à l'encolure tendue du cheval. Fou de peur, le troupeau s'élança à travers le village livré aux flammes. Les Noirs ahuris eurent la vision fugitive et fantasque de la jeune fille, entièrement nue, s'accrochant à la crinière d'un cheval galopant à la vitesse du vent. Les cheveux blonds de la cavalière étaient dénoués et flottaient librement. L'étalon fila comme l'éclair droit vers le *boma,* fit un bond prodigieux et disparut dans la nuit.

3.

Livia était dans l'impossibilité de guider sa monture ; d'ailleurs elle n'en ressentait pas le besoin. Les hurlements et les lueurs de l'incendie disparaissaient rapidement derrière elle ; le vent agitait sa chevelure et caressait ses membres nus. Elle avait seulement conscience d'une nécessité hébétée : se cramponner à la crinière de son cheval et le laisser galoper, galoper, jusqu'au bord du monde et même au-delà... loin de toute souffrance, du chagrin et de l'horreur.

Le pur-sang galopa durant des heures ; atteignant le faîte d'une crête éclairée par les étoiles, il broncha et fit tomber sa cavalière, la projetant violemment à terre.

Elle heurta un sol mou ; l'herbe épaisse amortit sa chute. Elle resta étendue un instant, à moitié assommée, entendant confusément sa monture s'éloigner rapidement. Lorsqu'elle se releva en titubant, la première chose qui la frappa fut le silence... un silence presque tangible... à la douceur de velours... tellement agréable après la stridence et le rugissement incessant des cors et des tambours barbares; ceux-ci la rendaient folle depuis des jours. Elle leva les yeux vers les grandes étoiles au scintillement blanchâtre, amassées dans le ciel obscur. La lune était invisible ; la clarté stellaire illuminait le paysage, bien que d'une façon illusoire, formant des grappes d'ombres inattendues. Elle se trouvait sur un tertre herbu d'où les pentes s'éloignaient en ondoyant doucement. Dans une direction, à l'horizon, elle apercevait une ligne d'arbres dense et sombre, indiquant une forêt lointaine. Ici, il y avait seulement la nuit et le silence, comme plongés dans un rêve, et une brise légère soufflant parmi les étoiles.

Le paysage semblait vaste et endormi. La chaude caresse de la brise lui fit prendre conscience de sa nudité ; elle s'agita, mal à son aise, passant ses mains sur son corps. Elle perçut alors l'abandon de la nuit et l'inflexibilité de la solitude. Elle était seule ; elle se trouvait sur une hauteur; il n'y avait rien à voir autour d'elle... rien, excepté la nuit et le vent aux doux chuchotement.

Elle se réjouit soudain de la nuit et de sa solitude. Il n'y avait personne pour la menacer, l'empoigner et poser sur elle des mains brutales et avides. Elle regarda devant elle et vit que la pente descendait vers une large vallée ; là-bas, des feuillages épais ondoyaient au vent. La lueur des étoiles se reflétait sur de nombreux petits objets éparpillés et disséminés sur tout le fond du vallon. Sans doute s'agissait-il de grandes fleurs blanches... cette pensée fit surgir en elle un vague souvenir. Les Noirs lui avaient parlé d'une vallée — et leur peur était évidente — où avaient fui les jeunes filles d'une race étrange à la peau brune. Ce peuple avait habité la région avant la venue des ancêtres des Bakalahs. Là-bas, disaient les Noirs, elles s'étaient changé en fleurs blanches, avec l'aide des anciens dieux, pour échapper à leurs poursuivants. Aucun indigène n'osait se risquer au fond du vallon.

Livia, elle, se risquerait dans cette vallée. Elle allait suivre ces pentes herbues, dont la douceur veloutée caressait ses pieds ; elle resterait et vivrait là-bas, parmi les fleurs blanches au majestueux ondoiement ; aucun homme ne poserait jamais plus ses mains brutales sur elle. Conan avait dit que les pactes étaient faits pour être rompus ; elle allait rompre celui qui la liait au Cimmérien. Elle irait dans la vallée des femmes perdues ; elle se perdrait dans la solitude et le silence... tandis que ces pensées vagues, empreintes d'une mélancolique rêverie, flottaient à travers sa conscience, elle commença de descendre les pentes douces... les flancs de la falaise se dressaient de plus en plus haut de chaque côté.

Les pentes étaient si douces que lorsqu'elle se tint au fond de la vallée, elle n'eut pas le sentiment d'être prisonnière des falaises abruptes. Tout autour d'elle flottaient des océans d'ombre ; de grandes fleurs blanches s'inclinaient et murmuraient vers elle. Choisissant une direction au hasard, elle écarta les feuillages de ses mains délicates, prêtant l'oreille au chuchotement du vent parmi les frondaisons. Elle ressentit un plaisir enfantin en entendant le léger clapotis d'un ruisseau invisible. Elle marchait comme au sein d'un rêve, en proie à une étrange chimère. Une seule pensée se présentait constamment à son esprit : ici elle était en sûreté, à l'abri de la brutalité des hommes. Elle se mit à pleurer : c'étaient des larmes de joie. Elle s'allongea à plat-ventre sur le sol et saisit l'herbe molle à pleines poignées comme si elle voulait serrer contre son sein son refuge si récent et le garder là, pour toujours.

Elle cueillit des pétales de fleurs et en fit une guirlande qu'elle posa sur ses cheveux blonds. Leur parfum était en harmonie avec tout ce qui se trouvait dans la vallée, propice au rêve, subtil, enchanteur.

C'est ainsi qu'elle arriva dans une clairière, au milieu de la vallée. Elle aperçut une grande pierre, comme taillée par des mains humaines, ornée de fougères, de plantes et de couronnes de fleurs. Elle s'arrêta pour la contempler... le mouvement et la vie l'entourèrent. Se retournant, elle vit des silhouettes surgir des zones d'ombres plus denses... des femmes brunes et élancées, au corps nu et souple. Des fleurs ornaient leurs chevelures noires comme la nuit. Telles des créatures de rêve, elles s'approchèrent et l'entourèrent, sans prononcer un seul mot. Pourtant, elle fut prise de terreur en voyant leurs yeux. Ils étaient lumineux et brillaient sous la lueur stellaire... et n'étaient pas humains. Les formes étaient humaines, mais un étrange changement s'était opéré dans leurs âmes... un changement que reflétaient leurs yeux étincelants. La peur submergea Livia comme une vague. Le serpent dressait son horrible tête dans le Paradis qu'elle venait de découvrir.

Elle ne pouvait fuir. Les femmes brunes et souples l'entouraient. L'une d'elles, encore plus belles que les autres, s'approcha silencieusement de la jeune fille tremblant de peur et l'enlaça dans ses bras délicats et lisses. Son souffle exhalait le même parfum que les fleurs blanches s'inclinant gracieusement sous la clarté stellaire. Ses lèvres pressèrent celles de Livia, en un long et terrifiant baiser.

L'Ophirienne sentit un froid mortel la pénétrer et s'irradier dans ses veines ; semblable à une statue de marbre blanc, elle restait figée entre les bras de sa ravisseuse, privée de parole et de mouvement.

Des mains rapides et douces la soulevèrent et la couchèrent sur la pierre de l'autel, parmi un lit de fleurs. Les femmes brunes se prirent par la main, formant un cercle ; elles se mirent à danser avec légèreté autour de l'autel, en une cadence sombre et mystérieuse. Jamais le soleil ou la lune ne contempla une pareille danse... les grandes étoiles devinrent encore plus blanches et brillèrent d'un éclat accru comme si la noire sorcellerie de ces pas obtenait une réponse de la part des choses cosmiques et élémentaires.

Un chant s'éleva lentement ; en comparaison, le murmure du ruisseau lointain était plus humain. Un bruissement de voix ressemblant au chuchotement des fleurs qui ondoyaient sous les étoiles. Livia était allongée sur la pierre, consciente mais incapable de bouger. Il ne lui vint pas à l'esprit de douter de sa raison. Elle ne cherchait pas à raisonner ou à analyser ; elle *existait* et ces étranges créatures dansant autour d'elle *existaient* également ; cette sourde compréhension de l'existence et l'évidence de la réalité de ce cauchemar prirent possession d'elle tandis qu'elle était étendue sur l'autel, impuissante. Ses yeux étaient levés vers le ciel encombré d'étoiles d'où — elle le savait d'une manière étrange... avec une certitude dépassant la simple connaissance des mortels — *quelque chose* allait descendre vers elle, comme *cela* était descendu, il y avait des éons, pour faire de ces femmes nues et brunes les créatures sans âme qu'elles étaient à présent.

Au début, très haut dans le ciel, elle aperçut un point noir parmi les étoiles. Ce point grandit, grossit ; cela se rapprochait ; cela se gonfla, prit l'apparence d'une chauve-souris. Cela grandissait toujours, sans que sa forme change pour autant, du moins pas dans des proportions notables. Cela planait au-dessus d'elle, au sein des étoiles, tombait droit vers la terre en déployant ses ailes, recouvrait Livia de son ombre. Autour d'elle, le chant montait et s'enflait, se transformant en un péan triomphal vibrant d'une joie impie. C'était le salut au dieu qui venait prendre cette nouvelle victime sacrifiée en son honneur... aussi fraîche qu'une fleur dans la rosée de l'aube.

A présent l'entité était exactement au-dessus de Livia. Son âme frémit et se glaça, se ratatina à la vue de la créature. Ses ailes ressemblaient à celles d'une chauve-souris ; son corps et le visage nébuleux qui la fixait ne ressemblaient à rien qui existât sur la terre, dans la mer ou dans le ciel. Elle comprit qu'elle contemplait l'horreur ultime, une souillure cosmique venue des gouffres de l'espace aussi noirs que la nuit, comme n'auraient pu en concevoir même les rêves les plus délirants d'un homme frappé de déraison.

Brisant les liens invisibles qui la réduisaient au silence, elle poussa un cri effroyable. Un grondement sourd et menaçant lui répondit. Elle entendit le martèlement de pas rapides sur le sol ; il se produisit tout autour le tourbillon d'eaux impétueuses ; les fleurs blanches s'agitèrent furieusement... les femmes à la peau brune disparurent. Au-dessus d'elle planait la grande ombre ténébreuse. Elle aperçut se précipiter vers elle une grande silhouette blanche dont les plumes ondoyaient sous les étoiles.

« *Conan !* » Ce cri s'échappa involontairement de ses lèvres. Avec un hurlement féroce et inarticulé, le barbare bondit dans les airs, frappant vers le ciel ; son épée flamboya sous la lueur des étoiles.

Les grandes ailes noires se levèrent et retombèrent. Livia, rendue muette par l'horreur, vit l'ombre noire recouvrir et envelopper le Cimmérien. Le souffle de l'homme devint rauque et oppressé ; il marchait sur les fleurs blanches, les piétinant, les écrasant, les enfonçant dans la terre battue. L'impact déchirant de ses coups se répercutait dans la nuit. Il était secoué d'avant en arrière, comme un rat pris entre les mâchoires d'un chien ; le sol était éclaboussé d'écarlate : le sang se mêlait aux pétales blanches éparses, formant comme un tapis.

Aux yeux de la jeune fille, cette bataille démoniaque ressemblait à un cauchemar. Elle vit la créature aux ailes noires chanceler et faiblir dans les airs ; il y eût un battement sourd d'ailes mutilées... le monstre se dégagea brutalement et prit son essor. Bientôt, il se confondait avec les étoiles et disparaissait en leur sein. Son vainqueur titubait, pris de vertiges, jambes écartées. Il fixait vers le ciel un regard hagard, étonné par sa victoire, prêt à poursuivre l'horrible combat s'il le fallait.

Un instant plus tard, Conan s'approchait de l'autel, pantelant et perdant du sang à chaque pas. Sa robuste poitrine se soulevait, luisante de sueur. Le sang ruisselait sur ses bras, coulant de ses blessures au cou et aux épaules. Il toucha la jeune femme et le charme qui la retenait captive fut brisé. Elle se redressa sur son séant et se glissa au bas de l'autel, fuyant le contact de sa main. Il s'appuya contre la pierre, abaissant les yeux vers Livia comme elle se recroquevillait à ses pieds.

« Des hommes t'ont vue quitter le village, cramponnée à l'encolure d'un cheval », dit-il. « J'ai suivi tes traces dès que cela m'a été possible et ai retrouvé ta piste. Pourtant, cela n'a guère été facile à la lueur des torches ! Je suis arrivé à l'endroit où ton cheval t'avait jetée à terre. A ce moment, les torches avaient entièrement brûlé et l'herbe n'avait pas conservé l'empreinte de tes pieds nus ; pourtant j'ai compris que tu étais descendue dans la vallée... il ne pouvait en être autrement ! Mes hommes ont refusé de m'accompagner ; je suis venu seul, à pied. Quelle est cette vallée de démons ? Quelle était cette créature ? »

« Un dieu », chuchota-t-elle. « Les Noirs m'en avaient parlé... un dieu venu de très loin et d'il y a très longtemps ! »

« Un démon des Ténèbres Extérieures ! » grogna-t-il. « Oh, cela n'a rien d'extraordinaire. Ils sont aux aguets, aussi nombreux que des mouches, à proximité de la ceinture de lumière qui entoure ce monde. J'ai entendu les sages de Zamora discuter à leur propos. Certains trouvent leur chemin jusqu'à la terre ; ce faisant, ils doivent revêtir une forme terrestre, de chair et de sang ! Un homme comme moi, armé d'une épée, est de taille à affronter n'importe quel adversaire, infernal ou humain... je ne crains pas les crocs et les griffes ! Viens ; mes hommes m'attendent à l'entrée de la vallée. »

Elle était accroupie à ses pieds, immobile, incapable de trouver ses mots pendant qu'il lui adressait un regard sombre. Puis elle parla : « C'est toi que je fuyais. J'avais prévu de te duper. Je n'avais aucune intention de tenir la promesse que je t'avais faite. Je t'appartenais selon le marché conclu entre nous ;

pourtant je comptais bien t'échapper si cela m'était possible. Punis-moi à ta guise ! »

Il secoua la sueur et le sang de ses cheveux, puis rengaina son épée.

« Relève-toi », grommela-t-il. « C'était un marché déloyal. Je ne regrette pas ce chien noir de Bajujh, et tu n'es pas une catin que l'on achète ou que l'on vend. Les coutumes des hommes varient selon les pays ; néanmoins un homme n'est pas obligé de se conduire en porc où qu'il se trouve. J'avais réfléchi à la question et compris ceci : en t'obligeant à respecter ton accord, je me comporterais exactement comme si je te prenais de force. De plus, tu n'es pas assez forte pour ce pays. Tu es une enfant des villes, des livres et des mœurs civilisées... ce n'est aucunement de ta faute ; tu mourrais rapidement si tu vivais la vie que je mène ! Je vais te conduire jusqu'à la frontière stygienne. Les Stygiens te ramèneront chez toi, en Ophir. »

Elle leva les yeux et le regarda fixement comme si elle avait mal compris. « Chez moi ? » répéta-t-elle machinalement. « Chez moi ? En Ophir ? Revoir les miens ? Retrouver les cités, les tours, la paix, *ma maison ?* » Soudain des larmes jaillirent de ses yeux ; s'affaissant, elle serra dans ses bras les genoux du Cimmérien.

« Crom ! Allons, jeune fille ! » grogna Conan embarrassé. « Ne fais pas ça. Tu t'imagines peut-être que je te fais une faveur en te chassant de ce pays à coups de pied ? Ne t'ai-je pas expliqué que tu n'étais pas une femme convenable pour le chef de guerre des Bamulas ? »

LE CHÂTEAU DE LA TERREUR

Conan compte bien bâtir un empire noir dont il serait à la tête. Mais ses plans sont contrecarrés par une série de catastrophes naturelles et par les intrigues de ses ennemis. En effet, parmi les Bamulas, nombreux sont ceux qui se ressentent de l'accession au pouvoir d'un étranger... d'un Blanc. Abandonnant ses rêves et contraint de fuir, il se dirige vers le nord, traversant la jungle équatoriale, puis le veld aux hautes herbes. Il espère rallier le royaume à demi civilisé de Kush.

1. Les Yeux Ardents

Au-delà des déserts inexplorés de Stygie s'étendent les immenses prairies de Kush. Sur plus d'une centaine de lieues, il n'y a rien sinon les perspectives infinies des herbes grasses. Ici et là un arbre solitaire se dresse, rompant la monotonie du veld légèrement ondoyant : acacias épineux, dragonniers à feuilles ensiformes, lobélies aux brins émeraude, euphorbes vénéneuses aux fleurs digitées. De temps à autre un rare filet d'eau coupe la prairie, creusant un vallon peu profond, et donne naissance à une bande étroite de forêt, le long de ses berges. Des troupeaux de zèbres, d'antilopes et de buffles, ainsi que d'autres habitants de la savane, parcourent le veld et broutent au gré de leurs migrations.

Les herbes hautes murmuraient et s'inclinaient sous les vents vagabonds ; dans un ciel bleu cobalt, le féroce soleil tropical dardait ses rayons aveuglants. De temps en temps des nuages se formaient ; un bref orage accompagné de tonnerre grondait et explosait, flamboyait d'une fureur extrême... pour cesser et disparaître aussi vite qu'il était apparu.

A travers ces étendues désolées et illimitées, comme le jour tombait, une silhouette solitaire et silencieuse avançait péniblement. C'était un jeune géant, puissamment bâti ; ses muscles se gonflaient et sinuaient sous une peau brunie et tannée par le soleil, marquée par les traces blanches d'anciennes blessures. Robuste de poitrine, large d'épaule, il portait pour seul vêtement un pagne et des sandales, ce qui mettait en valeur son corps magnifique aux longs membres. Sa poitrine, ses épaules et son dos étaient presque aussi noirs que ceux des habitants de cette contrée.

Les mèches emmêlées d'une crinière hirsute de cheveux noirs et épais soulignaient un visage aux traits sévères et impassibles. Sous des sourcils noirs et froncés, des yeux farouches d'un bleu brûlant scrutaient sans cesse la savane, d'un côté et de l'autre, tandis qu'il avançait à grands pas, d'une allure souple et régulière, à travers le pays plat. Son regard toujours en éveil perçait les herbes épaisses et ombreuses autour de lui, rougies par l'écarlate irrité du soleil couchant. La nuit ne tarderait pas à tomber sur Kush ; dans peu de temps, profitant de l'obscurité de ses ailes occultant le monde, le danger et la mort rôderaient au sein des étendues désertiques.

Pourtant le voyageur solitaire, Conan le Cimmérien, n'avait pas peur. Barbare entre les barbares, il avait grandi parmi les mornes collines de sa lointaine patrie. L'endurance d'acier et la vitalité farouche des grands espaces sauvages étaient siennes ; elles lui permettaient de survivre là où des hommes civilisés, plus instruits, plus courtois et plus sophistiqués que lui, auraient péri d'une façon lamentable. Il marchait depuis huit jours, sans aucune nourriture, à part le gibier abattu à l'aide du grand arc de chasse Bamula qu'il portait à l'épaule... néanmoins le puissant Barbare n'avait à aucun moment atteint les limites de ses forces.

Depuis longtemps Conan était habitué à la vie rude des contrées sauvages. Bien qu'il ait connu les plaisirs langoureux de la vie civilisée dans la moitié des villes du monde entourées de murailles étincelantes, il ne les regrettait pas. Il avançait toujours obstinément vers l'horizon lointain, à présent assombri par une brume pourpre et sombre.

Derrière lui s'étendaient les jungles épaisses des royaumes noirs, situés au-delà de Kush : là-bas de fantastiques orchidées flamboyaient parmi les feuillages d'un vert foncé, les féroces tribus noires menaient une vie précaire au milieu de terres arides et le silence des pistes de la jungle moite et ténébreuse était seulement interrompu par le feulement du léopard bondissant sur sa proie, le grognement du cochon sauvage, le barrissement d'airain de l'éléphant, ou le cri soudain d'un singe en colère. Durant plus d'une année, Conan avait été le puissant chef de guerre de la tribu des Bamulas. A la longue, les rusés prêtres noirs, jaloux de son accession au pouvoir et nourrissant une haine féroce envers lui, en raison de son mépris affiché pour leurs dieux sanguinaires et leurs rites cruels et abominables, avaient instillé le poison dans l'esprit des guerriers Bamulas, les montant contre leur chef à la peau blanche.

Cela s'était passé de la manière suivante : une période de longue sécheresse ininterrompue s'était abattue sur les tribus de la jungle. Avec le dessèchement des rivières et le tarissement des points d'eau avait éclaté une guerre rouge et impitoyable : les tribus d'ébène se livrèrent de furieuses batailles afin de s'emparer des rares sources non taries du précieux liquide. Des villages furent livrés aux flammes ; des clans entiers furent massacrés et les cadavres se décomposèrent sous le soleil ardent. Dans le sillage de la sécheresse, de la famine et de la guerre était survenue la peste... elle avait déferlé sur le pays.

Les langues malveillantes des prêtres intrigants rendirent Conan responsable de tous ces fléaux. C'était lui, affirmaient-ils, qui avait amené ces désastres sur les Bamulas. Les dieux étaient en colère : un étranger à la peau blanche avait usurpé le trône ivoirin d'une longue lignée de chefs Bamulas. Conan, juraient-ils, devait être écorché vif et mis à mort après mille tortures subtiles, immolé sur les noirs autels des dieux démoniaques de la jungle... sinon tous périraient.

Une fin aussi funeste ne tentant guère Conan, il avait aussitôt riposté, à sa façon... dévastatrice. Une botte portée avec sa grande épée nordique à large lame avait transpercé le corps du grand-prêtre, mettant un point final à ses invectives. Il avait ensuite fait basculer l'idole en bois, maculée de sang, de la divinité Bamula sur les autres shamans et s'était enfui, disparaissant dans les ténèbres de la jungle environnante. Il avait marché durant de nombreuses et pénibles lieues, se dirigeant vers le nord, pour atteindre finalement la région où la forêt dense cédait progressivement la place à de vastes prairies illimitées. A présent il avait l'intention de traverser à pied la savane et de rallier le royaume de Kush où sa force barbare et le poids de son épée trouveraient sans nul doute un emploi, au service des sombres monarques de cet antique pays.

Soudain ses pensées furent arrachées à la contemplation du passé par un frémissement de son corps, annonciateur de danger. Quelque instinct primitif de survie l'avait averti d'un péril imminent. Il s'arrêta et regarda autour de lui, scrutant les grandes ombres projetées par le soleil couchant. Tandis que les courts poils de sa nuque se hérissaient au contact de cette menace invisible, le gigantesque barbare interrogea l'air de ses narines à l'odorat très développé et sonda la pénombre de ses yeux où couvait un feu inquiétant. Il ne voyait et ne sentait rien ; pourtant cette mystérieuse sensation de danger — innée chez celui qui est né dans des régions sauvages — lui disait que le péril était proche. Il sentit se poser sur lui, avec la légèreté d'une plume, des yeux invisibles. Il se retourna brusquement, suffisamment vite pour entrevoir deux grands globes brillant dans la pénombre.

Presque au même instant, les yeux ardents disparurent. Si fugitive avait été la vision et si extrême sa disparition qu'il fut tenté de la rejeter et de la considérer comme un produit de son imagination. Il se détourna et se remit en marche ; à présent il était sur ses gardes. Comme il poursuivait sa route, des yeux flamboyants s'ouvrirent à nouveau, au sein des ombres épaisses des herbes denses, pour suivre sa progression silencieuse. Des formes fauves et sinueuses se glissèrent après lui, se faufilant sans bruit à travers les fourrés. Les lions de Kush étaient sur la piste de Conan, avides de sang chaud et de chair fraîche.

2. Le Cercle de la Mort

Une heure plus tard, la nuit était tombée sur la savane, à l'exception d'une bande étroite de lumière à l'ouest, le long de l'horizon : les derniers feux du couchant sur lesquels se profilait de temps en temps un arbre rabougri et noueux du veld, formant une silhouette sombre. Conan avait presque atteint les limites de son endurance. Trois lionnes avaient jailli des ombres, se jetant sur lui, à droite et à gauche. Par trois fois, il avait repoussé ces attaques, grâce à ses flèches rapides et mortelles. Il était difficile de tirer avec précision dans les ténèbres qui s'amoncelaient ; pourtant un grognement furieux poussé par les félins bondissant vers leur proie lui avait appris — par trois fois — qu'il avait touché sa cible ; néanmoins il n'avait aucun moyen de savoir s'il avait tué ou seulement blessé les redoutables prédateurs.

A présent son carquois était vide. Il savait que c'était une simple question de temps : bientôt les maraudeurs silencieux se lanceraient de nouveau à l'attaque et auraient raison de lui. Huit ou dix lions étaient sur sa piste ; le barbare endurci connut les affres du désespoir, ce qui était rare chez lui. Même si sa puissante épée avait raison d'un ou deux de ses attaquants, les autres le déchiquetteraient et le mettraient en pièces avant qu'il puisse taillader ou frapper à nouveau. Conan s'était déjà battu avec des lions et connaissait leur force prodigieuse. Ils pouvaient rattraper un zèbre à la course, le jeter à terre, le tuer et le traîner jusqu'à leur gîte aussi facilement qu'un chat le fait avec une souris. Conan était l'un des hommes les plus forts de son temps, mais si un lion plantait ses griffes et ses dents dans son corps, cette force ne serait guère plus efficace que celle d'un petit enfant.

Conan continua de courir. Il courait depuis bientôt une heure à présent, ses longues foulées dévorant les lieues. Au début, il avait couru sans effort ; maintenant il commençait à se ressentir de sa fuite épuisante à travers les jungles obscures et de sa longue marche de huit jours à travers la plaine. Sa vue était trouble ; les muscles de ses jambes le faisaient horriblement souffrir. Il avait l'impression que chaque battement de son cœur cognant comme un marteau de forge drainait de sa carcasse gigantesque ses dernières parcelles d'énergie.

Il adressa une prière à ses dieux sauvages pour que la lune surgisse des nuages denses et orageux ; ceux-ci occultaient la plus grande partie du ciel. Il pria pour qu'un tertre ou un arbre vienne rompre la monotonie de la plaine légèrement ondoyante... ou même un rocher où il pourrait s'adosser et livrer son dernier combat contre la horde.

Les dieux n'entendirent pas sa prière. Les seuls arbres dans cette région étaient des arbrisseaux épineux, de forme naine : ils poussaient jusqu'à une hauteur de six ou huit pieds, pour étendre ensuite leurs branches à l'horizontale et prendre la forme d'un champignon. Même si Conan réussissait à grimper sur l'un de ces arbres, au mépris des épines, le premier lion venu se glisserait facilement jusqu'au pied de l'arbrisseau... d'une détente souple, il bondirait jusqu'à lui et le ferait tomber à terre, avant de le mettre en pièces. Les seuls tertres étaient des termitières ; certaines atteignaient plusieurs pieds de hauteur, mais elles étaient trop peu élevées pour lui servir de lieu de retranchement. Il n'y avait rien à faire, sinon continuer de courir.

Pour s'alléger, il s'était débarrassé du grand arc de chasse après avoir décoché sa dernière flèche, bien que cela lui fendît le cœur de jeter cette arme splendide. Carquois et lanières avaient bientôt suivi. A présent, il n'avait plus sur lui qu'un simple pagne en peau de léopard, à ses pieds des sandales à hauts lacets, et une outre en peau de chèvre contenant de l'eau. Il tenait à la main la lourde épée glissée dans son fourreau. Se défaire de ceux-ci signifierait renoncer à tout espoir.

Les lions étaient presque sur ses talons. Il sentait l'exhalaison âcre de leurs corps souples et entendait leur souffle rauque. A tout moment ils risquaient de le cerner et de se jeter sur lui ; alors il livrerait son dernier combat, défendant chèrement sa vie, jusqu'à ce qu'ils le déchirent.

Il s'attendait à ce que ses poursuivants observent leur tactique séculaire. Le plus vieux des mâles — le chef de la harde — le suivrait, courant derrière lui, flanqué des mâles les plus jeunes. Les lionnes, plus rapides, allaient prendre de l'avance, le précéder de chaque côté et adopter une formation en croissant. Une fois qu'elles l'auraient suffisamment dépassé, elles refermeraient le cercle et le prendraient au piège. Alors les fauves se jetteraient sur lui, de tous les côtés à la fois, rendant impossible toute défense efficace.

Le paysage fut soudain inondé de lumière. L'œil argenté et rond de la lune contempla les plaines immenses, baignant de son regard la silhouette mouvante du gigantesque barbare... traçant des lignes de feu pâlement argenté sur les muscles ondoyant comme des vagues des lions qui bondissaient sur ses talons, enveloppant leur pelage fauve et peu fourni de sa lueur spectrale.

L'œil exercé de Conan aperçut le reflet lunaire sur un pelage strié, devant lui sur sa gauche ; il comprit que la manœuvre d'encerclement approchait de sa fin. Pourtant, comme il rassemblait ses dernières forces avant l'ultime assaut, il fut étonné de voir la lionne dévier sa course et s'arrêter. En deux enjambées, il l'avait dépassée. En s'éloignant, il vit que la jeune lionne sur sa droite avait brusquement cessé de courir, elle aussi. Elle s'était couchée sur l'herbe, remuant et cinglant l'air de sa queue. Un son étrange, mi-rugissement mi-gémissement, sortit de ses mâchoires ornées de crocs.

Conan prit le risque de ralentir sa course et de jeter un regard derrière lui. A sa grande stupéfaction, il vit que toute la harde avait fait halte, comme arrêtée par une barrière invisible. Les fauves se tenaient en une ligne grondante ; leurs crocs brillaient comme de l'argent sous la clarté lunaire. Des rugissements à faire trembler la terre sortaient de leurs gosiers, exprimant une rage frustrée.

Les yeux du Cimmérien s'étrécirent, d'un air pensif ; ses sourcils froncés se rejoignirent, signe de son étonnement. Qu'est-ce qui avait arrêté la horde au moment même où elle était assurée de sa proie ? Quelle force invisible avait eu raison de la fureur de la poursuite ? Il resta un moment face aux fauves, son épée à la main, se demandant s'ils allaient recommencer leur charge. Les lions restaient où ils étaient, à grogner et à rugir, leurs mâchoires dégouttant de bave.

Conan observa alors une chose étrange. L'endroit où les lions s'étaient arrêtés semblait situé sur une ligne de démarcation traversant la plaine. Au-delà de cette ligne, les herbes poussaient épaisses, hautes et grasses. A la frontière invisible, l'herbe devenait clairsemée, sèche et rabougrie, avec de larges bandes de terre nue. Conan était incapable de distinguer avec netteté les couleurs, dans la pénombre ; pourtant il avait l'impression que les herbes de ce côté-ci de la ligne ne présentaient pas la couleur habituelle de la végétation ordinaire. Au contraire, l'herbe à ses pieds semblait desséchée et grise, comme drainée de toute vitalité.

De chaque côté, sous la vive clarté lunaire, il voyait la zone d'herbes mortes s'incurver au loin et former un cercle... un cercle de mort où il se tenait, seul.

3. La Citadelle Noire

Bien qu'il fût toujours mortellement harassé, cette brève pause avait donné à Conan la force de reprendre sa marche. Ignorant la nature de la ligne invisible qui avait arrêté les lions, il ne pouvait savoir combien de temps cette mystérieuse influence les tiendrait en échec, les empêchant de le suivre. C'est pourquoi il préférait mettre la plus grande distance possible entre la harde et lui-même.

Bientôt il aperçut une masse sombre surgir au sein des ténèbres devant lui. Il continua, redoublant de prudence, son épée à la main ; ses yeux scrutaient les immensités brumeuses de ce mystérieux domaine. La clarté lunaire était toujours vive ; pourtant elle se ternit et devint lointaine, comme voilée par un brouillard s'épaississant. C'est pourquoi, au début, Conan ne put rien voir de la masse sombre et imprécise qui se dressait dans la plaine devant lui, à l'exception de son volume et de son silence. Telle l'idole colossale d'un culte démoniaque primitif, taillée dans une montagne aux pierres noires par des créatures inconnues de l'Aube des Temps, elle était tapie, immobile, au sein de l'herbe morte et grise.

Conan s'approcha ; des détails apparurent dans le bloc sombre et indistinct. Il vit que c'était un édifice imposant, partiellement en ruine : celui-ci se dressait au milieu des plaines de Kush... une construction titanesque... érigée par des mains inconnues dans un but ignoré. Cela ressemblait à un château ou à une sorte de forteresse ; Conan n'avait jamais vu une architecture qui lui ressemblât. En pierre noire et massive, la construction s'élevait en un ensemble complexe de colonnes, de terrasses et de murailles crénelées ; leur alignement semblait étrangement de guingois. C'était un spectacle déconcertant. L'œil suivait des courbes vertigineuses qui semblaient subtilement erronées, curieusement déformées. L'énorme édifice donnait l'impression d'un manque d'ordre chaotique, comme si ses constructeurs n'avaient pas joui de toute leur raison.

Conan parvint à détacher son regard des courbes ahurissantes, défiant les lois de l'équilibre par son architecture démentielle, et reprit ses esprits. Il crut avoir trouvé, finalement, pourquoi les animaux du veld évitaient cet édifice en ruine. L'ensemble était nimbé d'une aura de menace et d'horreur insidieuses. Au cours des millénaires qui s'étaient écoulé depuis la construction de la citadelle noire blottie parmi les plaines, les bêtes sauvages avaient sans doute appris à la redouter et à éviter ses limites ombreuses : de telles habitudes de prudence étaient à présent instinctives.

La clarté lunaire diminua soudain comme des nuées orageuses s'amoncelaient et assombrissaient à nouveau l'astre défiant les ères. Le tonnerre gronda au loin et le regard perçant de Conan entrevit la lueur sulfureuse d'un éclair au sein des formations nuageuses en colère. Un orage était sur le point d'éclater... passager mais très violent, comme souvent en savane.

Conan hésita. D'un côté, la curiosité et le désir de se mettre à l'abri de l'orage imminent le poussaient vers la forteresse en ruine. De l'autre, son esprit de barbare nourrissait une aversion profondément enracinée pour le surnaturel. Devant les dangers naturels de ce monde, il était sans peur, au point de se montrer téméraire ; mais les périls de l'autre monde faisaient naître une peur panique au plus profond de son être, le glaçant jusqu'aux os. Et quelque chose dans cette construction mystérieuse suggérait le surnaturel. Il sentait sa menace d'une manière aiguë dans le tréfonds de son esprit.

Un grondement de tonnerre proche le décida. Exerçant un contrôle d'acier sur ses nerfs, il s'avança avec assurance vers le sombre portail. Pointant son épée nue devant lui, il franchit le seuil et disparut à l'intérieur.

4. Les Hommes-Serpents

Conan parcourut toute la longueur de la salle à la voûte élevée sans trouver le moindre signe de vie. Une épaisse couche de poussière et des feuilles mortes recouvraient les dalles noires. Des débris de matériaux s'entassaient dans les angles de la construction et à la base des impressionnantes colonnes de pierre. Quelle que fût l'ancienneté de cet édifice, il était évident qu'aucune créature vivante ne l'avait habité depuis des siècles.

La salle, éclairée par une nouvelle et brève apparition de la lune, comportait un étage. Un balcon à balustres en faisait le tour. Curieux de sonder plus avant le mystère de cette construction énigmatique, tapie dans la plaine à de nombreuses lieues de tout autre bâtiment de pierre, Conan erra dans les couloirs aussi sinueux que la trace d'un serpent. Il visita des chambres poussiéreuses dont il ne put même pas deviner le propos originel.

Les dimensions du château étaient vertigineuses, même pour quelqu'un qui avait vu le temple du dieu-araignée de Yezud à Zamora et le palais du roi Yildiz à Aghrapur, au royaume de Turan. Une bonne partie de l'édifice — toute une aile, en fait — s'était effondrée, formant une masse indistincte de blocs de pierre noire enchevêtrés ; la partie demeurée plus ou moins intacte constituait encore le plus grand bâtiment que Conan ait jamais vu. L'époque de sa construction était au-delà de toute conjecture. L'onyx noir dans lequel il avait été taillé ne ressemblait à aucune pierre se trouvant dans cette partie du monde. Il avait dû être amené de très loin... franchir d'énormes distances... pourquoi, Conan ne pouvait l'imaginer.

Certains détails de l'architecture singulière du château rappelèrent à Conan les tombes antiques du royaume maudit de Zamora. D'autres lui firent penser aux temples interdits qu'il avait entrevus dans la lointaine Hyrkanie, alors qu'il était mercenaire dans l'armée turanienne. Il n'aurait su dire si le château noir avait été construit à l'origine pour servir de tombe, de forteresse, de palais ou de temple... ou encore pour toutes ces fonctions à la fois.

Un sentiment d'étrangeté se dégageait également du château, troublant et mettant mal à l'aise le Cimmérien, pour des raisons obscures. La façade semblait avoir été construite selon les principes d'une géométrie différente... de même l'intérieur comportait des aspects troublants. Les marches des escaliers, par exemple, étaient beaucoup trop larges et pas assez hautes... ne convenant guère à des pieds humains. Les portes étaient trop hautes et trop étroites : pour les franchir, Conan était obligé de se mettre de côté.

Les murs présentaient des sculptures aux volutes et aux arabesques géométriques d'une complexité déconcertante et fascinante. Conan s'aperçut qu'il devait user de toute sa volonté pour arracher son regard des murs sculptés... de crainte que son esprit ne soit pris au piège et retenu à jamais par les mystérieux symboles que formaient les lignes contorsionnées.

En fait, tout dans cette énigme de pierre étrange et confondante le faisait songer à des serpents... les couloirs sinueux, la décoration tourmentée... il lui sembla même sentir une légère odeur musquée, ophidienne.

Conan s'arrêta, la mine sombre. Ces ruines oubliées avaient-elles été érigées par le peuple-serpent de l'antique Valusie ? Ce peuple pré-humain avait vécu en des temps incroyablement anciens, avant l'apparition de l'homme lui-même, dans les brumes mystérieuses du Passé, lorsque les reptiles géants régnaient sur la Terre. Avant les Sept Empires et les jours précédant le Cataclysme... avant même qu'Atlantis surgisse des profondeurs de l'Océan de l'Ouest... le peuple-serpent avait dominé le monde. Cette race s'était éteinte bien avant la venue de l'homme... mais pas entièrement.

Autour des feux de camp dans les collines désolées de Cimmérie, puis dans les cours en marbre des temples de Némédie, Conan avait entendu la légende de Kull, le roi Atlante de Valusie. Le peuple-serpent avait survécu ici et là : sa magie leur donnait l'apparence d'êtres humains ordinaires. Kull avait découvert par hasard leur secret ; il avait nettoyé et purifié son royaume de leur souillure, les exterminant par la torche et l'épée.

Toutefois, ce château noir, avec son architecture étrangère, ne pouvait-il pas être une relique de cette ère incroyablement lointaine, lorsque les hommes, défendant leur suprématie, avaient eu à lutter contre ces survivants ophidiens d'âges révolus ?

5. Chuchotements d'ombres

Le premier orage passa rapidement au-dessus du château noir. Des gouttes de pluie martelèrent brièvement l'édifice en ruine et des ruisselets d'eau coulèrent par les trous dans la voûte. Puis les éclairs et le tonnerre diminuèrent d'intensité comme l'orage passait et s'éloignait vers l'ouest, laissant la lune luire à nouveau par les fissures dans la pierre. D'autres orages suivaient, grondant et lançant des éclairs à l'est.

Conan dormait d'un sommeil agité, dans un coin du balcon surplombant la grande salle ; il se tournait et se retournait comme un animal sur ses gardes qui sent confusément l'approche du danger. La prudence lui avait déconseillé de dormir dans la salle du bas, avec son portail grand ouvert. Même si le cercle de mort semblait arrêter les habitants des plaines, il ne faisait guère confiance à la force invisible qui tenait en échec les bêtes sauvages.

Une douzaine de fois il se réveilla en sursaut, saisissant son épée et scrutant les ombres de velours, cherchant du regard ce qui l'avait tiré de son sommeil. Une douzaine de fois, il ne découvrit rien dans l'immensité ombreuse des ruines antiques. Néanmoins, comme il s'étendait pour se rendormir, à chaque fois des ombres indistinctes s'amassèrent autour de lui et il crut entendre le chuchotement de voix.

Grognant une imprécation lassée à l'adresse de ses dieux barbares, le Cimmérien maudit toutes les ombres et les échos, les vouant aux onze Enfers écarlates de sa mythologie ; il s'allongea de nouveau, essayant de dormir. A la longue, il sombra dans un profond sommeil. Tandis qu'il dormait, il fit un rêve étrange.

Son corps était endormi, mais son esprit était éveillé et attentif. Pour les yeux immatériels de son *ka*, comme l'appelaient les Stygiens, le balcon peuplé d'ombres était éclairé par le faible halo d'une lumière sanguine, dont la source était invisible. Ce n'était ni l'éclat argenté de la lune dont les rayons filtraient par les brèches dans la pierre et tombaient en oblique dans la grande salle, ni la pâle zébrure des éclairs lointains. A la faveur de cette lueur sanguine, l'esprit de Conan voyait des ombres... elles voletaient comme des chauves-souris nébuleuses parmi les colonnes de marbre noir... des ombres dont les yeux étincelaient d'une faim sans âme... des ombres qui chuchotaient en une cacophonie indescriptible de rires moqueurs et de cris bestiaux.

L'esprit de Conan comprit que ces ombres aux chuchotements impies étaient les fantômes des milliers d'êtres morts dans cet édifice millénaire. Comment le savait-il, il n'aurait pu le dire ; pour son *ka* c'était un fait évident. Le peuple inconnu qui avait bâti l'énorme structure de pierre — que ce soient les hommes serpents de la légende valusienne ou une autre race oubliée — avait noyé les autels de marbre du château noir sous le sang de milliers de victimes. Et leurs fantômes étaient enchaînés pour toujours à ce château de la terreur. Peut-être le charme puissant d'une sorcellerie pré-humaine les retenait-il de force dans ce monde... peut-être était-ce le même qui maintenait à distance les animaux du veld.

Ce n'était pas tout. Les spectres du château noir avaient soif du sang des vivants... du sang de Conan.

Son corps épuisé était enchaîné, plongé dans un sommeil ensorcelé. Les fantômes ténébreux s'agitaient et voletaient autour de lui, tendant vers lui des doigts impalpables pour le saisir et le déchirer. Mais un esprit ne peut faire de mal à un être vivant, à moins qu'il ne se manifeste sur le plan physique et ne revête une forme matérielle. La horde d'ombres caquetantes était faible. Depuis des années innombrables aucun homme n'avait défié l'antique malédiction et pénétré dans le château noir... les privant ainsi de nourriture. Affaiblis par une longue faim, les fantômes n'avaient plus la force de se matérialiser en une horde redoutable de goules.

L'esprit de Conan en train de rêver savait tout cela. Tandis que son corps était endormi, son *ka* observait des mouvements sur le plan astral et surveillait les ombres des vampires ; il les regardait agiter leurs ailes immatérielles autour de sa tête et essayer de taillader sa gorge de leurs griffes impalpables. Pourtant, en dépit de toute leur frénésie muette, elles étaient inoffensives. Sous l'emprise du sortilège, Conan dormait toujours.

Après un laps de temps indéterminé, un changement se produisit dans la lueur rougeâtre émise par les spectres. Ceux-ci se groupèrent et se fondirent en une masse informe dont les ombres s'épaissirent. La faim poussait ces choses mortes et sans esprit à une alliance dénaturée. Chaque fantôme possédait une petite parcelle de cette énergie vitale nécessaire à la matérialisation corporelle. A présent chaque spectre ajoutait sa maigre réserve d'énergie à celle de ses frères d'un autre monde.

Peu à peu, une forme redoutable, nourrie par la force vitale de dix mille spectres, commença à se matérialiser. Dans la pénombre du balcon de marbre noir, la transmutation s'opérait lentement, au sein d'une nuée tourbillonnante de particules ombreuses.

Conan dormait toujours.

6. Les Cent Têtes

Le tonnerre grondait, assourdissant; les lueurs sulfureuses des éclairs flamboyaient au-dessus de la plaine plongée l'obscurité, à nouveau désertée par la clarté lunaire. Les nuées orageuses se crevèrent, déversant sur les étendues herbeuses une pluie torrentielle.

Les négriers stygiens avaient fait route toute la nuit, guidant leurs chevaux vers le sud, en direction des forêts au-delà de Kush. Jusqu'à présent leur razzia avait été infructueuse; pas un seul noir des tribus nomades qui chassaient et faisaient paître leurs troupeaux dans la savane n'était tombé entre leurs mains. Etait-ce la guerre ou la pestilence qui avait vidé le pays de toute humanité... ou bien les tribus, averties de leur venue, avaient-elles fui, se mettant hors de leur portée... ils l'ignoraient.

En tout cas, il apparaissait qu'ils obtiendraient de meilleurs résultats dans les jungles luxuriantes du Sud. Les Noirs des forêts vivaient en permanence dans des villages faciles à cerner et à investir. Une attaque soudaine à l'aube permettrait aux négriers d'attraper les habitants comme des poissons dans un filet. Les villageois trop âgés, trop jeunes ou trop malades pour supporter le voyage jusqu'en Stygie, seraient massacrés sur place. Ils emmèneraient ensuite vers le nord les malheureux survivants, enchaînés l'un à l'autre, en une longue file humaine.

Les Stygiens étaient au nombre de quarante, des guerriers bien armés et équipés, portant casques et hauberts. C'étaient des hommes de grande taille, au teint basané et aux traits aquilins, puissamment musclés. Maraudeurs endurcis... aguerris, rusés, sans peur et sans pitié... ils n'éprouvaient guère plus de remords à tuer un étranger que la plupart des hommes n'en auraient eu en écrasant un moucheron.

La première averse déferla sur leur colonne. Le vent violent cinglait leurs manteaux de laine et leurs robes de lin, faisant voler la crinière de leurs chevaux dans leurs visages. Les zébrures des éclairs presque continuels les aveuglaient.

Leur chef aperçut le château noir : l'édifice se dressait dans la prairie, au sein de l'obscurité voilée par la pluie, illuminé par les éclairs. Il lança un ordre guttural et enfonça ses éperons dans les flancs de sa grande jument noire. Les autres l'imitèrent et lancèrent leurs montures au galop vers les sinistres ruines, dans un fracas de sabots, un crissement de cuirs et un tintement métallique. Avec la pluie et la nuit, la façade aux courbes anormales était invisible et les Stygiens étaient impatients de se mettre à l'abri avant d'être trempés jusqu'aux os.

Ils pénétrèrent dans la grande salle, lançant des jurons, vociférant, se secouant pour faire tomber l'eau de leurs manteaux. En un clin d'œil, le silence maussade des ruines avait fait place à un brouhaha sonore. Des broussailles et des feuilles mortes furent entassés ; on battit le briquet. Bientôt un feu encore fumant et crachotant bondissait et crépitait joyeusement au milieu des décombres et des dalles de marbre craquelées, peignant les murs sculptés d'un orange chaleureux.

Les hommes disposèrent sur le sol leurs sacoches de selle, ôtèrent leurs burnous trempés et les étendirent près du feu pour les faire sécher. Ils s'extirpèrent de leurs cottes de mailles et entreprirent de les frotter avec des chiffons huileux. Ils ouvrirent leurs sacoches et mordirent à pleines dents, solides et blanches, dans des miches de pain dur et rassis.

Au dehors, l'orage se déchaînait ; les éclairs illuminaient le ciel. Des ruisselets d'eau de pluie se déversaient par les brêches dans la toiture, formant de petites cascades. Les Stygiens n'y faisaient guère attention.

Sur le balcon en surplomb, Conan était allongé, immobile, éveillé mais secoué par des frissons qui mettaient au supplice son corps vigoureux. Lorsque l'orage avait éclaté, le sortilège qui le rctenait prisonnier avait été rompu. Se dressant d'un bond, il chercha du regard la ténébreuse assemblée de spectres qu'il avait vue dans son rêve. Lorsque les éclairs brillèrent, il crut distinguer une forme sombre et amorphe à l'autre extrêmité du balcon. Il se garda bien de s'en approcher pour s'en assurer.

Alors qu'il se demandait comment quitter le balcon sans passer à portée de la Chose, les Stygiens firent irruption dans le château, se secouant et poussant des cris. Leur arrivée ne représentait guère une amélioration, eu égard aux fantômes. Ils seraient plus qu'enchantés de le capturer pour le vendre sur un marché d'esclaves. Conan était un combattant redoutable et ses réserves d'énergie immenses ; pourtant aucun homme ne peut affronter quarante adversaires résolus à la fois. A moins qu'il ne s'ouvre à l'instant même un chemin parmi eux et ne déguerpisse aussitôt du château, ils auraient facilement raison de lui. Une sinistre alternative s'offrait à lui : une mort rapide ou une vie de souffrance, employée à des travaux harassants dans un camp d'esclaves en Stygie. Il n'arrivait pas à se décider.

Si les Stygiens distrayèrent Conan des fantômes, ils eurent un effet identique sur ces derniers : poussées par une faim de goule, les créatures-ombres se désintéressèrent du Cimmérien, au profit des quarante guerriers qui campaient en bas. Suffisamment de chair vivante et de force vitale pour assouvir par trois fois leurs désirs de spectres... Tels des feuilles d'automne, ils flottèrent vers la balustrade et quittèrent le balcon pour descendre vers la grande salle.

Les Stygiens étaient allongés autour du feu ; une bouteille de vin passant de main en main, ils parlaient dans leur langue gutturale. Conan comprenait seulement quelques mots en stygien, mais les intonations et les gestes lui permettaient de suivre facilement la discussion. Le chef — un géant au crâne rasé, aussi grand que le Cimmérien — jurait que, par une nuit pareille, rien au monde ne l'obligerait à sortir sous cette pluie battante. Ils attendraient la venue de l'aube dans ces ruines branlantes. Au moins la toiture semblait encore saine par endroits et un homme pouvait y dormir au sec.

Après avoir vidé plusieurs autres bouteilles, les Stygiens, à présent réchauffés et de meilleure humeur, se préparèrent pour la nuit. Le feu était retombé ; les broussailles l'alimentant ne pouvaient fournir des flammes très vives. Le chef fit signe à l'un de ses hommes et prononça une phrase rauque. Ce dernier protesta ; après une brève discussion, il se leva en grognant et revêtit sa cotte de mailles. Conan comprit qu'il avait été choisi pour monter la première garde.

Epée à la main et bouclier passé à son bras, la sentinelle se tenait dans l'ombre, à la lisière de la mare de lumière produite par le feu moribond. De temps à autre, il arpentait lentement la salle dans toute sa longueur ; s'arrêtait pour regarder vers les couloirs sinueux ou au-dehors, par les portes ouvertes. L'orage battait en retraite.

Alors que la sentinelle se tenait sur le seuil de l'entrée principale, tournant le dos à ses camarades, une forme sinistre apparut au milieu du groupe d'où montaient des ronflements sonores. Cela grandit lentement, tirant sa substance de nuées flottantes d'ombres immatérielles. La créature composite qui se matérialisait progressivement était constituée de la force vitale de milliers d'êtres morts. Cela devint une forme horrible... une énorme masse boursouflée d'où dépassaient d'innombrables membres et appendices difformes. Une douzaine de jambes atrophiées supportaient son poids monstrueux. Sur le dessus, ressemblant à d'effroyables fruits, poussaient des têtes par vingtaines : certaines avaient l'apparence de la vie, avec des cheveux hérissés et des sourcils broussailleux ; d'autres étaient de simples protubérances où les yeux, les oreilles, la bouche et les narines étaient disposés au hasard.

La vue du monstre aux cent têtes dans cette salle faiblement éclairée par le feu aurait glacé de terreur le sang du plus vaillant des hommes. Conan sentit les courts poils de sa nuque se hérisser et sa peau frissonner de dégoût comme il contemplait ce qui se passait à ses pieds.

La Chose s'avança lourdement. Se penchant avec maladresse, elle planta dans le corps de l'un des Stygiens une demi-douzaine de griffes acérées. L'homme se réveilla en hurlant. La créature de cauchemar lacéra et mit en pièces sa victime, aspergeant ses compagnons endormis d'horribles débris ruisselant de sang.

7. La Fuite éperdue

En un instant les Stygiens étaient debout. Bien qu'ils fussent des tueurs endurcis, le spectacle était suffisamment terrifiant pour arracher des hurlements d'horreur à certains. Au premier cri, la sentinelle se retourna vivement et revint en courant vers la grande salle, tailladant le monstre avec son épée. Beuglant des ordres, le chef saisit l'arme la plus proche et se mit à pourfendre la créature. Les autres, bien que sans cuirasse, encore endormis et hébétés, ramassèrent épées et lances pour se défendre contre la forme qui se traînait lourdement parmi eux et les massacrait.

Des épées découpèrent des cuisses contrefaites ;

des lances s'enfoncèrent dans le ventre mou et gonflé. Des mains et des bras qui cherchaient à saisir et à déchirer furent tranchés net, heurtant le sol avec un bruit sourd, continuant à se tordre et à griffer l'air. Ne ressentant apparemment aucune douleur, le monstre s'emparait des hommes les uns après les autres. Certains Stygiens eurent la tête tordue et arrachée par les mains qui les étranglaient. D'autres furent saisis par les pieds et violemment frappés contre les colonnes... rapidement transformés en débris sanglants.

Sous les yeux du Cimmérien blotti sur le balcon, une douzaine de Stygiens moururent de la sorte, le crâne fracassé ou mis en lambeaux. Les terribles blessures infligées au monstre par les armes des Stygiens se refermaient aussitôt et cicatrisaient. Les têtes et les bras tranchés étaient remplacés par de nouveaux membres qui poussaient sur le corps bulbeux.

Voyant que les Stygiens n'avaient aucune chance contre le monstre, Conan décida de prendre congé pendant que la Chose était toujours occupée avec les négriers... avant qu'il ne soit l'objet de son attention. Trouvant qu'il serait mal avisé de passer par la grande salle, il chercha une sortie plus directe. Apercevant une fenêtre, il monta jusqu'à elle et la franchit. Elle donnait sur une toiture en terrasse aux tuiles cassées : le moindre faux-pas risquait de le faire tomber dans une crevasse et de le précipiter dans le vide.

La pluie avait fait place à une légère bruine. La lune, à présent presque au-dessus de sa tête, dardait à nouveau des rayons intermittents. S'approchant du parapet qui faisait le tour de la terrasse, Conan étudia la facade et découvrit un endroit où les sculptures, ainsi que de la vigne vierge, lui permettraient de descendre assez facilement jusqu'à terre. Avec l'aisance d'un singe, il entreprit de descendre au bas de la façade étrangement ciselée.

La lune brillait de toute sa splendeur, éclairant la cour intérieure en contrebas, où les chevaux des Stygiens étaient attachés. Ils tiraient sur leurs longes et poussaient des hennissements inquiets, affolés par les bruits du combat mortel provenant de la grande salle. Le tumulte de la bataille était dominé par des hurlements d'agonie : les Stygiens étaient démembrés, les uns après les autres, et mis en pièces.

Conan sauta, atterrissant en souplesse sur la terre de la cour intérieure. Il courut rapidement vers la grande jument noire qui avait appartenu au chef des négriers. Il aurait aimé s'attarder un peu, car il lui fallait une cuirasse et un harnachement complet... dont n'avaient plus besoin les cadavres à l'intérieur du château. La cotte de mailles qu'il avait portée tandis qu'il écumait les mers aux côtés de Bêlit, avait succombé depuis longtemps à l'usure et à la rouille... et il s'était enfui beaucoup trop précipitamment, poursuivi par les Bamulas, pour avoir eu le temps de s'équiper d'une manière décente. Pourtant aucune force au monde n'aurait pu le faire entrer à nouveau dans cette salle où un monstre horrible — la mort vivante ! — rôdait toujours, déchiquetant et massacrant.

Comme le jeune Cimmérien détachait le cheval qu'il avait choisi, une silhouette jaillit en hurlant de l'entrée. Elle traversa la cour pour se jeter furieusement sur lui. Conan vit que c'était l'homme qui avait assuré la première garde. Son casque stygien et sa cotte de mailles l'avaient protégé des griffes de la créature immonde, lui permettant d'échapper au massacre général.

Conan ouvrit la bouche pour parler. Il ne portait pas les Stygiens dans son cœur ; néanmoins, si celui-là était l'unique survivant de son groupe, Conan acceptait volontiers de conclure une alliance avec lui, même temporaire, jusqu'à ce qu'ils aient rallié une contrée plus calme.

Conan n'eut pas l'opportunité de faire une telle offre : les événements que le Stygien venait de vivre lui avaient fait perdre la raison. Ses yeux brillaient d'une lueur sauvage au clair de lune ; de la bave dégouttait de ses lèvres. Il se rua sur Conan, faisant tournoyer un cimeterre au-dessus de sa tête — la clarté lunaire faisait étinceler la lame — et hurlant : « Retourne à ton enfer, démon ! »

L'instinct de survie primitif du Cimmérien, élevé dans des pays sauvages, le sauva : il agit sans même réfléchir. Le temps que l'homme arrive sur lui, la propre épée de Conan avait jailli de son fourreau. Les lames s'entrechoquèrent plusieurs fois, dans un tintement d'acier et une pluie d'étincelles. Comme le Stygien au regard de dément s'apprêtait à porter un nouveau coup, Conan enfonça la pointe de son épée dans la gorge du guerrier. Le Stygien émit un gargouillement, chancela et s'effondra à terre.

Un instant, Conan se retint à la selle de sa jument, haletant. Le duel avait été bref mais violent : le Stygien n'avait pas été un adversaire facile.

A l'intérieur de l'antique édifice de pierre, les cris de terreur avaient cessé. Aux hurlements avait succédé un silence sinistre. Conan entendit des bruits de pas... lents, pesants, traînants. La créature monstrueuse les avait-elle tous massacrés ? S'approchaitelle de la porte... sa forme contrefaite allait-elle surgir dans la cour ?

Conan n'attendit pas pour le savoir. De ses doigts tremblants il délaça le haubert du mort et lui retira sa cotte de mailles. Il prit également le casque du Stygien et son bouclier recouvert de la peau au cuir épais de l'un des grands félins du veld. Il attacha rapidement ces trophées à la selle, bondit sur son coursier, saisit les rênes et enfonça ses talons dans les flancs de la jument. Il la fit quitter au galop la cour en ruines, la guidant vers la zone d'herbe flétrie. Le château hanté par un mal millénaire diminua rapidement derrière lui.

Quelque part au-delà du cercle des herbes mortes, les lions affamés rôdaient... Conan s'en moquait. Après les spectres lugubres de la citadelle noire, c'est d'un cœur léger qu'il tenterait sa chance contre de simples lions !

LE GROIN DANS LES TÉNÈBRES

Poursuivant sa route vers le nord — la possession d'un cheval rendant le voyage moins pénible et plus rapide — Conan atteint finalement le royaume à demi civilisé de Kush. Pour lui, comme pour d'autres Nordiques, ce pays ne se différencie guère des contrées noires, au sud des déserts de Stygie. A la recherche d'un emploi, il trouve très vite l'occasion de faire la démonstration de ses prouesses guerrières.

1. La Chose dans le Noir

Amboola de Kush se réveillait lentement, ses sens encore engourdis par tout le vin qu'il avait bu la nuit dernière, au cours du festin. Durant quelques instants de trouble, il lui fut impossible de se rappeler l'endroit où il se trouvait. La clarté lunaire, filtrant par la petite fenêtre munie de barreaux, encastrée dans la partie supérieure du mur, brillait sur un décor qui ne lui était pas familier. Puis il se souvint : il gisait dans l'un des cachots de la prison où la Reine Tananda l'avait fait jeter.

On avait certainement versé une drogue dans son vin. Alors qu'il était allongé, à peine conscient, incapable de se défendre, deux gigantesques Noirs appartenant à la garde de la reine s'étaient saisi de lui et du Seigneur Aahmes, le cousin de la reine, pour les conduire sans ménagement jusqu'à leurs cellules. La dernière chose dont il se souvenait était une phrase de la reine... aussi brutale que le claquement d'un fouet : « Scélérats ! Vous complotiez et projetiez de me renverser, n'est-ce pas ? Vous connaîtrez le sort que je réserve aux traîtres ! »

Le gigantesque guerrier noir bougea ; un cliquetis métallique lui fit prendre conscience des fers passés à ses poignets et à ses chevilles. Ses chaînes aboutissaient à des crampons de fer massifs, enchâssés dans la paroi. Il regarda autour de lui, scrutant la pénombre fétide. Au moins, songea-t-il, il était toujours en vie. Tananda elle-même devrait y réfléchir à deux fois avant de faire égorger le commandant des Lanciers Noirs — l'épine dorsale de l'armée de Kush — le héros des castes inférieures du royaume.

Ce qui surprenait le plus Amboola, c'était qu'on l'accusât d'avoir conspiré avec Aahmes. Certes, le prince et lui étaient d'excellents amis. Ils chassaient, s'enivraient et jouaient aux dés ensemble ; Aahmes s'était plaint, en privé, de la reine : son cœur cruel était aussi rusé et perfide que son corps à la peau satinée était désirable. Mais jamais les choses n'en étaient arrivées au point d'un véritable complot. De toute façon, Aahmes n'était pas l'homme de ce genre de situation... jeune, aimant la vie, d'une nature indolente, il ne s'intéressait aucunement à la politique ou au pouvoir. Quelque mouchard, désireux de faire avancer ses propres projets aux dépens d'autres personnes, avait dû présenter à la reine des preuves de leur culpabilité, montées de toutes pièces.

Amboola examina ses fers. Même sa force prodigieuse ne réussirait pas à les briser, pas plus que les chaînes fixées au mur. Il ne pouvait espérer davantage arracher de la paroi les crampons de fer. Il le savait parce qu'il avait veillé en personne à leur installation.

Il savait ce qui allait se passer. La reine les soumettrait à la torture, lui et Aahmes, afin de leur arracher les détails de la conjuration et les noms des autres conspirateurs. Malgré tout son courage barbare, Amboola se sentit faiblir à cette perspective. Sa meilleure chance de s'en sortir était peut-être de mentir, en accusant de complicité les seigneurs et les notables de Kush. Tananda ne pourrait pas les punir tous. Si elle s'y risquait, le complot imaginaire qu'elle redoutait tellement deviendrait rapidement une réalité...

Soudain Amboola fut dégrisé. Un frisson glacé parcourut son épine dorsale. Il n'était pas seul dans le cachot... il y avait quelque chose... une présence vivante dont il entendait la respiration.

Poussant un cri rauque, il se redressa et regarda autour de lui, essayant de percer les ténèbres : celles-ci se collaient à lui, telles les ailes ombreuses de la mort. A la faveur de la faible lumière filtrant par la petite fenêtre munie de barreaux, l'officier entrevit une forme effroyable et terrifiante. Une main de glace étreignit son cœur et il connut la peur, pour la première fois de sa vie, bien qu'il ait traversé une vingtaine de batailles.

Un brouillard grisâtre et inconsistant flottait dans la pénombre. Des volutes de brume bouillonnaient et tournoyaient, telles un nid de serpents se lovant, tandis que la forme spectrale se matérialisait et se solidifiait. Une terreur sans nom soudait les lèvres frémissantes d'Amboola et brillait dans ses yeux révulsés comme il regardait la chose surgir du vide et se condenser lentement... s'incarner.

Au début il aperçut un groin, comme celui d'un porc, recouvert de soies épaisses et hérissées, se tendre vers le cône faiblement lumineux qui filtrait par la fenêtre. Puis il commença à distinguer une forme massive au sein des ombres... quelque chose d'énorme et de bestial ; néanmoins cela se tenait debout. A une tête porcine s'ajoutaient à présent des bras épais et velus ; ils se terminaient par des mains grossières, comme celles d'un babouin.

Avec un cri perçant Amboola se dressa d'un bond... la chose immobile se déplaça, à la vitesse paralysante d'un monstre de cauchemar. Le guerrier noir eut la vision fugitive et démentielle de mâchoires claquant dans le vide et couvertes de bave, de grandes défenses semblables à des ciseaux et de petits yeux noirs porcins qui flamboyaient d'une fureur rouge dans l'obscurité. Puis les pattes bestiales se plantèrent dans sa chair, le maintenant comme dans un étau ; les défenses le transpercèrent, le déchirèrent et le fouaillèrent...

La clarté lunaire tombait sur une forme noire, étendue sur le sol, baignant dans une mare de sang qui s'agrandissait rapidement. La chose grisâtre au pas lourd, un instant plus tôt occupée à déchiqueter le guerrier noir, avait disparu... se dissolvant dans la brume impalpable d'où elle avait surgi et pris forme.

2. L'Horreur Invisible

« Tuthmes ! » L'appel était pressant... aussi pressant que le poing qui martelait contre la porte en bois de teck de la maison du noble le plus ambitieux de

Kush. « Seigneur Tuthmes ! Laisse-moi entrer ! Le démon s'est manifesté à nouveau ! »

La porte s'ouvrit et Tuthmes apparut sur le seuil. De grande taille, sa silhouette était mince et aristocratique, ses traits étroits et sa peau foncée, comme ceux de sa caste. Il était enveloppé dans des robes de soie blanche comme s'il s'apprêtait à se coucher. Il tenait à la main une petite lampe en bronze.

« Qu'y a-t-il, Afari ? » demanda-t-il.

Le visiteur, les yeux brillants, s'élança à l'intérieur de la pièce. Il haletait comme s'il venait de fournir une longue course. C'était un homme élancé, au corps nerveux et à la peau sombre. Il portait une *jubbah* blanche. Plus petit que Tuthmes, ses traits étaient plus marqués, trahissant ses ancêtres noirs. Malgré sa hâte, il prit soin de refermer la porte avant de répondre.

« Amboola ! Il est mort ! Dans la Tour Rouge ! »

« Comment ! » s'exclama Tuthmes. « Tananda a osé faire exécuter le commandant des Lanciers Noirs ? »

« Non, non, non ! Elle n'aurait pas été aussi stupide, assurément. Il n'a pas été exécuté, mais assassiné. Quelque chose s'est introduit dans sa cellule — comment, Set seul le sait — lui arrachant la gorge, brisant ses côtes et réduisant son crâne en bouillie. Par les boucles ophidiennes de Derketa, j'ai vu bien des cadavres ; pourtant jamais quelqu'un ne fut plus horrible dans la mort qu'Amboola ! Tuthmes, c'est l'œuvre du démon dont parle le peuple noir avec effroi ! L'horreur invisible s'est à nouveau déchaînée sur Meroê ! » Afari serra la petite idole en argile de son dieu protecteur ; l'amulette pendait au bout d'une lanière passée autour de son cou osseux. « La gorge d'Amboola a été déchiquetée par des dents et les marques ne ressemblent pas à celles laissées par les crocs d'un lion ou d'un singe. On dirait plutôt qu'elles ont été faites par des ciseaux aussi acérés qu'un rasoir ! »

« Quand cela est-il arrivé ? »

« Vers minuit sans doute. Les gardiens de la partie basse de la tour, postés près de l'escalier conduisant à la cellule où il était enfermé, l'ont entendu crier. Ils se sont rués en haut des marches, ont fait irruption dans le cachot et l'ont trouvé dans l'état que je viens de te décrire. Je dormais aux étages inférieurs, comme tu me l'avais demandé. Après avoir vu ce spectacle, je suis venu aussitôt ici, recommandant aux gardes de n'en rien dire à personne ! »

Tuthmes sourit... un sourire froid et cruel qui n'était guère agréable à voir. Il murmura : « Tu connais les colères démentielles de Tananda. Ayant fait jeter en prison Amboola et son cousin Aahmes, elle a fort bien pu ordonner la mort d'Amboola... et le cadavre a été mutilé, afin que cela ressemble à l'œuvre du démon qui hante ce pays depuis si longtemps. N'aurait-elle pu agir ainsi, dis-moi ? »

Une lueur de compréhension apparut dans les yeux d'Afari. Le prenant par le bras, Tuthmes poursuivit : « Pars à présent et frappe avant que la Reine soit informée de ces faits. Rends-toi tout d'abord à la Tour Rouge, avec un détachement de lanciers noirs, et fais massacrer les gardes, pour s'être endormis durant leur service. Veille à ce que l'on sache que tu as agi sur mes ordres. Cela démontrera aux Noirs que j'ai vengé leur commandant et privera Tananda d'une arme précieuse. Tue-les avant qu'elle puisse ordonner elle-même leur exécution.

« Ensuite répands la nouvelle auprès des nobles et autres notables. Glisse-leur à l'oreille que si c'est la façon de Tananda d'en user avec les puissants de son royaume, ils feraient mieux d'être tous sur le qui-vive.

« Enfin va trouver le vieil Ageera, le jeteur de sorts de la Cité Extérieure. Ne lui dis pas clairement que Tananda est responsable de la mort d'Amboola... laisse-le lui entendre. »

Afari frissonna. « Comment un homme ordinaire pourrait-il mentir à ce démon ? Ses yeux sont comme des braises ardentes ; ils semblent contempler des abîmes sans nom. Je l'ai vu ordonner à des cadavres de se lever et de marcher ; des crânes sans chair ont entrechoqué leurs mâchoires et grimacé un horrible sourire ! »

« Ne mens pas », répondit Tuthmes. « Fais-lui seulement part de tes propres soupçons. Après tout, même si un démon *a vraiment tué* Amboola, c'est un être humain qui l'a évoqué au cœur de la nuit. Il se peut que Tananda soit derrière tout ceci, finalement. Allons, pars vite à présent ! »

Après le départ d'Afari — se rendant en hâte à la Tour Rouge, selon les ordres de son maître — Tuthmes resta un moment au milieu de la pièce, ornée de tapisseries d'une magnificence barbare. Une fumée bleutée montait lentement d'un brûle-encens en cuivre, placé dans un coin. Puis il appela : « Muru ! »

Un bruit de pas rapides... celui de pieds nus. Une tenture écarlate, tendue sur l'une des parois de la pièce, fut écartée sur le côté. Un homme incroyablement grand, au corps émacié, baissa la tête pour passer sous le linteau de la porte secrète et entra dans la chambre.

« Me voici, maître », dit-il.

L'homme qui dépassait Tuthmes d'une bonne tête

— pourtant déjà grand — portait un vêtement ample, de couleur écarlate, tombant de l'une de ses épaules comme une toge. Bien que sa peau fût aussi noire que le jais, ses traits étaient étroits et aquilins, comme ceux de la caste dirigeante de Meroê. Ses cheveux frisés formaient un fantastique casque autour de sa tête.

« Est-*il* revenu dans sa cellule ? » s'informa Tuthmes.

« Oui, seigneur. »

« Tout est en ordre ? »

« Absolument, maître. »

Tuthmes fronça les sourcils. « Comment peux-tu être certain qu'il exécutera toujours tes ordres et qu'il reviendra ensuite vers toi ? Ne crains-tu pas qu'un jour, après que tu l'aies libéré, il ne te mette en pièces pour retourner vers ces dimensions impies — quelles qu'elles soient — qu'il appelle sa demeure ? »

Muru écarta ses mains. « Les sortilèges que j'ai appris auprès de mon maître, le magicien stygien en exil, et qui permettent de contrôler le démon, ont toujours été efficaces. »

Tuthmes adressa au sorcier un regard perçant. « Il me semble que vous autres magiciens passez la plus grande partie de votre vie en exil ! Comment savoir si quelque ennemi ne t'a pas acheté, te demandant de lâcher le monstre sur moi, un jour prochain ? »

« Oh, maître, ne te fais pas de telles idées ! Sans ta protection, où irais-je ? Les Kushites me méprisent, car je ne suis pas de leur race ; et, pour les raisons que tu sais, je ne puis retourner à Kordafa. »

« Hmm. Dans ce cas, prends grand-soin de ton démon ; nous aurons certainement besoin de lui avant longtemps. Cet imbécile à la langue trop longue, Afari, n'aime rien tant que de jouer les hommes avisés aux yeux des autres. Il va répandre la nouvelle du meurtre d'Amboola, embellie de mes insinuations quant au rôle tenu par la reine dans cette affaire, à une centaine d'oreilles attentives. La dissension qui oppose Tananda à ses seigneurs ne tardera pas à grandir et j'en récolterai le bénéfice. »

Tuthmes eut un gloussement joyeux — fait rare chez lui — puis versa du vin dans deux coupes d'argent. Il en tendit une au sorcier décharné qui l'accepta, d'une courbette muette. Tuthmes reprit :

« Bien sûr, il ne mentionnera pas qu'il est à l'origine de ce jeu sinistre, en raison de ses fausses accusations portées contre Amboola et Aahmes... sans ordres de ma part, je le précise. Il ne sait pas que — grâce à tes talents de nécromant, Muru, mon ami — je suis au courant de tout. Il fait semblant d'être dévoué à ma cause et à notre faction, mais il nous dénoncerait tous à l'instant même s'il estimait pouvoir en tirer un quelconque profit. Son ambition est d'épouser Tananda et de gouverner Kush, en tant que prince consort. Lorsque je serai roi, j'aurai besoin d'un agent plus digne de confiance qu'Afari. »

Sirotant son vin, Tuthmes réfléchit : « Depuis que feu le roi, son frère, a péri au cours d'une bataille contre les Stygiens, Tananda, pour rester sur le trône d'ivoire, a joué un jeu dangereux, dressant une faction contre l'autre. Pourtant elle manque de caractère et est incapable de garder sous sa coupe un pays qui, par tradition, n'accepte pas l'autorité d'une femme. C'est une débauchée, irréfléchie et impulsive, dont la seule méthode pour s'assurer du pouvoir est de faire exécuter le noble qu'elle redoute le plus sur l'heure. En agissant ainsi, elle met sur le qui-vive et dresse contre elle tous les autres.

« Aussi, continue de surveiller étroitement Afari.

Et tiens la bride serrée à ton démon, Muru. Nous aurons encore besoin de cette créature. »

Lorsque l'homme de Kordafa fut parti, baissant à nouveau la tête pour franchir le seuil de la porte secrète, Tuthmes monta un escalier en acajou poli. Il déboucha sur le toit en terrasse de son palais, éclairé par la lune.

Regardant par-dessus le parapet, il vit à ses pieds les rues silencieuses de la Cité Intérieure de Meroê. Il parcourut du regard les palais, les jardins et la grande place où un millier de cavaliers noirs pouvaient en un instant surgir au galop, venant des cours des baraquements contigus.

Plus loin, il apercevait les grandes portes en bronze de la Cité Intérieure et, au-delà, la Cité Extérieure. Meroê se dressait au milieu d'une grande plaine : les prairies ondoyantes s'étendaient jusqu'à l'horizon, seulement interrompues, de place en place, par des collines peu élevées. Une rivière resserrée serpentait à travers les prairies, passant à proximité des faubourgs de la Cité Extérieure.

Un mur imposant et massif entourait les palais de la classe dirigeante, séparant les deux Cités. Les dirigeants étaient les descendants de Stygiens venus dans le sud, des siècles plus tôt, pour se tailler un empire et mêler leur sang fier à celui de leurs sujets noirs. La Cité Intérieure avait des rues régulières et de belles places, des maisons en pierre et des jardins.

Par contre, la Cité Extérieure était un enchevêtrement désordonné de huttes en terre séchée. Ses rues étaient sinueuses et aboutissaient à des espaces découverts de forme irrégulière. Le peuple noir de Kush, les aborigènes de ce pays, vivait dans la Cité Extérieure. Seule la caste régnante demeurait dans la

Cité Intérieure, à l'exception de leurs domestiques et des cavaliers noirs leur servant de gardes.

Tuthmes inspecta du regard cette vaste perspective de huttes. Des feux brillaient sur les places délabrées ; des torches s'agitaient ici et là dans les rues tortueuses. De temps à autre des bribes de chanson parvenaient jusqu'à lui... un chant barbare dont les accents rauques exprimaient la colère ou le désir sanguinaire. Tuthmes serra son manteau plus étroitement autour de lui et frissonna.

S'avançant sur la terrasse, il s'immobilisa à la vue d'une forme endormie sous l'un des palmiers du jardin artificiel. Il la poussa du pied : l'homme se réveilla et se leva d'un bond.

« Soyons brefs ! » l'avertit Tuthmes. « C'est fait. Amboola est mort ; avant l'aube, tout Meroê saura qu'il a été assassiné sur l'ordre de Tananda. »

« Et le... le démon ? » chuchota l'homme en grelottant.

« Rassure-toi... il a réintégré sa cellule. Ecoute-moi attentivement, Shubba. Il est temps que tu partes. Va chez les Shémites et cherche jusqu'à ce que tu aies trouvé la femme appropriée... une femme blanche. Ensuite ramène-la ici au plus vite. Si tu es de retour avant la nouvelle lune, je te donnerai ton poids en argent. Si tu échoues, je suspendrai ta tête à une branche de ce palmier. »

Shubba se jeta à terre et toucha du front la poussière. Se relevant, il quitta rapidement la terrasse. Tuthmes regarda à nouveau dans la direction de la Cité Extérieure. D'une façon étrange, les feux semblaient briller d'un éclat accru ; un tam-tam avait commencé de battre, avec une monotonie de mauvais augure. Une clameur soudaine — des hurlements furieux — monta vers les étoiles.

« Ils ont appris la mort d'Amboola », murmura Tuthmes ; à nouveau son corps fut secoué par un violent frisson.

3. ENTRÉE EN SCÈNE DE TANANDA !

L'aube éclairait de flammes écarlates le ciel au-dessus de Meroê. Les rayons d'une lumière vive et vermeille transperçaient l'air brumeux, réfléchis par les dômes gainés de cuivre et les flèches de la Cité Intérieure ceinte de son mur de pierre. Bientôt la journée commença pour les habitants de Meroê. Dans la Cité Extérieure, des femmes noires à la beauté sculpturale se rendaient sur la place du marché, portant sur leurs têtes calebasses et paniers, tandis que des jeunes filles jacassaient et riaient, en route vers les puits. Des enfants nus jouaient et se battaient dans la poussière, se poursuivaient dans les rues étroites. De gigantesques Noirs étaient accroupis sur le seuil de leurs huttes aux toits de chaume, vaquant à leurs affaires, ou bien étaient nonchalamment allongés sur le sol, à l'ombre.

Sur la place du marché, des marchands installés sous des bâches bariolées proposaient des pots et d'autres objets, vantaient leurs légumes et des produits variés, étalés sur le sol. Des Noirs discutaient et marchandaient, en des palabres sans fin, des régimes de bananes, de la bière du même fruit, et des parures en cuivre martelé. Des forgerons étaient courbés sur de petits feux de charbon de bois, frappant avec vigueur et trempant dans l'eau fers à cheval, couteaux et pointes de lance. Le soleil ardent dardait ses rayons sur l'ensemble... la sueur, l'allégresse, la colère, le dénuement, l'énergie, la saleté et la vigueur du peuple noir de Kush.

Soudain il se produisit un changement : des exclamations de surprise fusèrent, un frisson d'excitation parcourut la foule. Dans un martèlement de sabots, un groupe de cavaliers surgit, se dirigeant vers les grandes portes de la Cité Intérieure. Il y avait une demi-douzaine d'hommes et une femme : elle dominait le groupe.

Sa peau était d'un brun foncé ; ses cheveux formaient une masse épaisse et noire, coiffés en arrière et retenus par une résille aux fils d'or. En dehors des sandales à ses pieds et des plaques en or, incrustées de gemmes, recouvrant en partie ses seins fermes et pleins, son seul vêtement était une jupe courte serrée à la taille. Ses traits étaient réguliers ; ses yeux brillants et intrépides, remplis de défi et d'assurance. Elle guidait son pur-sang kushite avec aisance et maîtrise, au moyen d'une bride ornée de joyaux et de rênes en cuir écarlate, très larges et ouvragées d'or. Ses pieds chaussés de sandales étaient glissés dans de grands étriers en argent ; une gazelle était attachée en travers de son arçon de selle. Deux chiens de chasse au corps élancé couraient derrière son cheval.

Comme la femme traversait la place, activité et conversations s'interrompirent. Les visages noirs se firent revêches ; les yeux sombres flamboyèrent d'une lueur rouge. Les gens tournaient la tête pour se chuchoter à l'oreille ; les chuchotements grandirent et s'enflèrent pour devenir un murmure audible, de mauvais augure.

L'adolescent qui se tenait à la hauteur de la jeune femme devint nerveux. Il regarda devant lui, scrutant la rue sinueuse. Estimant la distance qui les séparait des portes de bronze, encore cachées par l'enchevêtrement de cases, il chuchota : « Le peuple gronde. Traverser la Cité Extérieure aujourd'hui était une folie ! »

« Tous les chiens noirs de Kush ne sauraient m'empêcher d'aller à la chasse ! » répliqua la jeune femme. « S'ils deviennent menaçants, lancez vos chevaux sur eux... piétinez-les ! »

« Plus facile à dire qu'à faire », grommela l'adolescent, en parcourant du regard la foule silencieuse. « Ils sortent de leurs maisons et se massent dans la rue, sur notre passage... regardez là-bas ! »

La rue débouchait sur une vaste place, de forme irrégulière, où les Noirs étaient accourus en foule. Sur un côté de cette place se dressait une maison de boue séchée et de troncs de palmier, plus importante que les bâtisses adjacentes; une grappe de crânes humains était suspendue au-dessus de sa porte. C'était le temple de Jullah, que la caste dirigeante appelait avec mépris la maison du diable. Le peuple noir vénérait Jullah et non Set, le dieu-serpent de leurs dirigeants et de leurs ancêtres stygiens.

La foule noire avait envahi la place, fixant les cavaliers d'un air maussade. Il y avait quelque chose de menaçant dans son attitude. Tananda, commençant à ressentir une certaine nervosité, ne remarqua pas un autre cavalier qui se dirigeait vers la place, venant d'une autre rue. En temps normal, ce cavalier aurait attiré l'attention de tous, n'étant ni brun, ni noir. C'était un homme blanc, portant casque et cotte de mailles ; il formait une puissante silhouette.

« Ces chiens nous cherchent querelle », murmura le jeune homme placé à côté de Tananda, dégainant à moitié son épée incurvée. Les autres gardes — des Noirs comme les gens massés autour d'eux — se rapprochèrent de la reine, mais sans sortir leurs lames. Le murmure sourd et inquiétant grandit ; la foule restait immobile.

« Passez au milieu d'eux... qu'ils s'écartent ! » ordonna Tananda en éperonnant son cheval. Les Noirs reculèrent à contrecœur comme elle s'avançait.

Soudain une silhouette sombre et émaciée sortit de la maison du diable. C'était le vieil Ageera, le jeteur de sorts ; son seul vêtement était un pagne. Montrant du doigt Tananda, il s'écria : « La voici qui passe sur son cheval, elle dont les mains ont trempé dans le sang ! Elle qui a assassiné Amboola ! »

Son cri fut l'étincelle qui mit le feu aux poudres. Un grondement ample s'éleva de la foule. Les Noirs déferlèrent, s'élançant vers la reine en hurlant : « Mort à Tananda ! »

En un instant, une centaine de mains noires se tendaient et agrippaient les jambes des cavaliers. L'adolescent éperonna son cheval, s'interposant entre Tananda et la foule ; une pierre siffla et lui fracassa le crâne. Les gardes, frappant et tailladant vers la horde déchaînée, furent arrachés de leurs montures et jetés à terre, battus, piétinés, mis en lambeaux. Tananda, cédant enfin à la terreur, poussa un hurlement comme son cheval se cabrait. Une vingtaine de formes noires enragées, des hommes et des femmes, se saisirent d'elle.

Un géant l'attrapa par la cuisse ; il la fit basculer de sa selle et tomber vers les mains furieuses qui l'attendaient impatiemment. Sa jupe fut déchirée et arrachée de son corps, volant dans les airs au-dessus d'elle. Un mugissement de rires grossiers monta de la foule houleuse. Une femme cracha au visage de Tananda, lui arrachant ses plaques pectorales et griffant de ses ongles noircis les seins de la reine. Une pierre frôla sa tête, la blessant légèrement.

Tananda aperçut une pierre serrée dans une main ; son propriétaire cherchait à arriver jusqu'à elle, dans la cohue, pour lui faire sauter la cervelle. Des dagues étincelèrent. Seul le nombre même des Noirs en folie qui se bousculaient, se pressaient, s'écrasaient, empêchait qu'elle fût mise à mort à l'instant. Un rugissement monta : « Au temple de Jullah ! »

Une clameur répondit aussitôt à cette injonction. Tananda se sentit soulevée, à moitié portée, à moitié traînée par la foule frénétique. Des mains noires la tenaient par les cheveux, les bras et les jambes. Des poings serrés cherchaient à la frapper, étaient arrêtés ou déviés par la multitude.

Il y eut un choc ; sous l'impact la foule chancela et tangua comme un cavalier sur un puissant coursier se jetait dans la mêlée, heurtant les Noirs de plein fouet. Des hommes hurlèrent et furent jetés à terre, pour être piétinés par les sabots meurtriers du cheval. Tananda entrevit une silhouette qui se dressait au-dessus de la mer humaine... un visage hâlé et couvert de cicatrices, sous un casque d'acier... une grande épée qui se levait et s'abattait dans une pluie de sang. Puis une lance jaillit de la foule ; pointée vers le haut, elle éventra le coursier. Celui-ci poussa un hennissement, fit un écart et s'abattit.

Le cavalier sauta à terre en souplesse, continuant de frapper à gauche et à droite. Des lances cherchaient à le transpercer avec fureur ; elles étaient déviées par son casque et le bouclier passé à son bras gauche tandis que son épée à large lame fendait chairs et os, fracassait des crânes et répandait des entrailles dans la poussière maculée de sang.

Les assaillants faiblirent un instant. Faisant le vide

autour de lui, l'étranger se baissa et empoigna la jeune femme terrifiée, l'aidant à se relever. La protégeant de son bouclier, il recula lentement, se découpant un chemin sanglant jusqu'à ce qu'il sente un mur dans son dos. La poussant derrière lui, il fit face à la foule, résistant à l'assaut des Noirs qui écumaient de fureur et hurlaient comme des déments.

Un fracas de sabots retentit. Un détachement de gardes surgit sur la place, balayant et poussant devant eux les émeutiers. Les Kushites, pris de panique, s'enfuirent en criant vers les rues latérales, laissant une vingtaine de cadavres sur le sol. Le capitaine des gardes — un Noir gigantesque, resplendissant dans son uniforme de soie écarlate, ouvragé d'or — s'approcha et mit pied à terre.

« Tu as été long à venir », dit Tananda qui avait recouvré ses esprits et sa morgue.

Le visage du capitaine devint cendré. Avant qu'il puisse bouger, Tananda fit un signe aux hommes placés derrière lui. A deux mains, l'un d'eux enfonça sa lance entre les omoplates du capitaine : la pointe ressortit de l'autre côté, saillant de sa poitrine. L'officier tomba à genoux ; une demi-douzaine d'autres lances achevèrent le travail.

Tananda secoua ses longs cheveux noirs en désordre et se tourna vers son sauveur. Elle saignait d'une vingtaine d'égratignures et de blessures superficielles ; elle était aussi nue qu'au jour de sa naissance. Pourtant elle fixait l'homme sans aucune gêne ni faiblesse. Il lui retourna son regard ; l'expression de l'étranger trahissait une admiration sans détour pour sa maîtrise de soi... ainsi que pour la perfection de ses membres bruns et de ses seins aux globes voluptueux.

« Qui es-tu ? » demanda-t-elle.

« Je suis Conan le Cimmérien », grogna-t-il.

« Cimmérien ? » Elle n'avait jamais entendu parler de ce lointain pays qui se trouvait à des centaines de lieues plus au nord. Elle fronça les sourcils. « Tu portes une cuirasse et un casque stygiens. Ne serais-tu pas plutôt Stygien ? »

Il secoua la tête et un rictus découvrit ses dents blanches. « Un Stygien a bien voulu me céder sa cuirasse, mais j'ai dû d'abord tuer cet imbécile. »

« Que viens-tu faire à Meroê ? »

« Je suis un mercenaire errant », répondit-il simplement, « je loue mon épée contre de l'or. Je suis venu tenter ma chance dans cette région ». Il pensait qu'il serait peu avisé de sa part de lui raconter ses exploits précédents quand il était pirate infestant la Côte Noire ou bien chef de guerre de l'une des tribus de la jungle du sud.

Le regard de la reine parcourut avec une lueur d'appréciation la forme gigantesque de Conan, mesurant la largeur de ses épaules et la robustesse de sa poitrine. « Entendu, je loue ton épée », dit-elle finalement. « Quel est ton prix ? »

« Que m'offres-tu ? » répliqua-t-il, avec un regard plein de tristesse vers la carcasse de son cheval. « Je suis un aventurier... un guerrier errant sans le sou... à présent sans monture, hélas ! »

Elle eut un mouvement vif de la tête. « Non, par Set ! Tu n'es plus sans le sou, car je te fais capitaine de ma garde royale. Cent pièces d'or par mois m'assureraient-elles de ta loyauté ? »

Il regarda négligemment vers la forme immobile du précédent capitaine qui gisait dans la soie, l'acier et le sang. Ce spectacle n'assombrit pas le moins du monde son rictus soudain.

« Je le pense », fit Conan.

4. L'Esclave Blonde

Les jours passaient; les phases de la lune se succédaient. Un bref soulèvement confus des castes inférieures fut réprimé d'une main de fer par Conan. Shubba, le serviteur de Tuthmes, revint à Meroê. Il alla trouver celui-ci dans sa chambre, où des peaux de lion ornaient le sol de marbre, et lui déclara : « J'ai trouvé la femme que tu désirais, maître... une jeune Némédienne, capturée à bord d'un navire marchand d'Argos. J'ai donné au négrier shémite une somme rondelette en pièces d'or pour l'avoir. »

« Voyons cela », fit Tuthmes.

Shubba sortit de la pièce. Un instant plus tard, il réapparaissait, tirant une jeune fille par le poignet. Elle était élancée; son corps blanc formait un contraste éblouissant avec les corps bruns et noirs auxquels Tuthmes était habitué. Ses cheveux tombaient sur ses épaules blanches en de souples ondulations blondes et lumineuses. Elle était seulement vêtue d'une chemise en lambeaux. Shubba la lui ôta, exposant sa nudité frissonnante aux regards de Tuthmes.

Ce dernier hocha la tête, d'une manière impersonnelle. « Belle marchandise, en vérité ! S'il n'y avait un trône en jeu, je serais sans doute tenté de la garder pour moi. Lui as-tu appris le Kushite, comme je te l'avais ordonné ? »

« Oui, dans la cité des Stygiens et ensuite, tous les jours, tandis que nous faisions route avec une caravane. A la différence des Shémites, je lui ai inculqué la nécessité d'apprendre... en douceur. Elle s'appelle Diana. »

Tuthmes prit place sur un divan et fit signe à la jeune fille de s'asseoir, les jambes croisées, sur les dalles de marbre à ses pieds. Ce qu'elle fit.

« Je vais t'offrir en guise de présent à la reine de Kush », lui apprit-il. « Officiellement, tu seras son esclave ; de fait, tu continueras de m'appartenir. Je te ferai parvenir mes ordres régulièrement et tu auras soin de les exécuter parfaitement. La reine est cruelle et emportée ; aussi prends garde à pas la mettre en colère. Tu ne révéleras rien, même sous la torture, des liens t'unissant toujours à moi. Pour que tu ne sois pas tentée de me désobéir, au cas où tu t'imaginerais être hors de mon atteinte une fois dans le palais royal, je vais te faire la démonstration de mon pouvoir sur toi. »

La prenant par la main, il l'entraîna à travers un couloir, puis au bas d'une volée de marches en pierre donnant sur une grande pièce parcimonieusement éclairée. Cette salle était séparée en deux parties égales par une paroi de cristal aussi claire que de l'eau ; pourtant elle était très épaisse et assez solide pour résister à la charge d'un éléphant. Tuthmes conduisit Diana jusqu'à la paroi et la fit se tenir face à elle, tandis qu'il se reculait. La lumière s'éteignit brusquement.

Comme la jeune fille se tenait immobile dans l'obscurité, ses membres graciles tremblant d'une pcur irraisonnée, une lueur commença à poindre au sein des ténèbres. Elle vit surgir et grossir une tête hideuse et difforme. Elle vit un groin bestial, des dents acérées comme des ciseaux, et des soies. La monstruosité s'avança vers elle ; Diana poussa un hurlement et se retourna, oubliant dans sa terreur éperdue que la paroi de cristal la mettait à l'abri de la brute. Dans le noir, elle se précipita dans les bras de

Tuthmes. Elle l'entendit siffler : « Tu viens de voir mon serviteur. Ne me fais pas défaut, car si cela arrivait un jour, il te chercherait et te trouverait où que tu sois ! Crois-moi, tu ne pourrais lui échapper. » Lorsqu'il lui chuchota autre chose à l'oreille, elle s'évanouit.

Tuthmes la porta jusqu'en haut des marches et la remit entre les mains d'une Noire, avec l'ordre de la ranimer et de lui donner à manger et à boire. Ensuite elle devrait la baigner, la coiffer, la parfumer et l'habiller. Il comptait la présenter à la reine le lendemain.

5. Le Fouet de Tananda

Le jour suivant, Shubba conduisait Diana de Némédie jusqu'au char de Tuthmes, l'aidait à monter et prenait les rênes. C'était une autre Diana, lavée, coiffée et parfumée, dont la beauté était rehaussée par l'ajout discret de fards et de rouge. Elle portait une robe de soie si fine qu'on pouvait voir chaque contour de son corps à travers l'étoffe diaphane. Un diadème d'argent étincelait sur ses cheveux blonds.

Néanmoins, elle était toujours terrifiée. Sa vie avait été un cauchemar depuis que les négriers l'avaient enlevée. Au cours des longs mois qui avaient suivi, elle avait essayé de se réconforter, avec la pensée que rien ne dure éternellement : sa situation était si mauvaise qu'elle ne pouvait que s'améliorer. Hélas, les choses n'avaient fait qu'empirer !

A présent, elle allait être offerte, en guise de cadeau, à une reine irascible et cruelle. Si elle survivait, elle serait placée devant une douloureuse alternative : être livrée au monstre ou bien se voir soupçonnée par la reine. Si elle refusait d'espionner pour le compte de Tuthmes, celui-ci lâcherait la brute immonde sur elle ; si elle exécutait ses ordres, la reine s'en apercevrait très certainement et la ferait mettre à mort d'une façon encore plus épouvantable.

Au-dessus d'elle, le ciel avait des reflets métalliques. A l'ouest, des nuages s'amoncelaient et s'apaississaient ; la saison sèche de Kush se terminait.

Dans un grondement sourd, le chariot prit la direction de la grande place située devant le palais royal. Les roues mordirent et crissèrent doucement dans le sable apporté par le vent, puis résonnèrent bruyamment en rencontrant les pavés de rues plus importantes. Ils aperçurent peu de membres de la caste supérieure, car le soleil ardent de l'après-midi était à son zénith et la fournaise insupportable. La plupart des Méroîtes aisés somnolaient chez eux. Quelques-uns de leurs serviteurs marchaient d'un pas traînant dans les rues ; au passage du chariot, ils tournaient vers eux leurs visages luisants de sueur et les regardaient d'un air stupide.

Arrivés au palais, Shubba aida Diana à descendre du char et lui fit franchir les portes de bronze ouvragées d'or. Un majordome replet les conduisit à travers des couloirs, puis les introduisit dans une vaste pièce, décorée avec toute l'opulence et le luxe ostentatoire séant à la chambre d'une princesse stygienne... ce qu'elle était, en un sens. Sur une couche d'ivoire et d'ébène, marquetée d'or et de nacre, était allongée Tananda, seulement vêtue d'une courte jupe de soie écarlate.

Les yeux de la reine détaillèrent avec insolence l'esclave blonde qui tremblait devant elle. De toute évidence, la jeune fille était un morceau de choix... une servante de prix. Mais le cœur de Tananda —

macérant lui-même dans la trahison — était prompt à soupçonner la traîtrise chez les autres. La reine parla soudain ; sa voix contenait une menace voilée :

« Réponds, esclave ! Pourquoi Tuthmes t'envoie-t-il ici, dans ce palais ? »

« Je... je l'ignore... où suis-je ?... Qui êtes-vous ? » Diana avait une voix haut perchée, aussi ténue que celle d'un petit enfant.

« Je suis la Reine Tananda, idiote ! A présent réponds à ma question. »

« Je ne connais pas la réponse, madame. Tout ce que je sais, c'est que le Seigneur Tuthmes m'envoie en présent... »

« Tu mens ! Tuthmes est rongé par l'ambition. Il me hait... aussi jamais il ne me ferait de cadeau, à moins d'avoir une raison cachée. Il a certainement quelque idée en tête. Parle, sinon attends-toi au pire ! »

« Je... je ne sais pas ! Je ne sais rien ! » gémit Diana, éclatant en sanglots. L'image du démon de Muru la hantait et la terrifiait, presque jusqu'à la démence... elle n'aurait pu parler même si elle l'avait voulu. Sa langue aurait refusé d'obéir à son cerveau.

« Déshabillez-la ! » ordonna Tananda. La robe diaphane fut arrachée du corps de Diana.

« Attachez-la ! » dit Tananda. Les poignets de Diana furent liés, la corde lancée par-dessus une poutre et l'extrémité tendue. Les bras de la jeune fille furent brutalement tirés vers le haut et maintenus au-dessus de sa tête.

Tananda se leva, un fouet à la main. « A présent », fit-elle avec un sourire cruel, « nous allons voir ce que tu sais à propos des plans de notre cher ami Tuthmes. Encore une fois... parleras-tu ? »

Les sanglots suffoquaient Diana et l'empêchaient

de parler : aussi secoua-t-elle seulement la tête. Le fouet claqua et siffla, cinglant méchamment la peau de la jeune Némédienne, laissant une marque rouge, en diagonale, sur son dos. Diana laissa échapper un cri perçant.

« Que signifie tout ceci ? » gronda une voix puissante. Conan, portant sur sa *jubbah* sa cotte de mailles et son ceinturon d'épée, se tenait sur le seuil. Des liens intimes l'unissant à Tananda, il avait pris l'habitude d'aller et venir dans le palais sans se faire annoncer. Tananda avait eu bien des amants — parmi lesquels Amboola mort dans ses geôles — mais jamais elle n'avait connu de telles étreintes, ni une pareille extase, et c'était la première fois qu'elle montrait avec autant d'ostentation et d'impudence sa liaison amoureuse avec un homme de son entourage. Elle ne se lasserait jamais de ce géant venu du Nord.

Pourtant, à présent, elle se retournait vivement. « Seulement une catin nordique dont Tuthmes m'a fait cadeau... sans aucun doute pour qu'elle me plante une dague dans le dos ou qu'elle verse du poison dans mon vin », fit-elle d'un ton sec. « J'essaie de lui soutirer la vérité. Si tu désires me faire l'amour, reviens un peu plus tard. »

« Ce n'était pas la seule raison de ma venue », répliqua-t-il avec un rictus de loup. « Il y a aussi une insignifiante affaire d'état ! Quelle est cette folie... tu as permis aux Noirs de pénétrer dans la Cité Intérieure, afin qu'ils assistent à la mort d'Aahmes sur le bûcher ? »

« Quelle folie, Conan ? Cela démontrera à ces chiens noirs que l'on ne plaisante pas avec moi. Ce scélérat sera torturé d'une façon dont on se souviendra des années durant ! Ainsi périssent tous les adversaires de notre dynastie divine ! Qu'objectes-tu à cela, dis-moi ? »

« Simplement ceci : si tu laisses entrer dans la Cité Intérieure plusieurs milliers de Kushites et que tu excites ensuite leur désir sanguinaire par le spectacle de tortures, il n'en faudra guère plus pour déclencher un nouveau soulèvement. Ta dynastie divine ne leur a pas fourni de grandes raisons de l'aimer. »

« Je n'ai pas peur de cette racaille noire ! »

« C'est possible. Mais j'ai sauvé ton joli cou, le soustrayant à leurs griffes, par deux fois déjà ! La troisième fois, ma chance pourrait bien tourner. C'est ce que j'ai tenté d'expliquer à ton ministre, Afari, à l'instant même ; il m'a répliqué qu'il exécutait tes ordres et qu'il n'y pouvait rien. Je pensais que tu m'écouterais d'une oreille plus attentive et entendrais la voix de la raison, puisque tes sujets te craignent beaucoup trop pour dire quelque chose risquant de te déplaire. »

« Je ne ferai rien de la sorte. A présent retire-toi et laisse-moi à mon travail... à moins que tu n'aies envie de manier le fouet toi-même ! »

Conan s'approcha de Diana. « Tuthmes a du goût », dit-il. « Regarde : cette pauvre fille est morte de peur... bouleversée ! Toute histoire que tu lui arracheras ne vaudra même pas la peine d'être écoutée. Donne-la-moi ; je te montrerai ce qu'on peut obtenir avec un peu de douceur. »

« De la douceur... toi ? Ha ! Occupe-toi de tes affaires, Conan, et je m'occuperai des miennes. Tu ferais mieux de donner tes instructions aux gardes, en vue de la petite fête de ce soir. » Tananda lança d'un ton furieux à Diana : « A présent parle, friponne, damnée soit ton âme ! » Le fouet siffla comme elle ramenait son bras en arrière pour frapper à nouveau.

Se déplaçant avec la rapidité souple d'un lion, Conan saisit le poignet de Tananda et le tordit. Le fouet tomba sur les dalles.

« Lâche-moi ! » hurla-t-elle. « Tu oses faire usage de la force... contre moi ? Je vais... je... je te ferai... »

« Tu feras quoi ? » lui demanda calmement Conan. Du pied, il poussa le fouet dans un coin de la pièce, sortit sa dague et trancha la corde qui liait les poignets de Diana. Les serviteurs de Tananda échangèrent entre eux des regards inquiets.

« N'oublie pas ta dignité royale, Altesse ! » grimaça Conan en prenant Diana dans ses bras. « Souviens-toi également de ceci : tant que je commande la garde... il te reste une chance. Sans moi... ma foi, tu connais la réponse. Je te verrai ce soir, pour l'exécution. »

Il se dirigea à grands pas vers la porte, emportant la jeune Némédienne. Poussant un cri de rage, Tananda ramassa vivement le fouet et le lança dans sa direction. Le manche heurta le large dos du Cimmérien et le fouet tomba sur le sol.

« Tu la préfères à moi uniquement parce que sa peau est blanche comme le ventre d'un poisson... comme la tienne ! » lui cria Tananda. « Tu te repentiras de cette insolence ! »

Avec un rire retentissant, Conan sortit de la pièce. Tananda s'affaissa sur le sol, frappant le marbre de ses poings et sanglotant de frustration.

Quelques instants plus tard, Shubba, ramenant le char de Tuthmes vers la maison de son maître, passa devant la demeure de Conan. Il fut stupéfait de voir Conan franchir la porte d'entrée, portant dans ses bras la jeune fille nue. Shubba agita les rênes et poursuivit en hâte son chemin.

6. NOIRE CONSPIRATION !

A l'approche du crépuscule, les premières lampes avaient été allumées. Tuthmes se trouvait dans sa chambre, avec Shubba et Muru, le sorcier de Kordafa au corps immense. Shubba acheva son récit et lança un regard inquiet vers son maître.

« Je vois que je n'avais pas estimé à sa juste mesure l'esprit soupçonneux de Tananda », déclara Tuthmes. « Quel dommage ! Avoir gaspillé en pure perte un agent aussi prometteur que cette Némédienne ! Allons, on ne touche pas la cible à tous les coups. Néanmoins, une question se pose : qu'allons-nous faire à présent ? Quelqu'un a-t-il vu Ageera ? »

« Non, seigneur », répondit Shubba. « Il a disparu après avoir fomenté cette émeute contre Tananda... avec beaucoup de prudence, si je puis m'exprimer ainsi. Certains disent qu'il a quitté Meroê ; d'autres qu'il se cache dans le temple de Jullah, se livrant à des pratiques divinatoires, jour et nuit. »

« Si notre divine reine avait eu l'intelligence ne serait-ce que d'un vermisseau », railla Tuthmes, « elle aurait fait investir cette maison du diable par quelques gardes résolus et ordonné que l'on pende les prêtres aux poutres de leur propre toit. » Ses compagnons sursautèrent et échangèrent des regards inquiets. « Je sais ; vous avez tous peur de leurs sorts et de leurs gris-gris. Bien, examinons la situation. A présent, la fille ne nous est plus d'aucune utilité. Si Tananda n'est pas parvenue à lui arracher nos secrets, Conan le fera par des moyens plus doux ; de toute façon, en restant chez lui, elle n'apprendra rien d'intéressant pour nous. Par conséquent, elle doit mourir, sur-le-champ. Muru, peux-tu envoyer ton démon dans la demeure de Conan afin qu'il nous débarrasse de la fille ? Ce soir, ce barbare impudent sera occupé ailleurs, avec ses hommes. »

« Cela m'est très facile, maître », répondit l'homme de Kordafa. « Ne devrais-je pas lui ordonner de rester là-bas jusqu'au retour de Conan... afin qu'il le tue également ? Car je vois bien que tu ne seras pas roi aussi longtemps que Conan vivra. Tant qu'il conservera son poste actuel, il se battra comme un beau diable pour protéger la reine, sa maîtresse, parce qu'il a promis de le faire... bien qu'ils se querellent sur d'autres sujets. »

Shubba ajouta : « Même si nous parvenons à nous débarrasser de Tananda, Conan sera toujours sur notre chemin. Il pourrait devenir roi lui-même. En ce moment, il est pratiquement le roi sans couronne de Kush... le confident et l'amant de la reine. Ses hommes l'adorent et jurent qu'en dépit de sa peau blanche, il est noir comme eux, au fond de son cœur. »

« Entendu », accepta Tuthmes. « Ainsi leur sort à tous deux est réglé ! J'assisterai à l'exécution d'Aahmes sur la grande place, afin que nul ne puisse dire que j'ai participé à ce massacre. »

« Pourquoi le démon ne tuerait-il pas également Tananda ? » demanda Shubba.

« L'heure n'est pas propice. Je dois d'abord me concilier l'approbation des autres nobles, afin qu'ils m'appuient lorsque je revendiquerai le trône. Ce ne sera guère facile. Ils sont trop nombreux à nourrir le rêve de devenir roi de Kush. Ma faction doit être suffisamment forte ; autrement mon règne serait aussi incertain que celui de Tananda en ce moment ! Je me contente d'attendre, la laissant tendre d'elle-même le cou vers le nœud coulant, en raison de ses propres excès ! »

7. La Fin d'un Royaume

Au milieu de la place principale de la Cité Intérieure, le prince Aahmes était attaché à un poteau. Aahmes était un jeune homme grassouillet à la peau brune, dont l'innocence même en politique avait apparemment permis à Afari de le faire tomber dans un piège, au moyen de fausses accusations.

Des braseros et des rangées de torches, tout autour de la place, illuminaient une scène infernale. Entre le poteau et le palais royal avait été dressée une plateforme basse où était assise Tananda. Des gardes étaient disposés sur trois rangées autour de l'estrade. Les flammes lançaient des reflets rougeâtres sur les longues lames de leurs lances, sur leurs boucliers en peau d'éléphant et les plumes de leurs coiffes.

Sur un côté de la place, Conan attendait, immobile sur son cheval, devant un détachement de gardes montés, lances à la verticale. Au loin, des éclairs zébraient le ciel, traversant d'épais nuages.

Au milieu de la place, où était attaché le prince Aahmes, d'autres gardes avaient dégagé un espace où s'affairait l'exécuteur royal. Il faisait chauffer sur une petite forge les instruments de sa profession. Partout ailleurs, la place avait été envahie par la plus grande partie des habitants de Meroê, confondus en une même foule immense. La lueur des torches faisait briller des yeux et des dents au milieu de peaux noires. Tuthmes et ses serviteurs formaient un groupe compact sur la rangée de devant.

Conan parcourait la foule du regard, en proie à un

sombre pressentiment. Jusqu'ici tout se déroulait normalement ; mais qui sait ce qui risquait de se passer si des passions primitives étaient excitées au fond de ces âmes sanguinaires ? Une anxiété sans nom le tourmentait, obsédant son esprit.

Le temps passant, cette angoisse vague se précisa : il était inquiet non pas sur le sort de la reine entêtée, mais sur celui de la jeune Némédienne. Il l'avait laissée dans sa demeure, en la seule compagnie d'une servante, une Noire. En effet, il avait besoin de tous ses gardes pour surveiller la foule massée sur la place.

Il connaissait Diana depuis quelques heures à peine ; pourtant il s'était énormément attaché à elle. Douce, gentille, peut-être même encore vierge, elle contrastait en tous points avec l'impétueuse, ardente, passionnée, cruelle, sensuelle Tananda. Etre l'amant de Tananda était une chose très excitante, certes ; néanmoins Conan avait très vite constaté qu'il aurait volontiers accepté de la troquer contre quelqu'un de moins emporté. Connaissant bien Tananda, il la croyait tout à fait capable d'avoir envoyé l'un de ses serviteurs chez lui, avec l'ordre d'assassiner Diana pendant qu'il était occupé ailleurs.

Au milieu de la place, le bourreau attisait avec un soufflet son feu de charbon de bois. Il retira des braises un instrument qui brilla d'un vif éclat cerise dans l'obscurité. Il s'approcha de l'homme attaché au poteau. Conan ne pouvait entendre ce qu'il disait, en raison des murmures de la foule ; néanmoins il savait que l'exécuteur de la reine demandait à Aahmes les détails du complot ourdi par lui. Le prince secoua la tête.

Ce fut comme si une voix parlait à Conan, à son esprit, l'incitant vivement à retourner chez lui. Dans les régions hyboriennes, Conan avait écouté des prêtres et des philosophes discuter et spéculer sur l'existence d'esprits protecteurs, ainsi que sur la possibilité d'une communication directe entre deux personnes, sans l'intervention de la parole. Persuadé qu'ils étaient tous fous, à l'époque il n'avait pas accordé une grande attention à leur docte débat. A présent, il lui semblait comprendre ce qu'ils avaient voulu dire. Il essaya de chasser cette sensation, comme un pur produit de son imagination ; mais elle réapparaissait, plus forte à chaque fois.

A la fin Conan dit à son capitaine adjudant-major : « Mongo, prends le commandant jusqu'à mon retour. »

« Où allez-vous, seigneur Conan ? » demanda le Noir.

« Effectuer une reconnaissance dans les rues, pour être sûr qu'aucune bande de coquins ne s'est rassemblée à la faveur de l'obscurité. Continue de contrôler la situation ; je serai vite de retour. »

Conan fit virevolter son cheval et quitta la place. La foule s'entrouvrit pour le laisser passer. L'impression dans sa tête était plus forte que jamais. Il encouragea de la voix sa monture qui fila au galop à travers les rues ; bientôt il tirait sur les rênes, l'arrêtant devant sa demeure. Un faible grondement de tonnerre retentit dans le lointain.

La maison était plongée dans l'obscurité, à l'exception d'une lumière au dos de celle-ci. Conan mit pied à terre, attacha son cheval et entra, la main posée sur la poignée de son épée. A cet instant, il entendit un cri de terreur... c'était la voix de Diana.

Poussant un juron rauque, Conan se précipita à l'intérieur de la maison, dégaînant vivement son épée. Le cri provenait de la pièce d'habitation, obscure, seulement éclairée par la faible lueur d'une bougie brûlant dans la cuisine.

A la porte de la pièce principale, Conan s'arrêta, pétrifié d'honneur par la scène qui s'offrait à son regard. Diana était recroquevillée sur un divan bas, recouvert de peaux de léopard ; le désordre de son vêtement de soie dévoilait ses membres blancs. Ses yeux bleus étaient dilatés par la terreur.

Flottant au milieu de la pièce, une brume aux volutes grises prenait forme et consistance. Le brouillard tournoyait rapidement et s'était déjà partiellement condensé en une forme massive et monstrueuse, aux épaules affaissées et couvertes de poils, aux membres épais et bestiaux. Conan entrevit la tête contrefaite de la créature, avec son groin porcin, hérissé de soies, et ses mâchoires ornées de défenses qui claquaient avec fureur.

La chose terrifiante s'était solidifiée, surgissant dans l'air et se matérialisant à l'aide d'une magie démoniaque. Des légendes primitives surgirent dans l'esprit de Conan... des récits concernant des créatures horribles et bestiales qui rôdaient dans la nuit et massacraient avec une rage inhumaine. Le temps de la moitié d'un battement de cœur, ses peurs ataviques le firent hésiter. Puis, avec un grognement furieux, il bondit en avant pour livrer bataille... et trébucha sur le corps de la servante noire. Celle-ci s'était évanouie et gisait sur les dalles de marbre juste au-delà du seuil. Conan perdit l'équilibre et s'étala de tout son long. Son épée vola de ses doigts.

Au même moment, le monstre se retournait avec une rapidité surnaturelle et se jetait sur Conan, en un bond prodigieux. Comme le Cimmérien tombait à plat ventre, le démon passa très nettement au-dessus de son corps et alla cogner contre le mur de l'entrée.

Les combattants se relevèrent aussitôt. Le monstre bondit à nouveau sur Conan ; la lueur d'un éclair au-dehors fit briller ses grandes défenses acérées. Le Cimmérien leva et enfonça son coude gauche sous la mâchoire de la créature, tandis que, de sa main droite, il cherchait fébrilement sa dague.

Les bras velus de la chose bestiale se refermèrent sur Conan et le broyèrent ; le dos d'un homme moins robuste aurait été brisé à l'instant. Les vêtements du Cimmérien se déchirèrent comme les ongles de la bête s'enfonçaient dans le tissu et le lacéraient ; plusieurs mailles de sa cuirasse cédèrent avec un bruit métallique et sec. Les deux adversaires faisaient à peu près le même poids, mais la force du démon était incroyable. Comme il bandait le moindre de ses muscles, Conan sentit que son avant-bras gauche était lentement plié et forçé en arrière. Les redoutables mâchoires et l'horrible groin se rapprochèrent de son visage, de plus en plus près.

Dans la pénombre, ils étaient soudés l'un à l'autre, se démenant, soufflant, titubant, comme en une danse grotesque. Conan cherchait sa dague à tâtons, tandis que le démon approchait ses défenses, inexorablement. Conan réalisa que son ceinturon avait dû se mettre de guingois : l'arme était hors d'atteinte. Il sentit que sa force, pourtant titanesque, commençait à faiblir. A cet instant, quelque chose de froid fut poussé dans le creux de sa main droite qui tâtonnait. C'était la poignée de son épée que Diana avait ramassée sur le sol et pressait contre sa paume.

Ramenant en arrière son bras droit, Conan pointa l'épée vers le corps de son adversaire. Il poussa. La peau du monstre semblait d'une dureté anormale ; Conan accentua sa poussée et la lame s'enfonça droit au but. Claquant spasmodiquement ses mâchoires, la créature émit un grognement bestial.

Conan plongea sa lame à plusieurs reprises dans le corps de la créature ; la brute couverte de poils semblait indifférente à la morsure de l'acier. Les bras démoniaques serraient le Cimmérien toujours plus fort, en une étreinte mortelle. Les mâchoires aux crocs effilés comme des rasoirs menaçaient dangereusement son visage. D'autres mailles de sa cuirasse cédèrent avec un tintement musical. Des griffes fendirent sa tunique, creusant des sillons sanglants dans son dos ruisselant de sueur. Un liquide visqueux — qui ne ressemblait en rien au sang d'un être humain — coulait des blessures de la créature, maculant les vêtements de Conan.

Finalement, le Cimmérien plia les genoux et, d'une brusque détente, enfonça ses deux jambes dans le ventre de la créature. Il avait fait appel à ses dernières réserves d'énergie. L'étreinte fatale se desserra ; Conan était libre. Il chancela, déséquilibré, couvert de sang. Comme le démon revenait vers lui, de son pas traînant, et balançait ses bras simiesques pour le saisir à nouveau, Conan prit à deux mains la poignée de son épée et frappa avec la fureur du désespoir. La lame décrivit en sifflant un arc de cercle et s'enfonça dans le cou du monstre, le tranchant à moitié. Ce formidable coup aurait aisément décapité deux ou même trois adversaires humains, mais les tissus du démon étaient plus résistants que ceux des mortels.

La créature tituba, partit à la renverse et s'écrasa avec fracas sur les dalles. Conan resta sur place, épuisé, pantelant, pointant vers le sol sa lame ruisselante. Diana se jeta contre lui, passant ses bras autour du cou du Cimmérien. « Je suis si heureuse...

j'avais prié et demandé à Ishtar qu'elle t'envoie ici... »

« Allons, allons », fit Conan, réconfortant la jeune fille par de rudes caresses. « J'ai peut-être l'air mûr pour la tombe, mais je ne suis pas encore... »

Il s'interrompit ; ses yeux s'agrandirent. La créature morte se relevait. Sa tête difforme se balançait doucement sur son cou à moitié tranché. Le monstre se dirigea d'une allure incertaine vers la porte, trébucha sur le corps de la servante noire toujours évanouie et sortit en titubant. Il disparut dans la nuit.

« Crom et Mitral ! » s'exclama Conan. Repoussant la jeune fille sur le côté, il grommela : « Plus tard, plus tard ! Tu es une bonne fille, mais je dois poursuivre cette créature. C'est le démon de la nuit dont ils parlent tous... par Crom, je découvrirai son gîte secret ! »

Il sortit d'un pas chancelant et constata que son cheval avait disparu. Une longueur de rêne pendait encore de l'anneau jusqu'à terre ; l'animal avait brisé sa longe et pris la fuite, saisi de panique à la vue du démon.

Quelques instants plus tard, Conan était revenu sur la grande place. Comme il se frayait à coups d'épaule un chemin à travers la foule qui vibrait et rugissait de plaisir, il vit le monstre chanceler et s'écrouler devant le magicien de Kordafa. Ce dernier se trouvait parmi le groupe de Tuthmes et se distinguait par sa grande taille. Alors qu'elle agonisait, la créature bestiale approcha sa tête des pieds du sorcier.

Des cris de rage montèrent de la foule. Elle avait reconnu le monstre : c'était le démon qui, depuis des années, terrifiait Meroê. Les gardes s'efforçaient toujours de contenir les Noirs, les empêchant de s'approcher du poteau de torture ; pourtant des mains se tendirent sur les côtés et dans son dos pour attraper Muru et le jeter à terre. Dans la confusion extrême, Conan saisit quelques bribes de phrases : « Tuons-le ! C'est le maître du démon ! A mort ! »

Soudain un grand silence se fit sur la place. Ageera avait brusquement surgi dans l'espace dégagé par les gardes ; sa tête rasée et peinte ressemblait à un crâne. C'était comme s'il avait sauté par-dessus les Noirs massés devant le palais pour s'avancer dans l'espace découvert.

« Pourquoi tuer l'instrument et non l'homme qui le manie ? » s'écria-t-il. Il montra Tuthmes du doigt. « Il est ici... celui que sert le Kordafien ! C'est sur son ordre que le démon a tué Amboola ! Mes esprits me l'ont dit, dans le silence du temple de Jullah ! Tuez-le également ! »

Comme d'autres mains s'emparaient de Tuthmes hurlant et se débattant, Ageera désigna la plateforme où était assise la reine. « Tuez tous les seigneurs ! Débarrassez-vous de vos chaînes ! Tuez les maîtres ! Redevenez des hommes libres, ne soyez plus des esclaves ! Tuez, tuez, tuez ! »

Conan était presque porté par la foule en délire, bousculé, serré, écrasé par les Noirs qui déferlaient d'un côté et de l'autre en chantant : « Tuez, tuez, tuez ! « Ici et là, un seigneur était empoigné par des mains furieuses, jeté à terre, frappé, piétiné et mis en pièces.

Conan cherchait à rejoindre ses gardes montés : avec leur aide il espérait toujours faire dégager la place et disperser les Noirs. Puis, par-dessus la tête des émeutiers, il vit quelque chose qui modifia ses plans. Un garde royal, qui tournait le dos à l'estrade, pivota brusquement sur ses talons et jeta sa lance vers la reine qu'il était censé protéger. Le projectile s'enfonça et transperça son superbe corps. Comme Tananda s'effondrait sur son siège, une douzaine d'autres lances sifflèrent et la clouèrent au trône d'ivoire. Voyant que leur reine était morte, les gardes montés se joignirent aux autres Noirs pour massacrer les membres de la caste dirigeante.

Quelques instants plus tard, Conan, contusionné et meurtri, les vêtements en lambeaux, mais montant un nouveau cheval, était de retour chez lui. Il attacha l'animal, se précipita à l'intérieur de la maison et sortit de sa cachette un sac rempli de pièces d'or.

« Filons d'ici en vitesse ! » aboya-t-il à l'adresse de Diana. « Prends une miche de pain ! Par les Enfers glacés de Niflheim, où est passé mon bouclier ? Ah, le voici ! »

« Tu ne veux pas emporter ces jolies choses... ? »

« Pas le temps ; les Noirs mettent le feu à la Cité. A présent, en route, vite ! Monte en croupe et cramponne-toi à mon ceinturon ! »

Avec sa double charge, le cheval traversa au galop la Cité Intérieure, au milieu d'une cohue indescriptible de bandes de pillards et d'émeutiers, de poursuivants et de poursuivis. Un homme bondit et essaya d'attraper la bride de l'animal ; il retomba avec un cri et fut piétiné dan un bruit d'os brisés. D'autres s'écartèrent vivement, fuyant comme des déments. Ils franchirent les grandes portes de bronze ; le cheval se lança au galop vers la plaine. Derrière eux, les maisons des nobles étaient livrées au pillage et à l'incendie, transformées en des pyramides de flammes jaunes. Dans le ciel, les éclairs brillaient et le tonnerre grondait. La pluie tomba soudain, torrentielle.

Une heure plus tard, l'orage s'était calmé et la pluie transformée en une bruine fine. Le cheval avançait au pas, cherchant prudemment son chemin dans les ténèbres.

« Nous sommes toujours sur la route stygienne », grogna Conan, s'efforçant de percer l'obscurité du regard. « Lorsque la pluie s'arrêtera, nous nous arrêterons également pour nous sécher et prendre un peu de repos. »

« Où allons-nous ? » demanda la voix douce et mélodieuse de Diana.

« Je l'ignore ; mais je suis las des contrées noires. On n'arrive à rien avec ces gens-là ; ils ont l'esprit aussi obtus et sont aussi stupides que les barbares de mon propre pays nordique... les Cimmériens, les Aesirs et les Vanirs. Je pense que je vais faire une nouvelle tentative... et tourner mes pas vers la civilisation. »

« Et moi ? »

« Que veux-tu faire ? Je peux te reconduire chez toi, en Némédie, ou te garder avec moi. A toi de décider. »

« Je crois », fit-elle d'une petite voix, « que, malgré la pluie, le froid et notre situation précaire, je n'ai guère envie que les choses changent ! »

Dans l'obscurité, Conan eut un rictus silencieux et lança son cheval au galop.

TABLE DES MATIÈRES

Titres SF

Collection dirigée par
MARIANNE LECONTE

DÉJÀ PARUS :

N° 1 **Les chiens** - André Ruellan
N° 2 **Comme une bête** - Philip José Farmer
N° 3 **Le bal des schizos** - Philip K. Dick
N° 4 **Le chaos final** - Norbert Spinrad
N° 5 **Le joyau noir** - Michael Moorcock
(La Saga des Runes, tome 1)
N° 6 **Les culbuteurs de l'enfer** - Roger Zelazny
N° 7 **Gare à la bête** - Philip José Farmer
N° 8 **Et l'homme créa un Dieu** - Franck Herbert
N° 9 **Le dieu fou** - Michael Moorcock
(La Saga des Runes, tome 2)
N° 10 **Le privé du cosmos** - Kilgore Trout
N° 11 **Les pionniers du chaos** - Norbert Spinrad
N° 12 **La jungle nue** - Philip José Farmer
N° 13 **Orgasmachine** - Ian Watson
N° 14 **L'épée de l'aurore** - Michael Moorcock
(La Saga des Runes, tome 3)
N° 15 **Les androïdes rêvent-ils de moutons électriques ?** - Philip K. Dick
N° 16 **La barrière santaroga** - Franck Herbert
N° 17 **Une bourrée pastorale** - Philip José Farmer
N° 18 **Conan** - Robert E. Howard
N° 19 **Vice versa** - Samuel Delany
N° 20 **Loué soit l'exil** - Vonda Mc Intire
N° 21 **Service d'ordre** - Barry Malzberg
N° 22 **Le secret des Runes** - Michael Moorcock
(La Saga des Runes, tome 4)

N° 23 Conan l'aventurier - Robert E. Howard
N° 24 La fête de St Dionysos - Silverberg
N° 25 Clone - R. Cowper
N° 26 Vénus plus x - Théodore Sturgeon
N° 27 Les sables de Falun - Philippe Curval
N° 28 Chacun son tour - Philip José Farmer
N° 29 Les proscrits de la barrière paradis - Vinge
N° 30 Altiplano - Marc Bourgeois
N° 31 Les fabricants d'Eden - Franck Herbert
N° 32 La défonce Glogauer - Michael Moorcock
N° 33 Conan le conquérant - Robert E. Howard
N° 34 Le tigre africain - Philip J. Farmer
N° 35 Le programme final - Michael Moorcock (Jerry Cornelius)
N° 36 Amour, Impair et Manque - Sturgeon
N° 37 Le salon des horreurs - James G. Ballard
N° 38 Un Martien nommé Jésus - Philip J. Farmer
N° 39 L'œil du peintre - Elisabeth A. Lynn
N° 40 Conan le guerrier - Robert E. Howard
N° 41 L'archipel du rêve - Christopher Priest
N° 42 Tous vers l'extase - Philippe Curval
N° 43 Le vaisseau-flamme - Joan D. Vinge
N° 44 Chronomachine lente - Ian Watson
N° 45 Hurleville - Michel Calonne
N° 46 Tour de guet - Elisabeth A. Lynn
N° 47 L'assassin anglais - Michael Moorcock (Jerry Cornelius)
N° 48 Ratinox - Harry Harrison
N° 49 Des souris et des robots - Simak
N° 50 Les danseurs d'Arun - Elisabeth Lynn (Les Chroniques de Tornor)
N° 51 L'étreinte de Vénus - Edmond Cooper
N° 52 Les contes de Nevèrÿon - Samuel Delany
N° 53 Vautours - Marc Bourgeois
N° 54 Conan le Cimmérien - Robert E. Howard
N° 55 La balade de City - John Shirley
N° 56 Conan le Vagabond - Robert E. Howard

Vous trouverez la collection TITRES/SF chez votre libraire.

Vous pouvez aussi vous procurer les titres qui vous manquent à la
Librairie Edition Spéciale
24, rue de l'Abbé Grégoire - 75006 PARIS
en remplissant le bon de commande ci-dessous.

✂- -

BON DE COMMANDE

Nom .... Prénom ....

Rue ....

Code Postal .... Localité ....

Je désire recevoir les ouvrages suivants (prière d'indiquer le numéro du livre, et ensuite entre parenthèses, le nombre d'exemplaires désirés.
Exemple : *pour* La Jungle Nue *en 2 exemplaires, indiquez : 12 (2), pour* La Barrière Santaroga *en 1 exemplaire : 16 (1), etc.).*

....

....

....

....

....

Ci-joint mon règlement (F 20 -. Le volume + F 10 -. De port pour l'ensemble de la commande).
Par chèque bancaire ou chèque postal à l'ordre de : Librairie Edition Spéciale.

A .... le .... Signature

Achevé d'imprimer en février 1982
sur les presses de l'Imprimerie Bussière
à Saint-Amand (Cher)

— N° d'édition : 82040. —
— N° d'impression : 257. —
Dépôt légal : mars 1982.

Imprimé en France